ABCDööEFG

Born to be
WILDE

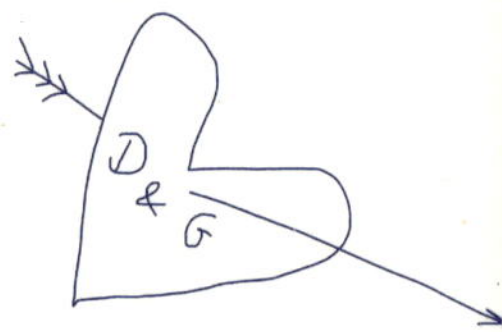

ALEXANDRA FISCHER-HUNOLD

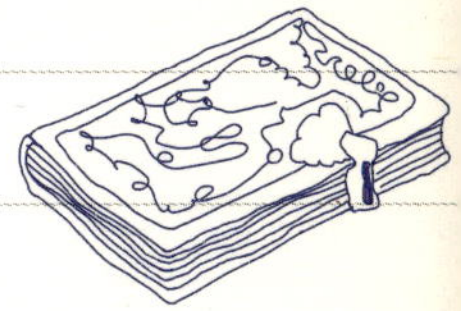

66 BÜCHER, VON DENEN ALLE SAGEN, DASS DU SIE GELESEN HABEN MUSST.

#niegelesen
#kennichtrotzdem
#ichdenkealsobinich

Mit Bildern von Katharina Schmidt

FISCHER Taschenbuch

MIX
Papier aus verantwortungsvollen Quellen
FSC www.fsc.org FSC® C083411

Originalausgabe

Erschienen bei FISCHER Kinder- und Jugendtaschenbuch
Frankfurt am Main, Juli 2017

Umschlaggestaltung: Claudia Toman
unter Verwendung von Illustrationen von
Katharina Schmidt kwittiseeds.de

Lektorat: Kerstin Kipker
Satz: Dörlemann Satz, Lemförde
Druck und Bindung: CPI books GmbH, Leck
Printed in Germany
ISBN 978-3-7335-0279-9

INHALT

Achtung, Hochspannung!

Auf die Freundschaft!

Unsere Gesellschaft

Auf ins Abenteuer!

Familienbande

Was Menschen Menschen antun

ACHTUNG, HOCHSPANNUNG!

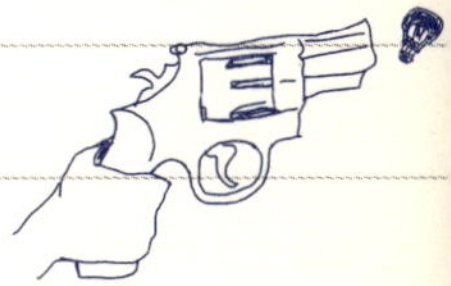

»Angst schoss wie heißes Eisen in Dannys Brust.«

Stephen King, Brennen muss Salem

PATRICIA HIGHSMITH

ZWEI FREMDE IM ZUG

(Reinbeck bei Hamburg 1967)

Strangers on a Train (New York 1950)

Warum man dieses Buch lesen muss

Weil es kaum bessere Psychothriller zu finden gibt als die von Patricia Highsmith. Nicht »wer hat's getan«, sondern »WARUM?« ist bei ihr die große Frage. Ihre Antwort fällt oft beklemmend aus, denn wenn es nach ihr ginge, könnte jeder von uns zum Mörder werden. Auch du!

Worum geht's?

Man stelle sich Folgendes vor: Ein Mann, nennen wir ihn Guy Haines, ein aufstrebender Architekt, hat die Liebe seines Lebens gefunden, nennen wir sie Anne Faulkner, will die Scheidung von seiner ersten Frau, nennen wir sie Miriam, die ihn eh von Anfang an betrogen hat, jetzt schwanger (nicht von ihm) und schon lange nicht mehr Teil seines Lebens ist. Im Zug ist er auf dem Weg zu ihr, um die Scheidung zu besprechen.

Stellen wir uns weiter vor, unser Mr Haines macht im Zug die Bekanntschaft eines reichen, verwöhnten, ziemlich betrunkenen Dandys, eines Muttersöhnchens, geben wir ihm den Namen Charles Anthony Bruno, und dieser Mr Bruno hasst seinen Vater. Denn sein Vater hält nichts von ihm und führt ihn finanziell an der kurzen Leine, obwohl er stinkreich ist. (Nebenbei bemerkt: Der Vater hat mit seiner Einschätzung mehr als recht.) Mr Haines und

Mr Bruno trinken und trinken, und Haines erzählt mehr aus seinem Leben, als er eigentlich will.
Und jetzt kommt's! Stellen wir uns vor, dieser Mr Bruno macht jetzt einen extrem unmoralischen Vorschlag: Er, Mr Bruno, bringt Miriam um. Dafür befreit Mr Haines ihn von seinem Vater. Wenn das mal nicht der Plan für zwei perfekte Morde ist. Niemand weiß schließlich, dass sie sich kennen. Na, wie wäre es? Verlockend?

Achtung, Spoileralarm!
Nicht für Haines. Der lehnt schockiert ab und geht seiner Wege. Hier könnte die Geschichte ihr Ende finden, tut sie aber nicht. Denn Haines hat das Buch, in dem er im Zug gelesen hat, blöderweise in Brunos Abteil vergessen, und in der Klappe findet Bruno Haines' Adresse bei seiner Mutter. Bruno nimmt Kontakt auf, lässt Haines nicht in Ruhe. Und so erfährt er, dass Miriam nicht in die Scheidung eingewilligt hat, was Haines' Karriere ins Schwanken bringt. Dem Mann muss geholfen werden. Also ermordet Bruno Miriam und erwartet nun natürlich, dass Haines auch seinen Teil der Abmachung einhält, die es ja eigentlich gar nicht gibt. Was tut Haines? Er weigert sich. Aber Bruno lässt nicht locker, erpresst Haines und übt tüchtig Druck auf ihn aus. Schließlich sieht jener keinen anderen Ausweg und ermordet Brunos Vater. Aus die Maus? Noch lange nicht. Bruno hält Haines nämlich für einen echten Freund, wird immer besitzergreifender und macht sich in Haines' Leben breit, bis – und das könnte ein Segen für Haines sein – Bruno bei einem Segelunfall ums Leben

kommt. Jetzt könnte Haines sein Leben leben. Aber die Schuldgefühle machen ihm zu schaffen. Und so trifft er sich mit Miriams hinterbliebenem Freund, um gewissermaßen eine Beichte abzulegen. Aber den besoffenen Kerl interessiert die Geschichte gar nicht. Und Haines, der erst vorhatte sich zu stellen, nimmt in Anbetracht dieser Umstände für sich diesen Beschluss wieder zurück. Doch zu spät! Detektiv Gerard, der ihm und Bruno schon lange auf der Spur war, hat sein Geständnis gehört.

Wer hat's geschrieben?

PATRICIA HIGHSMITH, eigtl.
Mary Patricia Plangman
**19.01.1921 in Fort Worth, Texas;*
† 04.02.1995 in Locarno, Schweiz

Kommt neun Tage nach der Scheidung ihrer Eltern auf die Welt. Wächst bei der Großmutter in Texas auf. Dann wieder bei der Mutter und dem Stiefvater, dessen Namen sie annehmen muss, in New York. Lebenslange Hassliebe zu ihrer Mutter. Unter anderem prägt sie besonders die Lektüre des Buches *Die Seele des Menschen (The human Mind)*, in dem der amerikanische Psychiater Karl. A. Menninger sich mit der Frage beschäftigt, unter welchen Umständen ein Mensch kriminell wird. Arbeitet als Texterin für Comic-Verlage. Ihr lesbischer Liebesroman *Carol* erscheint 1953 unter dem Pseudonym Claire Morgan. Ab 1951 ein Leben zwischen den USA und Europa. Wohnt in England. Später in Frankreich. Trinkt zeit ihres Lebens wie ein Loch. Raucht wie ein Schlot. Total egozentrisch und ziemlich – sagen wir es höflich – verschroben und vielleicht sogar ein Fall für den Psychiater. Hat mit Depressionen zu kämpfen. Viele lesbische Beziehungen. Ab 1983 lebt sie bis zu ihrem Tod im Tessin.

Klugscheißerwissen

1951 verfilmte Alfred Hitchcock den Thriller unter dem Titel *Der Fremde im Zug* und machte die Autorin des Buches über Nacht berühmt.

Die gute Frau Highsmith war schon etwas seltsam. Sie konnte Familien ebenso wenig ausstehen wie Kinder und Hunde. Dafür war sie ganz närrisch auf Katzen, und ihre Lieblingstiere waren – jetzt kommt's! – Schnecken, die sie züchtete und in ihrer Handtasche mit sich trug.

Übrigens ...

... soll sich Patricia Highsmith als Jugendliche mit dem Gedanken getragen haben, ihren Stiefvater um die Ecke zu bringen. Sie hat also schon frühzeitig mit dem Ausspinnen von Mordplänen, was ihr später den Lebensunterhalt sicherte, angefangen ...

Angefixt? Hier gibt's mehr von dem Stoff:

DER TALENTIERTE MR RIPLEY

Der erste von insgesamt fünf Ripley-Bänden. Mord aus Habgier, Neid und Eigennutz. Und das Spiel mit Identitäten. Dabei ist Ripley ein echt netter Typ – wenn er nur kein Mörder wäre ...

#einehandwäschtdieandere

WOLF HAAS

BRENNEROVA (Hamburg 2014)

Warum man diesen Roman lesen muss

Weil die Brenner-Krimis irre abgedreht sind. Nix von wegen, die Wiener können nur guten Kaffee kochen und ihre Sissi feiern – immer alles schön gemütlich, blauer Himmel und eitel Sonnenschein. Nee, keineswegs – überzeugt euch selbst: Zwischen Prater und Hofburg kann es auch ziemlich finster werden. Und philosophisch.

Worum geht's?

Also der Brenner ist ja »nur mal so« auf die Homepage gegangen, auf der die Russinnen nach einem Mann zum Heiraten suchen. Quasi Neugier. Auf der Straße läuft ihm dann völlig unverhofft die Herta, seine Ex, über den Weg. Die sieht viel besser aus als früher, Claudia Schiffer nix dagegen. Und fix lebt der Brenner bei der Herta. Stillschweigendes Übereinkommen, Hilfsausdruck. Tja, dann kommt es doch zu einer Kontaktaufnahme über die Russinnen-Homepage, und der Brenner macht sich auf (Herta ist da in Marrakesch, um sich den Farben und Düften hinzugeben) zur Nadeshda nach Russland. Läuft alles suboptimal. Überfallen. Ausgeraubt. Und dann will die Nadeshda leider nix von ihm, also nicht, wie er dachte, sondern sie will seine Hilfe. Ihre Schwester Serafima ist verschwunden, von einem Fotografen wahrscheinlich unter falschem Vorwand nach Wien gelockt worden. Eigentlich will sich der Brenner aus der

Sache raushalten, doch dann bequatscht ihn die Herta, in der Sache tätig zu werden. Das bedeutet Ermittlungen im Rotlichtmilieu, frag nicht! Weil – die Serafima ist so schön, das reinste Geschenk für jeden Zuhälter. Bei seinen Recherchen trifft der Brenner auf einen Untergrundphilosophen, auf einen Tätowierer und natürlich auf den Lupescu, den Chef des Wu-Tan-Clans, quasi Oberzuhälter von Wien. Der Untergrundphilosoph und der Tätowierer haben auch irgendwie was Unschönes mit dem Lupescu am Laufen. Das führt jetzt zu weit. Da musst du schon selber lesen. Auf jeden Fall haben beide auf einmal keine Hände mehr, und vorher hat in der Donau noch eine geköpfte, sehr tätowierte Frauenleiche geschwommen.

Achtung, Spoileralarm!

Der Brenner soll heiraten. Die Herta, fragst du jetzt? Missverständnis. Die Nadeshda, weil die tut der Herta so leid, und wenn der Brenner sie heiratet, muss sie nicht mehr zurück nach Russland. Zack, ist der Brenner verheiratet. Tja, der Untergrundphilosoph ist dann auf dem OP-Tisch geblieben. Aber der Tätowierer, der hat es geschafft. Hände wieder dran, auch wenn sie noch nicht wieder funktionieren. Jetzt pass auf. Denn jetzt passiert ganz viel. Herta ... Selbstfindungstrip in der Mongolei. Serafima, also die Nadeshda-Schwester, plötzlich Werbeplakat. Lebensgroß und so was von schön. Frag nicht! Also nix mit Prostitution. Nadeshda ... Selbstmordversuch. Krankenhaus. Der Tätowierer ... großer Schweiger, also in puncto, wer hat dir die Hände abgehackt? Und jetzt kommt's ... In der Mongolei ist die Reisegruppe von der Herta von Terroristen entführt worden. Bei denen legt die Herta eine steile Karriere hin und wird Geiselsprecherin. Tja, wer früher als Lehrerin gearbeitet hat ...

In Wien ist aber auch einiges los. Der Lupescu ist mit der Waffe vom Tätowierer erschossen worden. Jetzt sagst du, wie gut für den Tätowierer, dass er die Hände immer noch nicht bewegen kann. Denn sonst würden ja alle denken, er war's. Vor allem, wo der Tätowierer doch dann im Fernsehinterview sagt, wer ihm die Hände abgehackt hat. Große Frage. Na, ahnst du's? Der Lupescu. Wegen etwas, das der Untergrundphilosoph in die Welt hinausposaunt hat. Und Rufschädigung im Rotlichtmilieu ist ganz schlecht. Das weiß der Untergrundphilosoph in seinem Grab jetzt auch. Auch die Frauenleiche ging auf die Rechnung vom Lupescu. Quasi-Nachricht an den Tätowierer. Entweder du vertickst mir dein Haus, damit ich daraus einen schönen Puff machen kann, oder ...

Das Lösegeld für die Geiseln in der Mongolei muss der Brenner überbringen, und das, obwohl die Herta doch wegen der schönen Landschaft lieber dort bleiben möchte. Aber frag nicht. Klar, kommt die zurück. Die Nadeshda hat im Übrigen den Tätowierer geheiratet, der in die Fußstapfen vom Lupescu getreten ist. Die lebt jetzt allerdings etwas gefährlich, denn sie weiß, was die anderen nicht wissen. Der Tätowierer konnte seine Hände doch schon früher bewegen. Ah, warte. Einer wusste es auch. Der Lupescu.

Wer hat's geschrieben?

WOLF HAAS

**14.12.1960 in Maria Alm, Österreich*

Sohn eines Kellnerehepaares. Studierte Linguistik in Salzburg. Universitätslektor in Swansea, Wales. Arbeit als Werbe- und Radiotexter in Wien. Freier Schriftsteller. Lebt heute in Wien.

Klugscheißerwissen

Dreimal hat der Herr Haas für die Fälle des Herrn Brenner den Deutschen Krimipreis bekommen! Nämlich für: *Auferstehung der Toten, Komm, süßer Tod* und *Silentium!*

Sogar Elfriede Jelinek ist ein Haas-Jünger.

Wolf Haas hat alles getan, um n i c h t Schriftsteller zu werden. Sogar zu einer Therapeutin ist er gegangen. Die sollte ihm diesen blöden, kindischen Wunsch ausreden. Hat nicht geklappt.

Übrigens ...

Vier Brenner-Krimis wurden sogar fürs Kino verfilmt! Und das, obwohl Wolf Haas seine Bücher für unverfilmbar hielt. Irgendjemand muss ihn vom Gegenteil überzeugt haben, und schließlich schrieb er sogar bei den Drehbüchern mit. Die TV-Serie *Vier Frauen und ein Todesfall* ist auch von ihm.

Angefixt? Hier gibt's mehr von dem Stoff:

AUFERSTEHUNG DER TOTEN

Zell am See. Ein Tag vor Weihnachten. Zwei Leichen im Sessellift. Erfroren. Wer ist der Mörder? Der Brenner ermittelt zum ersten und nicht zum letzten Mal. Also, rann an die *Brenner-Reihe*.

#diekatzelässtdasmausennicht
#untergrundphilosophischemafiamethoden
#saukomisch

SIR ARTHUR CONAN DOYLE

EIN SKANDAL IN BÖHMEN, IN: DIE ABENTEUER DES SHERLOCK HOLMES

(Stuttgart 1895)

A Scandal in Bohemia, in: The Adventures of Sherlock Holmes (London 1892)

Warum man diese Kurzgeschichte lesen muss

Weil es ein absolutes MUST ist, diesen exzentrischen, drogensüchtigen, coolen, großen, dünnen Typen zu kennen, der mit seiner Pfeife, dem Deerstalker-Hut und seiner genialen Gabe des logischen Herleitens das Urbild aller Detektive ist: Sherlock Holmes.
Let's go to 221b Baker Street, London!

Worum geht es?

In der Baker Street, so berichtet der Ich-Erzähler Dr. Watson dem Leser, ist eine höchst ominöse Nachricht für Holmes abgegeben worden. Kein Datum. Keine Unterschrift. Am gleichen Tag um Viertel vor acht, so die Botschaft, werde ein maskierter Besucher den berühmten Detektiv in einer äußerst heiklen, diskretionsbedürftigen Angelegenheit aufsuchen. Holmes beobachtet und analysiert. Anhand des Wasserzeichens kombiniert er, dass das edle Papier in Böhmen hergestellt worden ist. Auch die Satzstellung verrät den deutschen Verfasser. Der Besuch kommt. Es ist der Erbkönig von Böhmen, der in einem schönen Schlamassel steckt. Vor Fünf Jahren hatte er eine Affäre mit der Operndiva Irene Adler. Und die zickt jetzt rum. Weil er eine andere heiraten will. Sobald der König die Verlobung bekanntgibt, so droht sie, wird sie der Braut ein kompromittierendes Foto von sich selbst und dem König schicken. Das geht natürlich gar nicht! Klar, hat der König ihr Geld geboten. Fehlanzeige. Fünf Versuche, das Foto zu stehlen, sind bereits gescheitert. Tja, Mr Holmes, Ihnen bleiben noch drei Tage, um die Sache zu schaukeln.

Achtung, Spoileralarm!

Mit Hilfe von diversen Verkleidungen und ein paar Tricks verschafft sich Holmes Informationen über Irene Adler, erhält Zutritt zu ihrem Haus und spioniert das Versteck des kompromittierenden Fotos aus. Am nächsten Tag will er es in Begleitung des Königs und Dr. Watsons holen. Allerdings hat er die Rechnung ohne den Wirt gemacht. Irene Adler ist ihm auf die Schliche gekommen. Sie ist mitsamt dem Foto und ihrem frisch angetrauten Ehemann in Richtung Kontinent entschwunden. In dem Geheimfach findet Holmes lediglich ein Foto von ihr in eleganter Abendrobe und einen Brief an ihn persönlich, in dem sie dem Detektiv eröffnet, dass sie ihn durchschaut hat, aber auch, dass der König sich keine Sorgen mehr zu machen braucht. Sie liebt einen anderen, besseren Mann und hat keine Rachegelüste mehr. Der Fall ist gelöst. Trotzdem hat eine Frau, »die Frau«, wie Holmes sie voller Bewunderung immer nennen wird, den größten Detektiv aller Zeiten ausgetrickst.

Wer hat's geschrieben?

SIR ARTHUR CONAN DOYLE

**22.05.1859 Edinburgh, Schottland;*

†07.07.1930 Crowborough, England

Arzt. Noch im Studium als Schiffschirurg auf einem Walfänger in der Arktis unterwegs. Tuckert später als Amtsarzt auf einem Dampfer zwischen Liverpool und der afrikanischen Westküste. Lässt sich in Southsea nieder. 1887 lässt er seinen Sherlock Holmes zum ersten Mal ermitteln. Umzug nach London. Vollzeit-Schriftsteller. Arzt im Burenkrieg. Wird zum Ritter geschlagen und ist fortan ein Sir. Gegen Ende seines Lebens fasziniert vom Spiritismus.

Klugscheißerwissen

Sherlock Holmes ist natürlich nicht denkbar ohne seinen Assistenten, den Arzt Dr. Watson, der als Erzähler stellvertretend für den Leser die Fragen stellt oder den Stand der Dinge zusammenfasst.

1887/88 wurden zwei Holmes-Romane, *Eine Studie in Scharlachrot (A Study in Scarlet)* und *Das Zeichen der Vier (The Sing of the Four),* veröffentlicht. Interessierte erst mal kaum ein Schwein. Doch als die kürzeren *Sherlock-Holmes*-Geschichten (als erste *Ein Skandal in Böhmen)* ab 1891 im *Strand Magazine* veröffentlicht wurden, wuchs und wuchs die Fan-Gemeinde.

Sherlock Holmes ist der berühmteste Detektiv der Literaturgeschichte. Und seit der filmischen Neuinterpre-

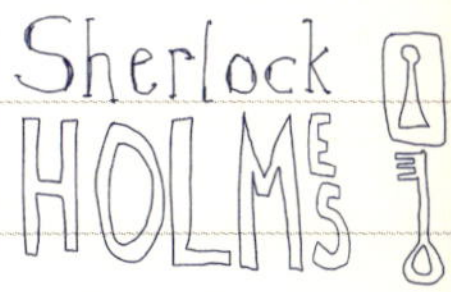

tation der *BBC* mit Benedict Cumberbatch als genialer, moderner, freakiger Holmes und Martin Freeman als treuer, ergebener Dr. Watson, sind die beiden Ermittler inzwischen wieder mindestens genauso hip, wie sie es zu Doyles Zeiten waren.

Nicht Doyle hat den Grundstein für die moderne Detektivgeschichte gelegt, sondern Edgar Allan Poe (das ist der Typ mit den Schauergeschichten). Doyle hat sie einfach weiterentwickelt.

Unter der Adresse 221b Baker Street befand sich bis 2005 eine Bausparkasse mitsamt einem Angestellten, der nichts anderes tat, als die unzähligen Briefe an Mr Holmes zu bearbeiten.

Übrigens ...

Doyle mochte die Arbeit an den Sherlock-Holmes-Geschichten nicht so rasend gerne, aber sie brachten ihm richtig viel Schotter ein, deshalb blieb er dabei. Doch 1893 sollte dann endlich Schluss sein. Doyle wollte sich lieber dem Verfassen historischer Romane zuwenden. Also ließ er Holmes in der Geschichte *Das letzte Problem (The final Problem)* kurzerhand während eines Kampfes mit seinem Widersacher Professor Moriarty in der Schweiz in die Reichenbachfälle stürzen. Klappe zu, Affe tot! Nicht ganz. Denn nicht nur Doyles Mutter, die ein riesiger Holmes-Fan war, auch die restliche Fangemeinde war tief bestürzt (zwanzigtausend Abonnenten kündigen aus Protest ihr Abo von *The Strand Magazine*).

Tja, zehn Jahre nach seinem Ableben stand Holmes in der Geschichte *Das leere Haus (The empty House)* dann wieder von den Toten auf (Doyle brauchte Geld) und lieferte auch gleich eine coole Erklärung für sein Überleben.

Angefixt? Hier gibt's mehr von dem Stoff:

DIE ABENTEUER DES SHERLOCK HOLMES

Lauter spannende Kurzgeschichten, in denen Dr. Watson von Holmes' Genie berichtet.

DER HUND VON BASKERVILLE

Der Fluch der Familie Baskerville und ein mörderischer »Höllenhund«.

#221bbakerstreet #kombinationsgeniemitdame

UMBERTO ECO

DER NAME DER ROSE (München, Wien 1982)

Il nome della rosa (Mailand 1980)

Warum man dieses Buch lesen muss

Weil es ein exzellent gemachter, hoch spannender historischer Kriminalroman zum Mitraten und Zeichendeuten ist. Ausdrücklich nicht nur für Geschichtsfreaks – sondern für alle ausgeschlafenen Krimifans, die es anspruchsvoll lieben.

MANDUCA IAM COCTUM EST

Worum geht's?

Lieber Leser, habe Ehrfurcht. Der Text, mit dem du es zu tun bekommst, ist sehr alt und hat eine abenteuerliche Reise hinter sich, ohne die du ihn nie zu Gesicht bekommen hättest. Er stammt aus dem tiefsten Mittelalter, ist ein um das andere Mal übersetzt worden und erzählt eine mysteriöse, düstere Geschichte aus genau dieser wenig gemütlichen Epoche. Es passiert ach so vieles, aber hauptsächlich geht es um Mord – was sage ich? Um Morde – ganze fünf Stück, um genau zu sein! Die finden in einer Benediktiner-Abtei im Apennin im Jahr 1327 statt. Und diese Abtei hat es in sich. Als der Franziskanermönch William von Baskerville mit seinem Novizen Adson von Melk (der als alter Mann das Abenteuer rückblickend erzählt) dort zu einem Treffen von geistlichen Würdenträgern eintrifft, ist gerade der erste tote Mönch zu beklagen. Den Abt macht das nervös, und so bittet er William, in der Sache sherlockmäßig zu ermitteln. Jener begibt sich sofort ans Werk.

Achtung, Spoileralarm!

Und jetzt rollen die Köpfe. William zählt eins und eins zusammen, aber erst als der fünfte Mönch sein Leben lässt, bemerkt er, dass alle Zeichen und Hinweise zu der labyrinthisch angelegten Bibliothek führen. William und Adson verschaffen sich also Zutritt zu dem Reich des blinden Bibliothekars Jorge von Burgos. Der verwahrt hier ein – wie er glaubt – *Teufelswerk*, nämlich einen Text von Aristoteles, der vom Lachen handelt. Weil Lachen die Furcht vertreibt, ist es quasi vernichtend für den Glauben – so die Meinung des humorlosen Bibliothekars. Niemand soll also diese unfassbare Schrift zu lesen bekommen. Sollte sie sich dennoch jemand verbotenerweise zu Gemüte führen, wird er für die Lektüre mit dem Tod bezahlen. Denn Burgos hat die Seiten mit einem Gift beträufelt. William, das Schlitzohr, ist dem Bibliothekar und seinem Treiben auf die Schliche gekommen und trägt deshalb beim Durchblättern des Buches Handschuhe. Burgos fühlt, dass er verloren hat, und legt Feuer. Die ganze schöne Bibliothek, alle Bücher, er selbst und das Kloster fallen den Flammen zum Opfer. William und Adson entkommen mit knapper Not.

Wer hat's geschrieben?

UMBERTO ECO

**05.01.1932 in Alessandria, Italien;*

†19.02.2016 in Mailand, Italien

Bekannter und gefragter Literatur- und Kulturwissenschaftler. Arbeit beim italienischen Fernsehen. Sachbuchlektor. Lehrtätigkeit an unterschiedlichen Universitäten. Unter anderem als Dozent für Ästhetik. Professor für Semiotik (Zeichenlehre) in Bologna. Genau aus diesem Grund geht es in seinen Romanen auch viel um Zeichen und ihre Bedeutung. Aus aller Herren Länder hat man ihm sage und schreibe neununddreißig Ehrendoktortitel verliehen. Heftiger Kritiker von Silvio Berlusconi. Verheiratet. Zwei Kinder. Stirbt vierundachtzigjährig in seinem Haus in Mailand.

Klugscheißerwissen

Das Buch wurde ein Mega-Weltbestseller. Verfilmt wurde es von Bernd Eichinger mit Sean Connery als William von Baskerville sowie Christian Slater als Adson von Melk und kam 1986 in die Kinos. Damals war der Kinobesuch Pflicht.

Gedreht wurde übrigens auch in Deutschland – im Zisterzienserkloster Eberbach im hessischen Rheingau.

Im Übrigen ...

... betrieb Umberto Eco die Romanschreiberei nur so nebenher. In erster Linie verfasste er als Wissenschaftler Texte über die Literatur, die Kunst, die Ästhetik im Mittelalter und natürlich über Zeichen.

Angefixt? Hier gibt's mehr von dem Stoff:

DAS FOUCAULTSCHE PENDEL

Ein Roman über drei Lektoren. Die Tempelritter. Geheime Lehren und eine Verschwörung.

#schaurigggruseligesmittelalter
#werbringtdenndadiemöncheum

DAPHNE DU MAURIER

REBECCA (Zürich 1940)

Rebecca (London 1938)

Warum man dieses Buch lesen muss

Weil diese kriminell-spannende Liebesgeschichte so unglaublich viele *twists and turns* hat, die man einfach nicht voraussehen kann. Außerdem ist das Buch so schön gothic und spielt in Cornwall.

Worum geht es?

Wundervoll! Junges, armes, schüchternes, unscheinbares Mädchen (die Ich-Erzählerin, deren Namen wir nie erfahren werden) trifft in Südfrankreich den reichen, etwas älteren britischen Gentleman Maxim de Winter. Sie verlieben sich, heiraten. Ende gut, alles gut? O nein!

Denn Maxim de Winter war schon einmal verheiratet. Mit der vielgerühmten, bildschönen, faszinierenden, magischen, perfekten Rebecca, die bei einem Segelunglück ums Leben kam. Es ist, als ob ihr Geist immer noch durch die düsteren Mauern Manderleys, des Stammsitzes der de Winters, geistern würde. Daran ist Mrs Danvers, die Hausdame, nicht ganz unschuldig, denn sie betreibt einen fanatischen Rebecca-Kult. Die neue Mrs de Winter kann einfach nicht mit ihrer Vorgängerin mithalten. Das spürt diese von Tag zu Tag mehr. Und warum ist Rebeccas Zimmer verschlossen? Warum will Maxim nicht über die Vergangenheit sprechen? Irgendetwas stimmt hier nicht ...

Mrs Danvers spielt ein übles Spiel, dessen Ziel es ist,

die neue Mrs de Winter aus dem Haus zu treiben. Schon scheint ihr Plan aufzugehen, da läuft im Nebel ein Schiff auf ein vorgelagertes Riff auf, und dummerweise wird ein Taucher losgeschickt, um den Schaden zu begutachten.

Achtung, Spoileralarm!
Spätestens an diesem Punkt wird es Zeit, dass Maxim seiner neuen Frau die Wahrheit über sich und Rebecca erzählt. Denn Maxim weiß, wessen Leiche der Taucher unten am Riff finden wird. Rebeccas. Er hat sie erschossen und den Leichnam versenkt. Denn Rebecca war nicht der Engel, für den alle sie gehalten haben. Sie war eine böse, intrigante, untreue Frau, die nach außen hin nur die perfekte Lady und Ehefrau gespielt hat. In Wahrheit war die Ehe für Maxim die reinste Hölle. Am Abend ihres Todes war Rebecca noch provokanter und verletzender als sonst. Im Wissen, dass Maxim die Familienehre über alles geht, deutete sie ihm an, sie sei schwanger von ihrem Liebhaber und ihr uneheliches Kind würde später Herr von Manderley werden, während er, Maxim, gute Miene zum bösen Spiel würde machen müssen. Maxim konnte nicht anders und schoss.

Manderley

Rebeccas Überreste weisen keine Spuren von der Kugel mehr auf, trotzdem kommt es zu einer Gerichtsverhandlung, die die Umstände von Rebeccas Tod klären soll. Das Urteil lautet auf Selbstmord. Der Spuk scheint vorbei zu sein, und doch gerät Maxim dann noch unter Mordverdacht. Es werden Nachforschungen angestellt, und Unfassbares kommt zutage: An ihrem Todestag hat Re-

becca einen Arzt aufgesucht. Sie war nicht schwanger. Sie hatte Krebs im Endstadium. Eine Erkenntnis, die Maxim entlastet und die Selbstmordtheorie bestätigt.
In Wahrheit war es Rebeccas letzter teuflischer Plan, Maxim dazu zu zwingen, sie zu töten, um ihn so auf immer und ewig ins Unglück zu stürzen. Das ist zumindest Maxims Theorie.
Als Mrs Danvers die Neuigkeiten erfährt, brennt sie Manderley nieder.
Das Ehepaar de Winter verlässt England.

Wer hat's geschrieben?

DAPHNE DU MAURIER, verh. Lady Browning

**13.05.1907 in London, England;*
†19.04.1989 in Par, England

Französischstämmige Künstlerfamilie. Daphne will ihren Eltern nicht auf der Tasche liegen. Sie schreibt, um unabhängig zu sein. Es funktioniert: Gleich der erste Roman wird ein Riesenerfolg, und sie wird reich mit der Schreiberei.
Von der Kritik belächelt. Von den Lesern heiß geliebt!

Klugscheißerwissen

1940 verfilmt der große Alfred Hitchcock *Rebecca*.

Übrigens ...

Du Mauriers Kurzgeschichte *Die Vögel (The Birds)* war die Vorlage für Hitchcocks gleichnamigen Filmklassiker.

Angefixt? Hier gibt's mehr von dem Stoff:

MEINE COUSINE RACHEL

Welches Spiel spielt diese Rachel? Kann man ihr trauen, oder bezahlt man dafür mit dem Leben?

#lastnightidreamtiwenttomanderleyagain

PATRICK SÜSKIND

DAS PARFUM. DIE GESCHICHTE EINES MÖRDERS (Zürich 1985)

Warum man diesen Roman lesen muss

Weil dieses Buch irgendwie skandalös ist und absolut fies und den Leser mit einer fast märchenhaften Erzählweise betört. Eigentlich ganz ähnlich wie das Monster Jean-Baptiste Grenouille die Leute mit seinen aus Jungfrauen hergestellten Parfums betört. Dieses abstoßende und geniale Stück Literatur ist viel, viel mehr als ein Krimi – sollte man unbedingt mal reinschnuppern ...

Worum geht's?

Was für ein fieser Typ! Jean-Baptiste Grenouille wird am 17. Juli 1738 in stinkenden Fischabfällen auf einem Pariser Markt von einer Mutter geboren, die ihn dort am liebsten hätte genauso verrecken lassen wie ihre anderen Babys – und die deswegen als Kindsmörderin hingerichtet wird. Neben seiner Hässlichkeit hat er noch einen sehr absonderlichen Makel: Er hat keinen Eigengeruch. Deshalb ist er anderen unheimlich, und sie ekeln sich vor ihm. Er wird als »Kostkind« großgezogen, doch auch seiner »Kostmutter« wird er unheimlich, und so schiebt sie ihn an einen Gerber ab. Grenouille ist süchtig, süchtig nach Düften. Nachts schleicht er durch Paris, immer auf der Suche nach neuen Geruchserlebnissen, die er sich verinnerlichen kann. So legt sich dieser Typ eine Art innere Bibliothek der Düfte an. Hat er einmal etwas gerochen, vergisst er es nie wieder. Im

Geist komponiert er in seiner Duft-Bibliothek die feinsten Parfums zusammen.

Es ist der Abend des ersten September 1753, der König feiert sein Thronjubiläum, als Grenouille seinen ersten Mord begeht. Ein Mädchen muss sterben, damit er ihren unglaublichen Duft in sich aufsaugen kann. Jetzt weiß er, was er will: Mit seiner Nase, seinem Duftgedächtnis und dem Duft des Mädchens ausgestattet, wird er, Jean-Baptiste Grenouille, der Großmeister der Parfumeure werden – der beste von allen.

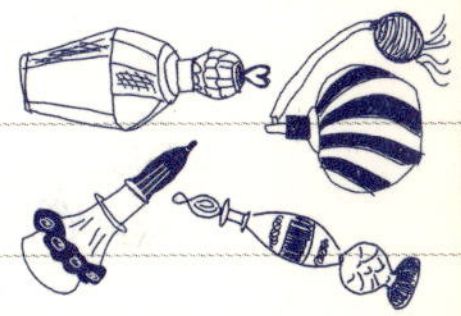

Der Parfumeur und Handschuhmacher Giuseppe Baldini, der bei Gott schon mal bessere Tage gesehen hat, kann sein Glück kaum fassen, als ihm der Zufall dieses Naturtalent, dieses Genie, diesen Grenouille ins Haus weht. Dank der unglaublichen Parfumkreationen dieses – seien wir mal ehrlich – doch irgendwie widerwärtigen Kerls kommt Baldini zu höherem Ansehen, als er es jemals vorher genossen hat. Grenouille – und der Leser ebenso – lernt von seinem Meister vieles über die Herstellung von Parfums. Doch die wahren Meister sitzen in Grasse – dem Mekka der Parfumeure. Ausgestattet mit einem Gesellenbrief, lässt Grenouille den durch ihn stinkreich gewordenen Baldini zurück, dessen Haus noch in derselben Nacht zusammenbricht und dessen Leiche niemals gefunden wird, und macht sich auf den Weg nach Grasse. Und dann der Schock! Er kann sich selber nicht riechen. Es klebt kein menschlicher Geruch an ihm. Das geht aber mal gar nicht. Schleunigst mischt er sich aus Katzenmist, faulen Eiern, Rosen und noch viel mehr einen einigermaßen menschlichen Geruch zusammen, um nicht aufzufallen. Er gelangt nach Grasse ...

Achtung, Spoileralarm!

... und erschnüffelt diesen einen einzigartigen, unglaublichen Duft! Grenouille hat ihn schon mal gerochen. Der Arme wird ganz nervös. Denn er meint den Duft des Mädchens aus Paris zu riechen, des Mädchens, das er ermordet hat. Doch nein, es ist ein anderer Duft. Noch sagenhafter. Engelsgleicher. Aber er muss noch reifen. In zwei Jahren wird er unwiderstehlich sein, und bis dahin muss Grenouille warten, denn dann ist die Zeit der »Ernte« gekommen, dann will er diesen Duft in Parfum umwandeln. Sprich: das Mädchen abmurksen. Endlich wird er über einen Duft verfügen, der dafür sorgen wird, dass die Menschen ihn lieben, ihm zu Füßen liegen, ihn anbeten werden, einen Duft, der ihm Macht über die Menschen verleihen wird. Vorerst findet Grenouille eine Anstellung in einem kleinen »Parfumatelier«, lernt viel über Duftgewinnung und -konservierung und beginnt zu morden. Vierundzwanzig bildschöne, junge Frauen ermordet er, um ihren Duft einzufangen. Schließlich ermordet er auch das Mädchen, dessen Duft er an seinem ersten Tag in Grasse gerochen hat. Er wird geschnappt, verurteilt und soll eigentlich hingerichtet werden. Aber dazu kommt es nicht. Denn Grenouille hat das Parfum aufgelegt, für das fünfundzwanzig Frauen sterben mussten. Der Duft betört die Menschen, sie werden lüstern, und es kommt zu einer ziemlich ausschweifenden, zügellosen Orgie. Jetzt liegen ihm die Menschen zu

Füßen, beten ihn an, vergöttern ihn. Und Grenouille? Der muss nun leider feststellen, dass ihm das alles so was von egal ist. Blöd gelaufen! Er wird freigesprochen und geht nach Paris zurück, um zu sterben. Weil er das Parfum aufgelegt hat, gewinnen ihn die finsteren Gestalten, in deren Gesellschaft er sich begibt, zum Fressen gern. Und so machen sie sich mit einem unglaublichen Appetit über ihn her – von Jean-Baptiste Grenouille bleibt nichts Nennenswertes übrig.

Wer hat's geschrieben?

PATRICK SÜSKIND

**26.03.1949 in Ambach am Starnberger See*

Sohn des Journalisten und Schriftstellers W.E. Süskind. Intellektuellenfamilie. Sein Vater war ein enger Freund von Klaus Mann. Studiert Geschichte, auch nebenher Sprachen, Politik, Theologie ... Bricht sein Studium ab. Scheut die Öffentlichkeit. Eigenbrötler. Gibt keine Interviews. Wird ein Phantom im Literaturbetrieb. Verzichtet auf so manchen Literaturpreis. Lebt in München, am Starnberger See und in Frankreich.
1981 Uraufführung seines Ein-Personen-Theaterstücks *Der Kontrabaß*.

Klugscheißerwissen

Wow! Weltweit über zwanzig Millionen verkaufte Exemplare, übersetzt in fast fünfzig Sprachen. Damit wurde *Das Parfum* zu einem Welterfolg. Mehr als neun Jahre lang machte es sich auf der *Spiegel*-Bestsellerliste breit. Klar, dass so ein Stöffchen auch verfilmt wurde. Und zwar von Bernd Eichinger, Deutschlands wohl bekanntestem Filmproduzenten. Jahrelang war er hinter Süskind hergelaufen, der die Filmrechte aber partout nicht herausrücken wollte.

Schon mal den Film *Rossini – oder die mörderische Frage, wer mit wem schlief* (1997) von Helmut Dietl gesehen? Was der mit der Verfilmung von *Das Parfum* zu tun hat? 'ne ganze Menge! Der Film dreht sich nämlich in der Nebenhandlung um einen Filmproduzenten mitten in der Münchner Schickeria, der wie der Teufel hinter der armen Seele den Filmrechten zu einem Bestseller hinterherhechtet, die der verschrobene, eigenbrötlerische, weltscheue Autor aber nicht rausrücken will. Genau. Es geht um Bernd Eichinger, um Patrick Süskind und um die Filmrechte zu *Das Parfum*. Das Drehbuch zu *Rossini* haben Helmut Dietl und Patrick Süskind geschrieben (wie auch zu den Fernsehserien *Monaco Franze* und *Kir Royal*). Einen guten Humor scheint dieses Phantom Süskind also zu haben! Der Cast von Rossini liest sich wie ein Who's who des deutschen Films: Götz George, Gudrun Landgrebe, Heiner Lauterbach, Jan Josef Liefers, Veronica Ferres, Meret Becker, Armin Rohde und und und. Es lohnt sich.

Eichinger war sogar bereit, den Diogenes Verlag zu kaufen, nur um an die Filmrechte von *Das Parfum* zu kommen. Doch dummerweise hatte Süskind die gar nicht dem Verlag überlassen, sondern sie behalten.

Sechzehn Jahre nach dem Erscheinen des Buches war es dann so weit: Süskind rückte die Filmrechte raus. Ridley Scott, Martin Scorsese und Steven Spielberg waren genauso scharf auf den Stoff wie Eichinger. Aber Eichinger schaffte es. Er blätterte dafür eine astronomische Summe hin und machte auch den Film zu einem großen kommerziellen Erfolg.

Übrigens ...

Das Parfum ist bislang Süskinds einziger Roman.

Angefixt? Dann ist die Empfehlung diesmal ein Schauspiel:

DER KONTRABASS

Ein hintergründiges und witziges Ein-Mann-Stück über einen Kontrabassisten, der mit seinem Instrument, dem Orchester, den Komponisten abrechnet – und letztlich mit sich selbst. Eines der meistgespielten Stücke an deutschen Bühnen.

#mörderischbetörendverführerischeduft-kreationen #kein4711

AGATHA CHRISTIE

ALIBI (München, Berlin 1928)

The Murder of Roger Ackroyd (London 1926)

Warum man dieses Buch lesen muss

Weil es feinste englische Krimiunterhaltung ist, die ohne Blutgespritze auskommt und die die kleinen grauen Zellen des Lesers auf Hochtouren bringt.

Worum geht's?

Vor einem Jahr ist Mr Ferrars dahingeschieden, und nun ist seine Frau plötzlich verstorben, da kommt es auch schon zum nächsten Todesfall: Roger Ackroyd, heimlich mit Mrs Ferrars verlobt, wird in seinem Arbeitszimmer ermordet aufgefunden. Die Suche nach dem Mörder beginnt! Verdächtige gibt es viele. Und so müssen »die kleinen grauen Zellen« des belgischen Meisterdetektives Hercule Poirot tüchtig arbeiten, um die Frage *Whodunit?* zu beantworten. Dabei steht ihm der Landarzt Dr. Sheppard zur Seite, der die ganze Geschichte aus der Perspektive des Ich-Erzählers schildert.

Achtung, Spoileralarm!

Einen Verdächtigen nach dem anderen können Poirot und Dr. Sheppard von ihrer Liste streichen. Als Leser wird man ganz irre. Hä? Wer um alles in der Welt soll es jetzt noch gewesen sein! Es gibt scheinbar keinen Mörder. Und doch, es gibt ihn, wie Poirot herausfindet: Dr. Sheppard.

Vor einem Jahr nämlich hatte Mrs Ferrars ihren Mann

vergiftet, und Dr. Sheppard war dahintergekommen. Seither hat er sie mit diesem Wissen erpresst. Weil sie mit ihrer Tat nicht mehr leben konnte, wählte Mrs Ferrars den Freitod, schrieb aber vorher noch einen Brief an Roger Ackroyd, in dem sie ihm die Identität ihres Erpressers offenbarte.

Folgerichtig konnte Dr. Sheppard Roger Ackroyd nicht am Leben lassen. Nachdem der Leser das Buch zugeklappt hat, wird Sheppard sich das Leben nehmen.

Wer hat's geschrieben?

AGATHA CHRISTIE

**15.09.1890 in Torquay, England; †12.01.1976 in Wallingford bei Oxford, England*

Besucht nie eine richtige Schule. Arbeitet während des Ersten Weltkrieges erst als Krankenschwester, dann als Hilfsapothekerin – lernt dabei viel über Gifte. Ein Wissen, das ihr später hilft, in einundvierzig ihrer Romane literarischen Giftmord zu begehen. 1914 Eheschließung mit Archibald Christie. 1928 Scheidung. 1930 heiratet Christie den Archäologen Max Mallowan. Gemeinsame Ausgrabungsreisen in den Irak, nach Syrien und Ägypten. Dort spielen dann auch viele ihrer Romane.

Klugscheißerwissen

Agatha Christie ist die Queen of Crime. Ihre Bücher wurden milliardenfach verkauft, und ihre beiden Stardetektive, die altjüngferliche Miss Marple und der schnauzbärtige Belgier Hercule Poirot, sind aus der Krimilandschaft nicht mehr wegzudenken. Nur eine einzige literarische Ermittlerfigur ist noch bekannter: Sherlock Holmes.

Alibi ist nicht nur der erfolgreichste von Agatha Christies fast 70 Kriminalromanen (noch 2013 wird er von der *Crime Writers' Association* als der beste Kriminalroman aller Zeiten ausgezeichnet), er bringt ihr auch viel Kritik ein. Denn damals soll sich jeder Krimiautor an die *10 Vorschriften für Detektivgeschichten* von Ronald Knox halten, einem Autor, der genauso wie Christie dem *Detection Club* angehört. Laut diesen Regeln soll es dem Leser möglich sein, dem Täter auf die Spur zu kommen, ihm sollen keine Informationen vorenthalten werden, und der Detektiv darf nicht der Mörder sein. Durch die kniffige und geniale Konstruktion des Romans muss Christie gleich mehrere dieser Regeln über Bord werfen.

Übrigens ...

Am 3. Dezember 1926 verschwindet Christie für elf Tage von der Bildfläche. Ganz England sucht nach ihr. Die Polizei setzt Hundestaffeln und Flugzeuge ein. Ihr Foto wird in den Zeitungen gedruckt, und die *Daily Mail* verspricht hundert Pfund für Hinweise zum Aufenthaltsort der Krimiautorin. Besonders apart ist der Einfall der *Evening News*, die doch tatsächlich zu einer »Sonntagsjagd nach Mrs Christie« einlädt. Wer einen Bluthund hat, soll ihn doch bitte mitbringen. Spekuliert wird reichlich: Hat sich Agatha Christie das Leben genommen? Oder hat ihr Mann Oberst Christie sie ermordet? Oder handelt es sich gar um einen geschmacklosen Promotion-Gag? Am 13. Dezember wird sie in einem Hotel, in das sie unter dem Namen Teresa Neele eingecheckt hat, entdeckt. Aufgemerkt: Es ist eine Nancy Neele, wegen der Christies Mann die Scheidung eingereicht hat. Offiziell heißt es, Christie leide unter Gedächtnisverlust. Zu Beginn des Jahres 1927 begibt sie sich auch in psychiatrische Behandlung. Was damals wirklich passiert ist, weiß bis heute niemand.

Angefixt? Hier gibt's mehr von dem Stoff:

TOD AUF DEM NIL

HERCULE POIROTS WEIHNACHTEN

16.50 UHR AB PADDINGTON

In diesen Krimis gibt's mal mehr, mal weniger Morde, aber immer schön gepflegt und schön viele Verdächtige!

#herculepoirotathisverybest
#rogerackroydkannnichttotsein #isteraber

EDGAR ALLAN POE

DAS FASS AMONTILLADO, IN: SELTSAME GESCHICHTEN (Straßburg 1918)

The Cask of Amontillado, in: Godey's Lady's Book (Philadelphia 1846)

Warum man diese Kurzgeschichte lesen muss

Weil es fieser, schauriger, gruseliger kaum geht! Die Lektüre im passenden Ambiente und bei Gewitter genossen, kann zu dauerhaften Schlafstörungen und Wahnvorstellungen führen. Nur etwas für starke Nerven!

Worum geht's?

Montresor, der Ich-Erzähler, sinnt auf Rache. Dass Fortunato unzählige Male ungerecht zu ihm war, hat er erduldet. Doch jetzt hat der Freund eindeutig die Grenze überschritten. Womit? Warum? Wieso? Weshalb? Das erfährt der Leser nicht.

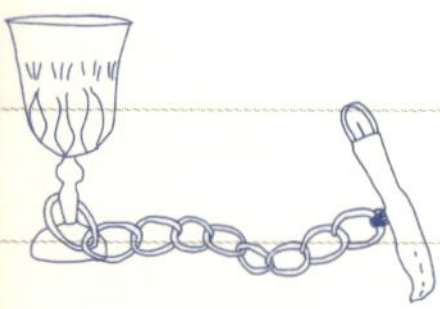

Montresor grübelt, was die adäquate Rache wäre. Fortunato ist ein großer Weinkenner ... hm ... damit müsste sich doch etwas anfangen lassen. In der Tat. An einem dämmrigen Karnevalsabend ist es so weit. Montresors teuflischer Plan ist reif für seine Umsetzung ...

Achtung, Spoileralarm!

Montresor trifft auf Fortunato, der schon ziemlich einen im Kahn hat. Unter dem Vorwand, er habe kürzlich ein ganzes Fass Amontillado gekauft, lockt er Fortunato in seinen Weinkeller, um ihn den teuren Wein beurteilen zu lassen. Während die beiden tiefer und tiefer in den Weinkeller hinabsteigen und Montresor Fortunato fleißig mit Alkohol abfüllt, fragt Montresor häufig nach, ob sie nicht doch lieber umkehren sollen. Gemeinerweise erwähnt er den Namen eines anderen Weinkenners, den er ja auch um Rat fragen könne. Das – und sein alkoholisierter Zustand sowie die Aussicht auf den edlen Tropfen – stachelt Fortunato erst recht an. Immer tiefer steigen die beiden in die gruseligen Kellergewölbe hinab und gelangen schließlich in eine Art Krypta. Und jetzt mauert Montresor den völlig betrunkenen und von ihm mittlerweile angeketteten Fortunato ein. Stein um Stein – er genießt sein Tun aus vollen Stücken. Erst schreit Fortunato, er rasselt mit den Ketten, er hält die Sache für einen Witz. Dann antwortet er nicht mehr. Montresor vollendet sein Werk.

Wer hat's geschrieben?

EDGAR ALLAN POE

**19.01.1809 in Boston, Massachusetts; †07.10.1849 in Baltimore, Maryland*

Erfinder der klassischen Detektivgeschichte und der Kurzgeschichte. DER Autor phantastischer Schauergeschichten schlechthin.

Mutter gestorben, Vater verschwunden: Poe wächst bei der Familie Allan auf. Mehrere Jahre in England. Rückkehr in die Staaten. Bricht Studium ab. Hohe Schulden. Tritt in die Armee ein – unehrenhafte Entlassung. Wendet sich dem Journalismus zu. Heiratet die dreizehnjährige Virginia. Herausgeber mehrerer Zeitungen. Lebt in Armut. Virginia stirbt, und er ist am Boden zerstört. Immer wieder Alkohol und Drogen. 1848 Selbstmordversuch. Stirbt 1849 unter ungeklärten Umständen. Erst nach seinem Tod gelangt er zu großem Ruhm.

Klugscheißerwissen

Poes Tod ist und bleibt ein ungelöstes Rätsel. Tatsache ist, dass er am 3. Oktober 1849 in Baltimore mehr tot als lebendig gefunden wurde. Nur wenige Tage danach starb er im Krankenhaus. Trank er sich zu Tode? Oder war er ein Opfer des sogenannten Cooping geworden? So nannte man es, wenn jemand von einer Bande überfallen und betrunken gemacht wurde, mit dem Ziel, ihn in ein Wahllokal zu schleppen und ihn zu zwingen, sein Kreuzchen an einer bestimmten Stelle zu machen.
Ein Tod so mysteriös wie seine Geschichten ...

Übrigens ...

Ruhe sanft? Mitnichten. Nicht nur, dass ein Zug Poes Grabstein zerstörte und er deshalb unter einem unscheinbaren Sandstein mit dem unpersönlichen Schriftzug »Nr. 80« ruhen musste, er lag auch noch in der falschen Parzelle und wurde nach sechsundzwanzig Jahren umgebettet. Jetzt hat er einen schönen Marmorgrabstein mit dem Bildnis eines Raben darauf – eine Anspielung auf sein berühmtes Gedicht *Der Rabe (The Raven)*.

Angefixt? Hier gibt's mehr von dem Stoff:

DER UNTERGANG DES HAUSES USHER

Eine Sturmnacht in einem gespenstischen Anwesen und eine völlig wahnsinnige englische Adelsfamilie. Schauder und Grusel pur.

HOPP-FROSCH ODER DIE ACHT ANGEKETTETEN ORANG-UTANS

Ein Zwerg, der sich auf echt fiese Weise an seinem König für alle Misshandlungen rächt. Poes letzte Erzählung und womöglich eine Abrechnung mit seinen Kritikern.

#racheistblutwurst #traueniemalseinemmontresor #einmörderischgutertropfen

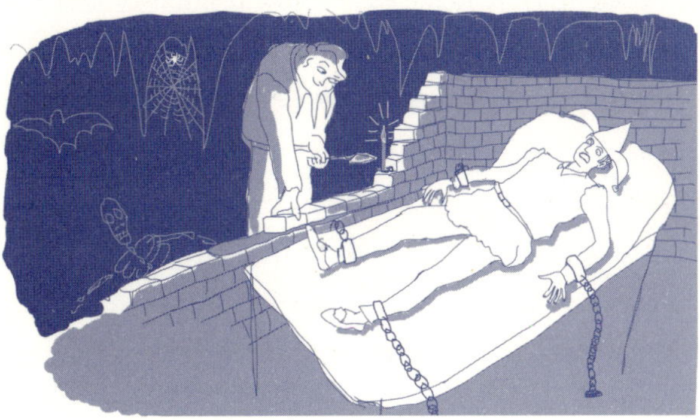

FRIEDRICH DÜRRENMATT

DER RICHTER UND SEIN HENKER

(Einsiedeln 1952)

Warum man diesen Roman lesen muss

Weil dieser Krimi den größten Wow-Effekt aller trickreichen Kriminalromane vorzuweisen hat. Ein Meisterwerk der feinen Krimikunst. Ganz hohe Schule!

Worum geht's?

Polizeileutnant Ulrich Schmied aus Bern wird in seinem Wagen erschossen aufgefunden, und sein Vorgesetzter, Bärlach, ein altgedienter Kommissar, wird mit der Lösung des Falles betraut. Doch Bärlach ist krank, weshalb ihn sein Mitarbeiter Tschanz unterstützt. Schnell führt die Spur zu Gastmann, einem stinkreichen Typen, dessen Abendgesellschaften Schmied (wie sich herausstellen wird) unter falschem Namen besucht hat. Und dann der erste Knaller: Bärlach und Gastmann kennen sich. Eine schicksalhafte Begegnung vor über vierzig Jahren hat sie ein Leben lang aneinandergekettet.

Achtung, Spoileralarm!

Gastmann ist ein mit allen Wassern gewaschener Verbrecher. Zum Verbrecher gemacht hat ihn eine Wette zwischen ihm und Bärlach. Damals am Bosporus. Würde Gastmann es schaffen, ungestraft mit einem Verbrechen davonzukommen, das er direkt vor Bärlachs Nase verübt? Damals war Gastmann davon überzeugt, dass er es schaffen würde. Und er behielt recht. Er warf einen Mann von einer Brücke, gab dies als Selbstmord aus und wurde nie dafür belangt. Bis heute nicht. Und jetzt bleibt Bärlach nicht mehr viel Zeit, Gastmann zu verknacken, denn Bärlachs Uhr tickt. Er hat Krebs. Doch nachdem Gastmanns Anwalt sich bei Bärlachs Vorgesetztem über das Vorgehen der Polizei beschwert hat, heißt es: Finger weg von Gastmann! Auch Bärlach hält weitere Ermittlungen in Richtung Gastmann für sinnlos, glaubt den Mörder Schmieds woanders suchen zu müssen und teilt dies Tschanz mit. Bärlach hat eine Woche Urlaub beantragt. Es geht ihm gesundheitlich nicht gut. Noch in der Nacht vor seiner Abreise entgeht er nur knapp einem Mordanschlag. Bärlach weiß, wer es da auf ihn abgesehen hatte, und genau das erwähnt er gegenüber Tschanz. Am nächsten Tag teilt der Kommissar Gastmann mit, dass er einen Henker für Gastmann ausgewählt habe, dieser würde ihn noch heute ins Jenseits befördern. Wenige Stunden später sind Gastmann und seine zwei Leibwächter tot. Tschanz hat sie erschossen. Angeblich aus Notwehr. Die anschließenden Untersuchungen entlarven Gastmann als Verbrecher und Schmieds Mörder. Tschanz kann auf eine Beförderung hoffen. Ende des Krimis? O nein. Jetzt ist erst die Zeit für den großen Showdown gekommen. Bärlach lädt Tschanz zu sich nach Hause ein, angeblich um mit ihm zu feiern. Und jetzt kommt der Teil, der einem die Ohren schlackern lässt. Denn Bärlach hatte alles geplant. Er hatte Schmied auf Gastmann angesetzt. Doch dann wurde Schmied erschossen. Schnell war Bärlach klar, wer Schmied ermordet hatte. Nämlich kein anderer als

Tschanz. Der hatte seinem Kollegen aus Neid, Eifersucht und Missgunst eine Kugel in den Kopf gejagt. Nachdem Bärlach das herausgefunden hatte, beschloss er, Tschanz so zu manipulieren und in die Enge zu treiben, dass dieser zum Henker von Gastmann werden musste. Bärlachs Rechnung war einfach: Wenn er Gastmann schon nicht für eine Tat richten konnte, die dieser wirklich verübt hatte, dann für eine, mit der er nichts zu tun hatte: für den Mord an Schmied. Er, Bärlach, hatte über Gastmann gerichtet und Tschanz zu dessen Henker auserkoren. Auf diese Eröffnung hin verlässt Tschanz Bärlach und fährt sich in den Tod.

Wer hat's geschrieben?

FRIEDRICH DÜRRENMATT

**05.01.1921 in Konolfingen, Schweiz; †14.12.1990 in Neuchâtel, Schweiz*

Pfarrerssohn. Zeichnet und malt bereits als Kind. 1935 Umzug nach Bern. Möchte Maler werden. Dann aber freier Schriftsteller. 1946 Eheschließung mit der Schauspielerin Lotti Geißler. Holprige Anfänge als Bühnenautor. Geld ist knapp. Zum Glück Hörspielaufträge für den deutschen Rundfunk. Von 1951 bis 1953 Arbeit als Theaterkritiker. 1952 Umzug mit Frau und drei Kindern nach Neuchâtel. 1956: Das Bühnenstück *Der Besuch der alten Dame* beschert ihm Weltruhm und finanzielle Unabhängigkeit. Politisches Engagement. Essays und Vorträge zu unterschiedlichen Themen. 1969 schwere

Erkrankung. 1987 Teilnahme an der Friedenskonferenz in Moskau. 1983 Tod seiner ersten Frau. 1984 Eheschließung mit der Schauspielerin und Regisseurin Charlotte Kerr.
Unglaublich viele Würdigungen und Auszeichnungen für sein umfangreiches Werk sowie viele Ehrendoktortitel.

Klugscheißerwissen
Geschrieben hat Dürrenmatt *Der Richter und sein Henker*, weil er schlicht und ergreifend Kohle brauchte. Der Krimi erschien als Fortsetzungsroman im *Schweizer Beobachter*.
Mit seinen zwei Bühnenstücken *Der Besuch der alten Dame* und *Die Physiker* errang Dürrenmatt Weltruhm. Nach wie vor werden die Stücke regelmäßig auf den Bühnen im deutschsprachigen Raum gespielt. Auf ins Theater!

Übrigens ...
... ist Dürrenmatt durch einen Zufall mit seinen beiden Frauen gemeinsam bestattet. Und zwar wusste Dürrenmatts zweite Frau, die seine Asche unter seiner Lieblingstrauerweide verstreute, nicht, dass dort schon die Asche seiner ersten Frau ruhte. Sie verfügte, dass nach ihrem Tod ihre Asche bei ihrem Liebsten verstreut würde. Und so liegt unter einer Trauerweide mitten auf der Wiese des Dürrenmatt'schen Anwesens der Schriftsteller mit seinen beiden Frauen vereint. Irgendwie schön. Für ihn.

Angefixt? Hier gibt's mehr von dem Stoff:

DER VERDACHT

Fortsetzung von *Der Richter und sein Henker.* Kommissar Bärlach liegt im Krankenhaus. Dort liest er von einem skrupellosen NS-Arzt. Ha! – Der lebt doch noch ...

JUSTIZ

Ein Mord wird begangen. Vor Publikum. Und ein junger Anwalt tappt in eine Falle, weil er Justiz mit Gerechtigkeit verwechselt.

#beiallemwasdutustbedenkedasende

FRED VARGAS

FLIEHE WEIT UND SCHNELL (Berlin 2003)

Pars vite et reviens tard (Paris 2001)

Warum man diesen Roman lesen muss

Weil er – wie alle Krimis von Fred Vargas – so herrlich durchgeknallt ist. Exzentrische Figuren, unorthodoxe Ermittler, abgedrehte Dialoge, irre Gedankengänge, schräger Humor – dazu ein Haufen Hintersinn, Psychologie und Phantasie. Einfach ein »wahnsinnig« guter Krimi!

Worum geht's?

Die Pest! Sie wird Paris heimsuchen, und sie wird schrecklich wüten! Das ist der Inhalt der seltsamen Botschaften, die ein Unbekannter in Paris verlesen lässt. Zeitgleich werden immer mehr Haus- und Wohnungstüren mit einer seltsamen, spiegelverkehrten Vier versehen. Darunter die Buchstaben CLT. Was hat das alles zu bedeuten? Tja, das muss er herausfinden: Hauptkommissar Jean-Baptiste Adamsberg, der k e i n Alkoholiker, n i c h t geschieden, k e i n e verkrachte Existenz wie so manch anderer Krimi-Kommissar ist, sondern ein super Typ. Er hat tüchtig Schlag bei den Frauen, was ihm die Leser(innen) seufzend verzeihen, seine Freundin nicht. Adamsberg ist einfach irgendwie extra, ein megasympathischer, leicht verschrobener Smarty. »Umherschweifen«, das macht er gern, das hilft ihm beim Denken. Er redet langsam, ist unaufgeregt, sanft, und er folgt seinen Eingebungen, was seinen

Stellvertreter Danglard schlicht in den Wahnsinn treibt. (Der ist im Übrigen nicht nur Alkoholiker, sondern auch noch ein wandelndes Universallexikon und ein wahrer Philosoph.) Während seiner Ermittlungen bekommt Adamsberg es Vargas-typisch mit einer ganzen Menge höchst skurriler Gestalten zu tun. Wie zum Beispiel mit dem fachkundigen Mediävisten, der tagsüber als Putzfrau – ja, genau: PutzFRAU – arbeitet! Von ihm erfährt Adamsberg, dass die seltsame Vier an den Haus- und Wohnungstüren zu Pestzeiten vor ebendieser schützen sollte. Aber warum sind dann einige Türen ausgespart worden? Und dieses CLT heißt, wie der Historiker später aufklären wird: *Cito, longe fugeas et tarde redeas – Fliehe schnell, weit weg und komme spät zurück.* Ein gutgemeinter Ratschlag zu Zeiten der Pest. Und dann passiert das, was Adamsberg befürchtet hat. Der erste Mord ...

Achtung, Spoileralarm!

... auf den in Paris noch drei weitere folgen. Und einer in Marseille. Die Opfer sind stranguliert und mit Kohle geschwärzt worden, und man findet Rattenflöhe, also sogenannte Pestflöhe, in den Wohnungen der Opfer. Allerdings sind sie nicht mit der Pest infiziert, wie das Labor herausfindet.

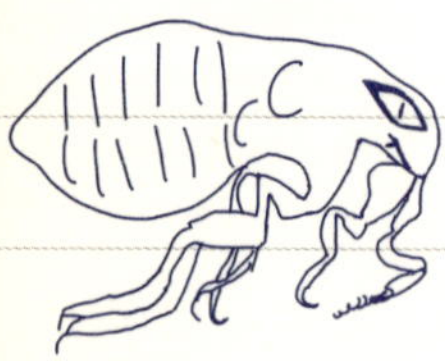

Trotzdem gerät die Bevölkerung in Panik. Die Pest! Sie ist zurück! Die Leute malen jetzt selbst eine spiegelverkehrte Vier auf ihre Türen, um sich zu schützen. Und plötzlich hat Adamsberg den »Pestbereiter« geschnappt – Damas, den Inhaber eines Sportgeschäfts. Vor Jahren ist Damas von einer Gruppe von Männern und einer Frau schwer misshandelt, seine Freundin vergewaltigt worden. In der Folge nahm sich die Freundin das Leben, und Damas wanderte für diesen Selbstmord als Mörder ins Gefängnis. Jetzt wollte er Rache an seinen Peinigern nehmen! Und weil er sich aufgrund eines Familienmythos für den Herrscher über die Pest hält, hat er die Seuche als Rachewerkzeug gewählt. Die von ihm gezüchteten Pestflöhe gab er durch den Briefschlitz in die Wohnungen seiner Opfer und schützte die Nachbarn mit den Pest-Schutz-Zeichen an den Wohnungstüren. Damas glaubt an seine Allmacht und dass seine Opfer tatsächlich an der Pest gestorben sind. Und genau jetzt wird die Sache zu einer wild-rasanten Achterbahnfahrt. Denn schließlich sind die Opfer ja gar nicht an der Pest gestorben, sondern erwürgt worden. Kann also irgendwie nur die halbe Wahrheit sein! Ist es auch, wie Adamsberg schnell herausfindet. Denn etwas hat ihn stutzig gemacht: Ein Mann wie Damas, ein Kenner der Pest, hätte diesen einen Fehler nicht begangen, der dem wahren Mörder unterlaufen ist. Irre gut gemacht! Am Ende überführt Adamsberg die wahren Täter. Es sind Damas' uneheliche Halbgeschwister. Sie hassen Damas, weil er den Namen des berühmten, reichen Vaters tragen durfte, und sie haben es außerdem auf sein Vermögen abgesehen, das väterliche Erbe. Weil sie wussten, was Damas vorhatte, aber nicht an das Funktionieren seines Racheplanes mit den Pestflöhen glaubten, haben sie nachgeholfen und die Opfer erwürgt, um ihn in den Knast zu bringen. Nur haben sie, als sie die Spur noch deutlicher auf Damas lenken wollten, einen ent-

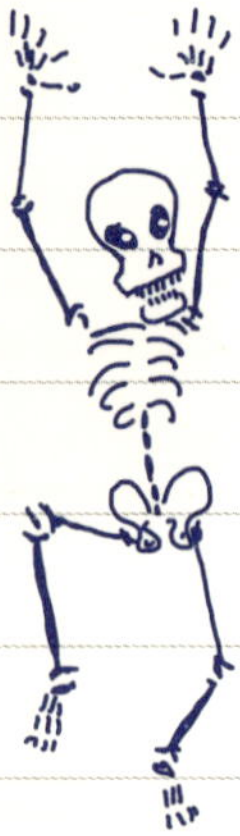

scheidenden Fehler begangen. In dem Wissen, dass die Pest der *Schwarze Tod* genannt wird, und in der irrigen Annahme, dass die Pesttoten schwarze Male aufweisen, haben sie ihre Opfer mit Kohle geschwärzt. Und deshalb war Adamsberg klar, dass Damas zwar die Sache mit der Pest inszeniert, aber nicht wirklich gemordet hat. Die Halbschwester flieht. Der Halbbruder kommt wahrscheinlich in die Psychiatrie. Und Adamsberg wäre nicht Adamsberg, wenn er nicht Mittel und Wege finden würde, um Damas' verbliebene Peiniger ihrer Strafe zuzuführen.

Wer hat's geschrieben?

FRED VARGAS (Pseudonym; eigtl. Frédérique Audoin-Rouzeau)

**07.06.1957 in Paris, Frankreich*

Archäologin. Historikerin. Schriftstellerin. Schreibt ihren ersten Krimi im Alter von achtundzwanzig. Lebt im Pariser Stadtteil Montparnasse. Ein Sohn. Arbeitet als Archäologin in einem Forschungsinstitut.

Klugscheißerwissen

Fred Vargas ist ein Pseudonym. Und zwar kam Freds Zwillingsschwester Joelle ursprünglich auf die Idee. Sie klaute den Nachnamen *Vargas* bei dem Film *Die barfüßige Gräfin*, in dem Ava Gardner die Heldin Maria Vargas spielt. Joelle, die Malerin ist, fand es schick, ihre Bilder mit *Jo Vargas* zu signieren. Fred Vargas ist dann einfach auf den Zug aufgesprungen – machte aus Frédérique kurzerhand Fred, und voilà: Der klangvolle Autorname war geboren, und dem Erfolg stand nichts mehr im Wege. Vargas-Krimis sind das Ergebnis von echtem family-business: Fred Vargas ist der kreative Teil. Ihre Mutter geht das Ganze im Hinblick auf logische Fehler durch. Jo checkt die Stimmung, und Vargas' Musikersohn Baptiste überarbeitet die Dialoge.

Übrigens …

Der Mediävist und seine zwei Historikerfreunde, die die »drei Evangelisten« genannt werden und in *Fliehe weit und schnell* nur eine Nebenrolle bekleiden, lösen auch höchstpersönlich Kriminalfälle, ganz ohne Adamsberg, aber deswegen nicht weniger empfehlenswert. Zum Beispiel in: *Der untröstliche Witwer von Montparnasse (Sans feu ni lieu).*

Angefixt? Hier gibt's mehr von dem Stoff:

ES GEHT NOCH EIN ZUG VON DER GARE DU NORD

Erster Krimi mit Adamsberg, der es mit seltsamen Kreidekreisen und seinem ersten Mordfall zu tun bekommt.

DIE DRITTE JUNGFRAU

Wieder mit Adamsberg, dem Geist einer Nonne und ein paar Morden.

#schräg #smartesterermittlerever
#diepestkommt

STEPHEN KING

BRENNEN MUSS SALEM (Wien 1979)

Salem's Lot (New York 1975)

Warum man diesen Roman lesen muss

Weil er purer Horror ist. Zähneklappern, Gänsehaut und schlaflose Nächte garantiert. Für alle, die sich mal so richtig gruseln wollen.

Worum geht's?

Düster und unheimlich thront das alte Marsten-Haus über dem kleinen Ort Jerusalem's Lot, kurz Salem's Lot, in Maine. Die Einwohner halten es für ein Spukhaus, denn hier haben sich schreckliche Dinge zugetragen. So hat Hubert Marsten Ende der dreißiger Jahre seine Frau dort ins Jenseits befördert, bevor er sich selbst erhängte. Und die Leiche, die hat Ben Mears gesehen, Jahre später. Damals war er neun und sollte seinen Freunden seinen Mut beweisen, indem er das Gruselhaus alleine betrat. Da hat Hubert Marsten in der ersten Etage von der Decke gebaumelt, und er war nicht tot, sondern lebendig. Ben war davongelaufen, als ob der Teufel hinter ihm her gewesen wäre, und wer weiß ... vielleicht war er das ja auch. Seien wir auf der Hut – denn eines ist klar: Mit dem Marsten-Haus stimmt etwas nicht.

Jetzt, im Herbst 1975, kehrt Ben Mears, einunddreißigjähriger Schriftsteller, in das Städtchen zurück, in dem er vier Jahre seiner Kindheit verbracht hat. Er will ein Buch schreiben und das Marsten-Haus mieten, um sich den alten Dämonen zu stellen. Aber zu seinem großen

Erstaunen ist es verkauft worden. An einen Ortsfremden: Richard Throckett Straker. Er hat es als Mittelsmann für einen gewissen Kurt Barlow gekauft, der ein Antiquitätengeschäft aufmachen will.
Ben kommt woanders unter und verliebt sich recht fix in Susan Norton, eine Künstlerin.
Still, leise und unbemerkt schleicht sich währenddessen das Böse in die Stadt und legt sich über sie wie ein Spinnennetz. Der Hund des Milchmanns wird tot aufgefunden. Übel zugerichtet. Am Friedhof. Eines Abends machen sich die Brüder Danny und Ralphie Glick auf den Weg zu ihrem zwölfjährigen Freund Mark Petrie. Die Sonne ist schon untergegangen, als die Jungs in den Wald eintauchen, doch was ist das? Da beobachtet sie doch jemand? ... Sie werden niemals bei ihrem Freund ankommen ... Ralphie bleibt verschwunden. Danny taucht zwar wieder auf, ist aber völlig verstört, redet wirres Zeug und muss wegen extremer Blutarmut ins Krankenhaus eingeliefert werden. Straker zieht ins Marsten-Haus. Kisten sollen geliefert werden ... angeblich mit wertvollen Antiquitäten, doch die Möbelpacker, gestandene Männer, packt im Keller des Marsten-Hauses die nackte Angst. Seltsam, obwohl er sich wieder erholt hatte, stirbt Danny im Krankenhaus. Was geht um in Salem's Lot?

Achtung, Spoileralarm!

Es ist zum Fingernägelkauen, wie unheilschwanger King die Vorgänge in Salem's Lot beschreibt. Wie der Totengräber von Danny Glick zum Beispiel plötzlich von

dem unbändigen Verlangen gepackt wird, Dannys Sarg zu öffnen, und ... man möchte schreien: »Lass es! Lass es!« ... dafür mit dem Leben bezahlen wird. King spielt bravourös auf der Klaviatur des geahnten Horrors, bis aus der Ahnung Wirklichkeit wird. Brrrrr ...

Also gut, lassen wir die Katze aus dem Sack. Wir haben es mit Vampiren zu tun. Kurt Barlow ist ein jahrhundertealter Vampir und Richard Straker sein Handlanger.

Die Vampir-Population wächst erschreckend schnell in dem kleinen Ort. Logisch: Danny Glick, der Totengräber, jene, die plötzlich verschwunden oder unter mysteriösen Umständen ums Leben kamen – sie alle sind jetzt Vampire, die durch die Stadt huschen wie Schatten und dabei eine Blutspur hinter sich herziehen. Gemeinsam mit einem Trupp Mutiger will sich Ben Mears der Sache annehmen.

Susan Norton und Mark Petrie machen sich unabhängig voneinander zum Marsten-Haus auf, um der Sache auf den Grund zu gehen. Aber sie kommen nicht weit. Straker schnappt beide, doch während Mark die Flucht gelingt (nachdem er Straker halb totgeschlagen hat), bezahlt Susan ihren Eifer mit zwei Bisswunden am Hals. Zusammen mit Ben und Pater Callahan kehrt Mark (alle ausgerüstet mit Knoblauch und angespitzten Baseball-Schlägern) ins Marsten-Haus zurück. Dort finden sie den toten Straker in sehr unschöner Position vor. Barlow bestraft Inkompetenz eben nicht gerade gnädig. Von ihm selbst fehlt jede Spur. Dafür treffen sie auf Susan – die eine Vampirin geworden ist. Sosehr Ben sich auch windet und sich wehrt, er muss sie töten. Sie

ist nicht mehr die Frau, die er liebt, und dennoch bricht es ihm das Herz, als er ihr den Pfahl in die Brust rammt. Wenig später ermordet Barlow vor Marks Augen dessen Eltern. Mark gelingt die Flucht. Bis die Freunde Barlow schließlich zur Strecke bringen können (es wird noch unerträglich spannend), lichten sich ihre Reihen empfindlich. Am Ende sind nur noch Ben und der zwölfjährige Mark übrig. Nach getaner Arbeit und traumatisiert, dass es für mehrere Leben reichen würde, flüchten sie aus Salem's Lot.
Doch sie kehren ein Jahr später zurück, um die Stadt der Vampire in Brand zu setzen und ihr Werk zu vollenden. Brennen muss Salem!

Wer hat's geschrieben?

STEPHEN EDWIN KING

**21.09.1947 in Portland, Maine*

Schriftsteller. Drehbuchautor. Verleger. Lehrt Kreatives Schreiben. Kings Vater verlässt die Familie, als King noch ein Kleinkind ist. Häufige Umzüge. King schreibt eine Kolumne für die Uni-Zeitung. Engagiert sich politisch. 1971 Eheschließung mit Tabitha Spruce, später drei Kinder. Lange Zeit Englischlehrer ohne Job. Arbeit in einer Wäscherei. Verkauft Kurzgeschichten an Männermagazine. Dann Einstellung als Lehrer mit 6400 Dollar Gehalt im Jahr. Schreibt nachts und am Wochenende. Erster großer Erfolg: *Carrie*, 1973. Das Honorar für die

Taschenbuchausgabe macht ihn wirtschaftlich unabhängig. Hängt Lehrerberuf und Wäschereiarbeit an den Nagel und wird Fulltime-Schriftsteller. Ein Erfolg jagt den nächsten. Schon sehr bald starke Probleme mit Alkohol und anderen Drogen. Entziehungskur. Den Winter über leben die Kings in Florida, das restliche Jahr in ihren Häusern in Bangor und Center Lovell. King ist der Spezialist für alles, was einem die Haare zu Berge stehen lässt.

Klugscheißerwissen

King hatte als Kind Bram Stokers *Dracula* gelesen und war begeistert. 1971 las er es noch mal im Rahmen eines Literaturkurses. In seinem Kopf fing es an zu arbeiten. »Was, wenn Graf Dracula in den USA in der Jetztzeit herumgestromert wäre?« Die Antwort fand er schnell selber: »Wahrscheinlich wäre er in New York gelandet und von einem Taxi überfahren worden (...)« Darauf erwiderte seine Frau: »Was, wenn er hierherkäme, nach Maine? (...) Hierher aufs Land?« Und *zack!*, da war sie, die Grundidee.

Erst sollte der Roman *Salem's Lot* nach Kings Meinung *Second Coming* heißen. Doch Kings Ehefrau war der Meinung, dass dieser Titel eher auf einen Sexratgeber schließen ließe, und so änderte King den Titel in *Jerusalem's Lot*. Das klang dem Verlag aber nun wiederum zu religiös, und so machte man kurzerhand *Salem's Lot* daraus.

Der gute Stephen – heute einer der weltweit erfolgreichsten Autoren und Meister des Horrors – dürfte mit

insgesamt mehr als vierhundert Millionen verkauften Büchern ausgesorgt haben. Neid!
Der Weg dorthin war allerdings ziemlich steinig. Als Kings Frau ihn in der Schule anrief, um ihm zu sagen, dass der Verlag für einen Vorschuss von 2500 Dollar *Carrie* gekauft hatte, musste sie erst zu den Nachbarn laufen, denn sie und ihr Mann konnten sich einen Telefonanschluss einfach nicht leisten. Die Taschenbuchrechte gingen dann für 400 000 Dollar über den Tisch. Die Hälfte bekam King. Und was macht der? Zieht los, um seiner Frau etwas ganz Besonderes zum Muttertag zu kaufen – nämlich einen Föhn.

Übrigens ...
Schon mal was von der Band *Rock Bottom Remainders* gehört? Nein? Macht nichts. Die Bandmitglieder sind ausnahmslos Schriftsteller, Drehbuchautoren und Journalisten, und Stephen King klampft dort die Gitarre. Die Liste der Musiker liest sich wie ein Who's who, so sind z.B. Mitch Albom, Amy Tan und Matt Groening (das ist der Typ, der *Die Simpsons* erfunden hat) mit von der Partie.

Angefixt? Hier gibt's mehr von dem Stoff:

SHINING

Ein Horrorroman über einen Familienvater, der einen Job in einem einsamen, verlassenen Hotel in den Bergen annimmt und damit dem Grauen Tür und Tor öffnet.

DAS LEBEN UND DAS SCHREIBEN

Kings Autobiographie. Kein Horror, aber superinteressant, mit welchen Dämonen der Erfolgsautor in seinem Leben so zu kämpfen hatte.

#genau #undeinpfahldurchseinherz

AUF DIE FREUNDSCHAFT!

» ... ich badete in einer tiefen Badewanne von Freundschaft.«

Kurt Tucholsky, Schloss Gripsholm

EVELYN WAUGH

WIEDERSEHEN MIT BRIDESHEAD. DIE HEILIGEN UND PROFANEN ERINNERUNGEN DES CAPTAIN CHARLES RYDER (Hamburg 1947, Neufassung Frankfurt am Main 1964)

Brideshead Revisited. The Sacred and Profane Memories of Captain Charles Ryder (London 1945; Neufassung 1960)

Warum man diesen Roman lesen muss

Herrenhäuser. Britischer Hochadel. Partys. Oxford. London. Venedig. Champagner. Der Zauber von Jugend, Freundschaft und Liebe. Dekadenz und der melancholische Abgesang auf eine untergehende Welt. Verliebt man sich einmal in dieses Buch, ist es eine Liebe fürs Leben.

Worum geht's?

Lord Sebastian Flyte, Sohn des Marquis von Marchmain, Bruder des Earl of Brideshead, ist charmant, snobistisch, verschwenderisch, dekadent, dass es kracht, und somit der unangefochtene Mittelpunkt einer kleinen elitären Studentenschar im Oxford der zwanziger Jahre. Charles Ryder, der Ich-Erzähler, ein eher stiller Typ, ist sofort fasziniert von diesem ungewöhnlichen, exaltierten Menschen und freundet sich mit ihm an. Die beiden machen übel Party, sind zusammen dekadent und nicht gerade Musterstudenten. Schnell werden sie untrennbar, und wahrscheinlich lieben sie sich auch, aber auf eine rein platonische Weise. Durch Sebastian wird Charles Teil einer Welt, die er vorher nicht kannte: der des britischen Hochadels. Sebastian nimmt Charles mit nach Hause. Und das ist kein Reihenhäuschen, sondern ein Schloss: Schloss Brideshead, ein unglaublich prachtvolles Herrenhaus mit weitläufigen Ländereien. Des Weiteren gibt es noch Marchmain House, die feudale Bleibe der Familie für Aufenthalte in London.

Brideshead Castle

Charles wird Dauergast auf dem Herrensitz zu Weihnachten, in den Ferien oder bei Jagdgesellschaften. Die Flytes sind mehr als nur vermögend und traditionsreich, sie gehören zu den allerbesten Familien, die England zu bieten hat. Doch auch sie haben eine Leiche im Keller. Sebastians Vater, nein, der lebt noch, aber er hat vor Jahren die Familie verlassen, um in Venedig mit seiner Geliebten in wilder Ehe zu leben. Damals unvorstellbar skandalös. Gerade für eine Familie von Stand.

Irgendwie kündigt sich zwischen den Zeilen schon sehr früh der nahende Untergang der Familie an. Aber erst mal hauen Charles und Sebastian tüchtig auf die Sahne. Bis es zu viel des Champagners und des Whiskys wird ...

Sebastian fliegt vom College, und seine besorgte erzkatholische Mutter stellt ihn unter Dauerbewachung, ohne zu kapieren, dass sie es damit nur noch schlimmer macht. Denn Sebastian leidet an seiner Familie und ihrem Katholizismus. Und Charles? Der weiß nicht recht, was er ohne Sebastian in Oxford soll. Das Studium ist eh nicht sein Ding, also schmeißt auch er hin.

Achtung, Spoileralarm!

Charles geht nach Paris. Studiert Malerei und wird Architekturmaler. Und die Flytes? Sebastians Schwester Julia geht eine nicht standesgemäße Ehe ein. Es geht – wie gesagt – bergab ...

Die zweite Schwester, Cordelia, wird Krankenschwester im spanischen Bürgerkrieg. Und Sebastians kauziger Bruder Bridey, Titelerbe, der eigentlich Priester werden wollte, heiratet eine Witwe mit Kindern, aber ohne Vermögen oder gesellschaftliches Ansehen. Der arme Sebastian endet nach einigen wenig rühmlichen Eskapaden als schwerer Alkoholiker bei Mönchen in Tunis. Charles und Sebastian, die einst zusammen durch dick und dünn gingen, verlieren sich für immer aus den Augen.

Doch dann, auf einer Ozeanüberfahrt, steht Charles plötzlich Sebastians Schwester Julia gegenüber. Und schon schlägt Amor zu. Obwohl beide verheiratet sind, beginnen sie ein Affäre, lassen sich scheiden und wollen heiraten. Plötzlich ist es ein bisschen so, als ob doch alles zu einem guten Ende führen würde, als ob diese wunderbare Freundschaft zwischen Charles und Sebastian in der Liebe zwischen Charles und Julia ihre Vollendung finden würde.

Doch dann kommt der alte und sterbenskranke Lord Marchmain nach Jahren im Ausland mit seiner Geliebten zurück (Lady Marchmain ist schon lange tot), um auf dem Familienstammsitz zu sterben, was er dann auch tut, kurz nachdem er sich trotz jahrelanger Weigerung wieder zu seinem Glauben bekannt hat. Der Familie geht es finanziell schon lange nicht mehr so gut wie einst. Der alte Lord lebte von der Substanz. Schulden türmten sich auf, und Marchmain House musste zu ihrer Deckung verkauft werden. Julia erbt aber Schloss Brideshead und – kein Happy End! – trennt sich von Charles.

Der Roman endet, wie er angefangen hat: In der Rahmenhandlung kehrt Charles als Offizier im Zweiten Weltkrieg zufällig nach Brideshead zurück. Er erinnert sich wehmütig an die Familie, die in diesem herrlichen Schloss lebte und deren Teil er einmal war.

Wer hat's geschrieben?

EVELYN WAUGH, eigtl. Evelyn Arthur St. John Waugh

**28.10.1903 in Hampstead, England; †10.04.1966 in Taunton, England*

Snob. Dandy. Exzentriker. Arrogant wie kein Zweiter. Konservativer und Traditionalist mit häufig politisch überaus inkorrekten Ansichten. Kommt mit der modernen Welt und ihren Veränderungen oft nicht klar. Sohn eines Verlegers. Studium in Oxford. Mehr Party, Alkohol und Zigaretten als Lernen. Schlechter Abschluss. Sehr unglücklich als Lehrer. 1928 erster großer Erfolg als Schriftsteller mit dem Roman *Auf der schiefen Ebene* (In der Neuübersetzung: *Verfall und Untergang*, Originaltitel: *Decline and Fall)*. Konvertiert nach einer gescheiterten Ehe zum Katholizismus. Bereist als Korrespondent intensiv die halbe Welt. Meldet sich 1939 freiwillig zum Militärdienst. Ist dort so unbeliebt, dass er Schutz vor seinen eigenen Leuten braucht. Einer der bedeutendsten englischen Autoren des zwanzigsten Jahrhunderts. Großartiger Satiriker.

Klugscheißerwissen

Während seiner Militärzeit im Dezember 1943 zog Waugh sich beim Fallschirmspringen eine Verletzung zu, so dass er eine Zeitlang ausfiel. Das konnte nun die Gelegenheit sein, um den Roman zu schreiben, der ihm schon lange im Kopf herumschwirrte. Also erbat er eine »Verlängerung« der Genesungszeit, die ihm gewährt wurde. Am 16. Juni 1944 war *Wiedersehen mit Brideshead* fertig.

1981 kam der Roman als Elfteiler ins englische Fernsehen und machte aus Jeremy Irons, der den Charles Ryder spielte, einen Star. Die Miniserie wurde ein internationaler Erfolg.

Übrigens ...

Unbedingt den Prolog überblättern und direkt mit dem Kapitel »Et In Arcadia Ego« starten! Der Prolog läuft nicht weg.

Angefixt? Hier gibt's mehr von dem Stoff:

VERFALL UND UNTERGANG

Waughs erster Roman. Eine satirische Gesellschaftskritik über die englische High Society.

EINE HANDVOLL STAUB

Tony Last wähnt sich in einem geordneten, glücklichen Leben. Bis seine Frau sich auf Abwege begibt.

#zwanzigerjahrepartyfreundschaft
#whatgoesupmustcomedown

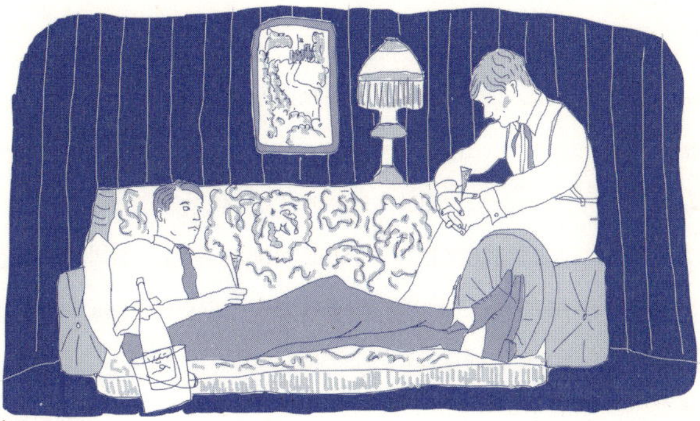

KATHRYN STOCKETT

GUTE GEISTER (München 2010/2011)

The Help (New York 2009)

Warum man diesen Roman lesen muss

Vom Winde verweht geliebt? *Wer die Nachtigall stört* zum Lieblingsbuch erklärt? Dann ist *Gute Geister* ein MUSS.

Worum geht's?

Jackson, Mississippi, Südstaaten. USA. In den sechziger Jahren. Die Bürgerrechtsbewegung ist ein zartes Pflänzchen, die Rassentrennung und Diskriminierung an der Tagesordnung. Skeeter, Tochter aus einer wohlhabenden weißen Plantagenbesitzerfamilie, hat das alles nie hinterfragt. Sie hat Constantine, das schwarze Hausmädchen, das sie großgezogen hat, immer geliebt, hat sich aber nie Gedanken über ihre Stellung gemacht oder darüber, ob es richtig war, wie ihre Familie mit ihr oder mit den anderen schwarzen Arbeitern umgegangen ist. Jetzt kommt Skeeter mit dem Diplom in der Tasche nach Hause zurück. Und wundert sich: Wo ist Constantine? Nie im Leben glaubt Skeeter die Geschichte, die ihre Mutter ihr auftischt. Constantine soll gekündigt haben und weggezogen sein? Ohne auf Skeeter zu warten? Niemals! Was war da los?

Während Skeeters weiße Freundinnen die Rassentrennung befürworten und sie für naturgegeben halten, gelangt Skeeter immer mehr zu der Überzeugung, dass da etwas im Argen liegt. Skeeter ergattert einen Job als Kolumnistin beim lokalen Käseblättchen, braucht aber dringend Hilfe. Denn sie soll über Hausarbeit schreiben. Davon hat sie natürlich als privilegierte Weiße null Ahnung. Also bittet sie das schwarze Hausmädchen Aibileen um Unterstützung. Langsam, aber sicher freunden die beiden sich an, ihre Gespräche gehen über Haushaltsfragen hinaus, und Skeeter bekommt einen Einblick in das Leben der guten Geister. Ein Leben so ungerecht, dass es zum Himmel schreit. Plötzlich hat sie eine Idee: Sie will ein Buch schreiben. Über schwarze Hausmädchen. Über deren Leben. Aus deren Sicht. Damit jeder schwarz auf weiß lesen kann, was in ihrem Land da ganz tüchtig schiefläuft. Nur, wer würde es wagen, den Mund aufzumachen? Wer würde es riskieren, den Ku-Klux-Klan auf den Plan zu rufen, der immer noch mordend durch die Straßen schleicht? Aibileen. Sie traut sich. Sie erzählt von ihrem Sohn, der sterben musste, weil er ein Schwarzer war. Und sie erzählt noch viel, viel mehr von den Ungerechtigkeiten ihres Lebens. Und dann traut sich auch Minny, eine couragierte, herzerwärmende Frau, die zu ihrem eigenen Leidwesen häufig ihre Klappe nicht halten kann und sagt, was sie denkt. Und dann trauen sich auch andere zu reden ...

Achtung, Spoileralarm!

Heraus kommen traurige, schockierende, aber manchmal auch wunderschöne Geschichten über den Alltag und die Erlebnisse schwarzer Hausmädchen. Das Buch kommt auf den Markt. Autor anonym. Und jetzt beginnt die Zitterpartie. Die Namen sind geändert worden, aber wird wirklich niemand herauslesen, wer hier über wen

geplaudert hat? Es kommt raus. Zumindest einige der feinen weißen Damen finden sich in den Geschichten wieder. Aber sie schweigen, aus guten Gründen. Alles sehr peinlich! Die Protagonistin der peinlichsten aller peinlichen Geschichten ist Hilly Holbrook. Deshalb hält sie fein die Klappe, auch wenn sie an ihrer Wut fast erstickt. Aber sie rächt sich: Aibileen wird rausgeworfen. Okay, gut, das ist jetzt nicht so schlimm, denn Aibileen wird bald einen besseren Job haben. Sie wird Skeeters Nachfolgerin bei der Zeitung. Auch wenn natürlich niemand wissen darf, dass jetzt eine Schwarze eine Kolumne schreibt.

Skeeter hat ihr Engagement für die Schwarzen bitter bezahlen müssen. Sie hat ihren Freund und ihre Freundinnen verloren. Aber gut, mit deren Einstellungen hätte sie eh nicht länger leben können. Sie geht nach New York als Redakteurin.

Minny findet endlich die Kraft, sich von ihrem gewalttätigen Ehemann zu trennen.

Und Constantine? Constanine ist tot, gestorben in Chicago, wohin sie gegangen war, nachdem Skeeters Mutter sie wegen »ungebührlichen« Benehmens nach Jahrzehnten aufopferungsvoller Arbeit rausgeworfen hatte. Und so wird Skeeter erst mal nach Chicago an Constantines Grab reisen, um sich zu verabschieden, bevor sie in New York ihr neues Leben anfängt.

Erzählt wird die Geschichte aus drei Perspektiven: Aibileen, Minny und Skeeter. Und so verliebt man sich in alle drei. Drei wundervolle, starke Frauen.

Wer hat's geschrieben?

KATHRYN STOCKETT

**1969 in Jackson, Mississippi*

Ohne Mutter von einem schwarzen Hausmädchen großgezogen. Arbeit für unterschiedliche Zeitungen in New York. Geschieden. Eine Tochter. Lebt heute mit ihrer Familie in Atlanta.

Klugscheißerwissen

In nur etwas mehr als zwei Jahren verkaufte sich der Roman fünf Millionen Mal und wurde in vierzig Sprachen übersetzt.

Es gab auch einen Skandal! Huch! Stocketts Bruder hatte eine schwarze Hausangestellte namens Ablene Cooper. Die zog vor Gericht und verklagte Stockett auf 75 000 Dollar Schadensersatz, weil sie meinte, Stockett habe das Hausmädchen Aibileen im Buch nach ihrem Vorbild geformt. Doch damit kam sie vor Gericht nicht durch.

Übrigens …

Insgesamt schrieb Stockett fünf Jahre an *Gute Geister,* und dann wurde der Roman auch noch von sage und schreibe sechzig (!) Verlagen abgelehnt, bevor die Geschichte ein Welterfolg wurde.

#ihaveadream

KLAUS MODICK

SUNSET (Frankfurt am Main 2011)

Warum man dieses Buch lesen muss

Weil Modick da ein ganz unaufgeregtes, leises, aber feines und einfühlsames Buch über die zwei gegensätzlichen, aber auf ihre Art einzigartigen Schriftsteller Lion Feuchtwanger und Bertolt Brecht und ihre ungewöhnliche Freundschaft gelungen ist.

Worum geht's?

1956. Ein Morgen im August. In Kalifornien. Ein älterer Herr macht auf seiner Terrasse Frühsport. Es ist der Schriftsteller Lion Feuchtwanger. Seit sechzehn Jahren ist er im amerikanischen Exil. Geflüchtet über Frankreich vor den Nazis. Er ist der Letzte hier. Die anderen deutschen Exilanten sind weg. Zurückgegangen so wie Bertolt Brecht oder Thomas Mann – oder gestorben wie Heinrich Mann. Diesen Tag wird er alleine verbringen, seine Frau Marta ist verreist. Es klingelt. Die Einwanderungsbehörde? Schon so lange warten er und seine Frau darauf, endlich eingebürgert zu werden. Aber stattdessen werden sie immer nur mit Fragen gelöchert, auch wenn der Kommunistenjäger McCarthy nichts mehr zu sagen hat.

Es ist der Telegrammbote. Brecht ist tot. Feuchtwanger soll doch bitte am nächsten Tag zum Staatsakt nach Ost-Berlin kommen. Das ist natürlich völlig unmöglich, viel zu kurzfristig, auch wenn die Nachricht den Schriftsteller sehr schmerzt. Denn Brecht war sein Freund.

Eventuell sogar sein einziger. Und so wandern an diesem Tag Feuchtwangers Gedanken immer wieder zurück in die Vergangenheit, durchlaufen Stationen seines Lebens und gemeinsame Momente der Freundschaft mit Brecht. Feuchtwanger denkt an seine Kindheit zurück, an den Vater, der seinen Beruf und ihn verachtete, an den Verlust seiner Tochter. Er führt Zwiegespräche mit dem toten Freund, der so anders war als er und für ihn doch so wertvoll. Ihm fällt ihr Kennenlernen ein, als damals in München dieser ungehobelte, aber geniale Kerl in seine Wohnung kam, um ihn rundheraus um Protektion zu bitten. Er erinnert sich an die gemeinsame Zeit im Exil, als Hollywood nichts von Brecht wissen wollte und Feuchtwanger ihm helfen musste. Brecht und die Frauen. Brecht und das epische Theater. Und immer wieder die Frage: Was bewegt einen dazu, zu schreiben? Gedanken an Charlie Chaplin, Thomas Mann (den konnte Brecht gar nicht leiden) und Heinrich Mann mit seiner versoffenen Nelly, Fritz Lang, Charles Laughton, Franz und Alma Werfel, Albert Einstein. Nicht nur sie gingen in Feuchtwangers kalifornischer Villa ein und aus, damals, als die deutschen Exilanten gar nicht gern gesehen, aber zähneknirschend geduldet wurden.

So vergeht der Tag, bis der Abend kommt. Feuchtwanger wird Brecht nie wiedersehen. Eigentlich wusste er das schon an dem Tag, an dem sie sich damals voneinander verabschiedeten, und so bleiben nur Erinnerungen – an Brecht und an das Leben.

Der Titel *Sunset* kann mit *Sonnenuntergang* oder mit *Endphase* übersetzt werden. Passt beides.

Wer hat's geschrieben?

KLAUS MODICK

**03.05.1951 in Oldenburg*

Nach dem Studium Promotion über Lion Feuchwanger. Werbetexter. Freier Schriftsteller. Übersetzer. Mehrere Gastprofessuren im In- und Ausland. Villa Massimo Stipendiat. Mitglied des PEN-Zentrums Deutschland.

Klugscheißerwissen

Als Arbeitsstipendiat verbrachte Modick 2009 drei Monate in der Villa Aurora, dem ehemaligen Wohnsitz von Lion Feuchtwanger in Kalifornien.

Angefixt? Hier gibt's mehr von dem Stoff:

KONZERT OHNE DICHTER

Ein Roman über Heinrich Vogeler, Rainer Maria Rilke und die Künstlerkolonie in Worpswede.

#goldenerkäfig #wieeineinzigertag
#ziemlichbestefreunde #tränenfeuchtewangen

J. R. R. TOLKIEN

DER HERR DER RINGE (Stuttgart, 1969/1970)

The Lord of the Rings (London, 1954/1955)

Warum man dieses Buch lesen muss

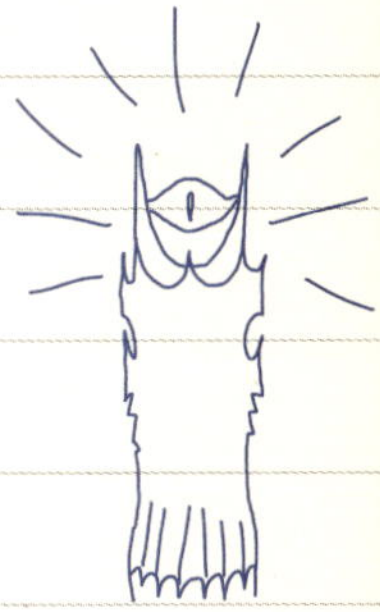

Weil es das erste und zugleich coolste Fantasy-Abenteuer ist, das jemals geschrieben wurde. Bis heute: häufig kopiert, aber nie erreicht. *Der Herr der Ringe* ist Kult und wird sogar von denen gemocht, die mit Fantasy nichts am Hut haben.

Worum geht's?

Sauron (gewissermaßen der Chef der dunkeln Seite der Macht) hat einen Ring geschmiedet, mit dessen Hilfe er Mittelerde (unserer mittelalterlichen Erde nicht ganz unähnlich) erobern will. Denn dieser Ring ist der Master-Ring, wer ihn am Finger trägt, hat die Macht. Nun ist Sauron dieser Ring vor langer Zeit abhandengekommen, und – logisch! – er will ihn zurückhaben. Wenn der wüsste, dass der Hobbit Bilbo Beutlin (Hobbits sehen aus wie Menschen, nur sind sie viel kleiner und haben große behaarte Füße) ihn bei sich im Auenland hat …

Na gut, auf jeden Fall wird Frodo, Bilbos Neffe, der Ring anvertraut, um ihn irgendwie nach Mordor (finstere, ungemütliche Gegend, in der Sauron regiert) zu schaffen. Dort soll er ihn in der glühenden Lava des Schicksalsbergs zerstören. Nun muss sich der arme kleine Hobbit aber nicht alleine dieser gefährlichen Mission stellen. Mit von der Partie sind der Zauberer Gandalf, der Waldläufer Aragorn, Boromir, der Elb Legolas, der Zwerg

Gimli und Frodos Freunde, die Hobbits Sam, Merry und Pippin.

Das Abenteuer nimmt seinen Lauf: Schwarze Reiter, abgrundtief hässliche, ekelige Orks, drachenähnliche Viecher und sonst noch allerhand dunkles Gesindel versuchen Frodo und seinen Freunden die Petersilie zu verhageln. Klar, dass die Gefährten unter diesen Umständen bald auseinandergesprengt werden. Tja, und ab da müssen sie sich in kleineren Grüppchen durchschlagen und zusehen, wie sie Sauron das Handwerk legen können.

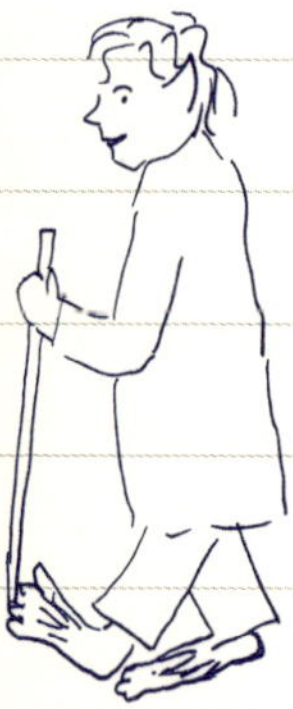

Achtung, Spoileralarm!

Es wird kein Spaziergang für Frodo und seine Kumpel, o nein! Auf dem Weg nach Mordor klirren die Schwerter, spritzt viel Blut und werden Freunde verraten – und der ein oder andere bleibt auch auf der Strecke.

Am Ende schaffen es Frodo und Samweis tatsächlich nach Mordor, versenken den blöden Ring in der Lava, Sauron hat verloren, das Gute gewonnen! Hurray!

Aragorn wird König von Gondor. Die Hobbits gehen wieder nach Hause, wo sie wahrscheinlich erst mal ausgiebig frühstücken (Hobbits sind furchtbar verfressen). Nur auf Bilbo und Frodo müssen sie verzichten, denn die begleiten die Elben in die Unsterblichen Lande.

Wer hat's geschrieben?

JOHN RONALD REUEL
(J. R. R.) TOLKIEN
**03.01.1892 in Bloemfontein, Südafrika; † 02.09.1973 in Bournemouth, England*

Umzug mit Mutter und Bruder von Südafrika nach England. Vater stirbt in Südafrika. Hohes Interesse an Sprachen. Mutter lehrt ihn ein wenig Latein, Französisch und Deutsch. Tod der Mutter. Lebt bei wechselnden Pflegeeltern. Sehr sprachbegabt. Beschäftigt sich im Laufe seines Lebens mit Altenglisch, Latein, Griechisch, Gothisch, Walisisch und Finnisch und entwirft eine eigene Sprache. Als echter Sprachenfreak studiert er dann auch in Oxford klassische Sprachen. Kämpft im Ersten Weltkrieg – bis er wegen einer typhusähnlichen Krankheit zurückkommen muss. Erste schriftstellerische Versuche während der langen Genesungszeit. Wird nach dem Krieg in Oxford Professor für Angelsächsisch. Commander of the Order of the British Empire.

Klugscheißerwissen

Der Herr der Ringe besteht aus drei Bänden, ist aber ein Buch.
Die Bände heißen:
Die Gefährten (The Fellowship of the Ring)
Die zwei Türme (The two Towers)
Die Rückkehr des Königs (The Return of the King)
Der Anfang des Erfolgs: Tolkien musste Klausuren kor-

rigieren. Darunter eine mit einem unberührten Blatt Papier. Tolkien stach der Hafer, und er schrieb einfach so den Satz hin: »In einer Höhle in der Erde, da lebte ein Hobbit.« Et voilà ... Der erste Satz zu *Der kleine Hobbit (The Hobbit)* stand da schwarz auf weiß. Ihm sollten viele folgen und einen schier unglaublichen Megaerfolg auslösen. Der verdankt sich aber wiederum dem damals zehnjährigen Sohn des Verlegers Stanley Unwin. Sohnemann war nämlich hin und weg vom Manuskript zu *Der kleine Hobbit*, und Papa druckte. Und der Verlag wollte mehr. Also erschien *Der Herr der Ringe*.

Die Elben sprechen im Alltag *Sindarin*, wollen sie dagegen etwas sehr kunstvoll ausdrücken, wie zum Beispiel ein Gedicht, dann wird *Quenya* verwendet. Beide Sprachen hat der sprachverrückte Tolkien sich selbst ausgedacht. Aber nicht für *Der Herr der Ringe*, sondern es war umgekehrt. Erst waren die Sprachen da, und dann hat Tolkien nach einer Geschichte gesucht, in der er seine Kunstsprachen unterbringen konnte.

Verfilmt wurde das Ganze natürlich auch. Und zwar ziemlich genial. 2001, 2002 und 2003 kamen die drei Teile von *Der Herr der Ringe* in die Kinos. Regisseur Peter Jackson ließ Stars in Massen auffahren: Cate Blanchett, Orlando Bloom, Christopher Lee, Ian McKellen, Viggo Mortensen, John Rhys-Davies, Liv Tyler, Elijah Wood ... Sean Connery hätte als Gandalf dabei sein sollen, aber er hat abgesagt, weil er – so sagte er – weder das Drehbuch noch die Romantrilogie je verstanden hätte ... Hä???

Übrigens ...

Auf der von Denis Scheck erstellten Liste der meistverkauften Bücher aller Sprachen und aller Zeiten (außer Heiligen Schriften) landet *Der Herr der Ringe* auf Platz 2. Wundert das wen? NEIN!

Angefixt? Hier gibt's mehr von dem Stoff:

DER KLEINE HOBBIT

Dieser Roman ist (als Kinderbuch gedacht und angelegt) gewissermaßen die Vorgeschichte zu *Der Herr der Ringe.*

#einringsiezuknechten
#gutgegenböseschwarzgegenweiß
#deranfangallerfantasy

MARTIN WALSER

EIN FLIEHENDES PFERD (Frankfurt am Main 1978)

Warum man diese Novelle lesen muss

Weil es einfach ein grandioses Buch – das »Jahrhundertwerk« – über Männer und ihre Midlife-Krise ist. Zum Brüllen komisch, stellenweise zum Fremdschämen schlimm, manchmal grotesk, aber immer Ausdruck und Spiegel des gesellschaftlichen Leistungsdenkens und Konkurrenzkampfes.

Worum geht's?

Helmut und Sabine Halm reisen seit elf Jahren Sommer für Sommer immer in den gleichen Ort am Bodensee und mieten sich samt Familienspaniel in die immer gleiche Ferienwohnung ein. Wie langweilig! Genauso wie ihre Ehe, die in die Jahre gekommen ist – und das in jeglicher Hinsicht. Helmut Halm ist Lehrer, Mitte vierzig, spießig. Helmut wünscht sich vom Leben nichts anderes mehr, als in Ruhe seine Bücher lesen zu dürfen. Aber aus der Ruhe wird nichts, denn plötzlich steht ER auf der Promenade vor ihnen: Klaus Buch. Helmuts Jugendfreund. Er sieht viel jünger aus als Helmut, wirkt vital, sportlich, lebensfroh, redet gern und hat eine Granate von Ehefrau, Helene, genannt Hel, die achtzehn Jahre jünger und verflucht knackig ist. Und schon labert Klaus Buch los, erzählt Geschichten aus seiner und Helmuts Jugendzeit. Klaus sind diese Geschichten nicht ohne Grund peinlich. Die meisten sind es wirklich. Man verabredet sich zum Essen. Und hier dreht Klaus auf, er klingt wie Mr Perfect persönlich: beruflich hocherfolgreich als Journalist und Autor, im Bett ist er einsame Spitze, lässt sich von nichts und niemandem sein Leben diktieren. Er ist frei, zu tun und zu lassen, was er möchte. Sei es halbnackt durch den Regen zu laufen oder auf die Bahamas auszuwandern. Bei Sabine dauert es nicht lange, bis sie diesen Sunnyboy vergöttert. Helmut geht er tüchtig auf den Keks. Ihn reizt dafür mehr Hels erotische Ausstrahlung. Helmut und Klaus verabreden sich schließlich zum Segeln. Verhängnisvolle Idee ...

Achtung, Spoileralarm!

Ein Sturm kommt auf, und Klaus Buch rockt Wind und Wellen. Er sucht das Abenteuer, die Gefahr, muss Helmut oder sich selbst beweisen, welch ein Draufgänger er doch ist. Helmut bekommt Panik, tritt Klaus die Pinne weg, und der geht über Bord.

Total am Boden zerstört, kehrt Helmut zu den beiden Frauen zurück.

Hel, geschockt von der Nachricht über den Tod ihres Mannes, schüttet den Halms bei Calvados, Kuchen und Kaffee ihr Herz aus. Klaus war am Ende. In jeglicher Hinsicht. Alles nur Fassade. Nix von wegen Erfolg. Zerstörtes Selbstwertgefühl. Keine Kohle. Der Umzug auf die Bahamas reines Wunschdenken. Ihr hat er als Allererstes das Musikstudium verboten, sie gezwungen, ihr Klavier zu verkaufen und Bücher zu schreiben, für die sie sich nicht interessiert hat. Als sie sich wehmütig ans Klavier setzt und spielt, da steht Klaus Buch plötzlich in der Tür. Er sackt seine Hel ein und geht.

Wer hat's geschrieben?

MARTIN WALSER

**24.03.1927 in Wasserburg am Bodensee*

Sohn eines Gastwirts. Im Zweiten Weltkrieg Arbeitsdienst, Soldat. Amerikanische Kriegsgefangenschaft. Noch im Studium Arbeit als Reporter und Redakteur beim Süddeutschen Rundfunk in Stuttgart. Führt Regie bei Hörspielen. Promoviert über Franz Kafka zum Dr. phil. Häufiger Tagungsgast bei der *Gruppe 47*. Direkt sein erster Roman, *Ehen in Philippsburg (1957)* – ein Skandal, im Übrigen!!! –, wird ein Kracher. Fortan freier Schriftsteller. Lebt am Bodensee. Linksintellektueller. Setzt sich gegen den Vietnamkrieg ein. Reise nach Moskau. Mitglied des PEN-Zentrums Deutschland. Kann die Zweiteilung Deutschlands nicht hinnehmen. 1998 erhält er den Friedenspreis des Deutschen Buchhandels. Walser ist einer der bedeutendsten Schriftsteller des Nachkriegsdeutschlands.

Klugscheißerwissen

Die Novelle schlug ein bei Publikum und Kritikern und wurde zu dem Bestseller, auf den der schon etablierte Schriftsteller Walser gewartet hatte. Bis heute ist kein anderes Werk Walsers so erfolgreich geworden wie sie.

Übrigens ...

... eckte Walser nicht selten an, vor allem in Bezug auf seine Haltung zur nationalsozialistischen Vergangenheit. Einen Skandal löste seine Rede anlässlich der Verleihung des Friedenspreises des Deutschen Buchhandels aus, in der er sich »gegen die Dauerrepräsentation unserer Schande« aussprach. Diese Rede bereute er später. Als er 2002 mit dem Roman *Tod eines Kritikers* den jüdischen Literaturkritiker Marcel Reich-Ranicki als Symbol einer korrupten Kulturszene kritisierte, brach abermals eine Welle der Entrüstung los. Wegen der »antisemitischen Klischees« lehnte Frank Schirrmacher, der Herausgeber der *FAZ*, den Vorabdruck des Werkes ab. Walser drohte mit einer Klage – in seinem neuen Werk ginge es »nicht um einen Juden, sondern um einen Kritiker«, betonte er. Laut Suhrkamp Verlag hatte Schirrmacher eine »unredigierte Fassung« des Romans gelesen.

Angefixt? Hier gibt's mehr von dem Stoff:

EIN LIEBENDER MANN

Zart und leidenschaftlich erzählt Walser von der Liebe des dreiundsiebzigjährigen Goethe zu einer Neunzehnjährigen.

EHEN IN PHILIPPSBURG

Die fünfziger Jahre. Zerrüttete Ehen zeigen den moralischen Abstieg einer Gesellschaft, die dank des Wirtschaftswunders gerade erst im Aufwind war.

#angeber #midlifecrisis #nichtsistsowieesscheint

KURT TUCHOLSKY

SCHLOSS GRIPSHOLM. EINE SOMMERGESCHICHTE (Berlin 1931)

Warum man diesen Roman lesen muss

Weil es sagenhaft wortwitzige Gute-Laune-Sommerlektüre ist. Nicht nur für Verliebte geeignet. Lies es – und du bist gut drauf. Versprochen!

Worum geht's?

Ganz am Anfang steht ein fiktiver Briefwechsel zwischen dem Verleger »(Riesenschnörkel) Ernst Rowohlt« und seinem Autor Kurt Tucholsky. Der Verleger wünscht sich von seinem Autor »eine(...) kleine(...) Liebesgeschichte«. Die Leser würden danach verlangen. Doch Tucholsky steht der Sinn eher nach »eine(r) kleine(n) Sommergeschichte«, und er entschwindet erst mal in den Sommerurlaub nach Schweden. Schon geht es los. Erst Lydia, die Prinzessin, abholen, und ab zum Bahnhof. Lydia ist Sekretärin in einer Seifenfabrik und Peters derzeitige Liebe (den Namen Peter haben sie für ihn ausgesucht). Ob die ganze Story autobiographisch ist oder nicht? Es darf vermutet werden. Über Kopenhagen und Stockholm gelangen die zwei Turteltauben nach Mariefred am Mälarsee. Dort nisten sie sich in einem Anbau des Schlosses Gripsholm ein. Zwei Zimmer nur für sie. Für mehrere Wochen Sommer, Sonne, nackt baden im See, Ferien und die Liebe. Alles ist weit weg: Berlin. Deutschland. Und der Alltag.

Aber es gibt hier nicht nur das schöne, idyllische Schloss

Gripsholm, sondern auch die Kinderkolonie, in der die kleine Ada, neun Jahre alt, zusammen mit um die vierzig anderen Mädchen dem herrischen, herzlosen, sadistischen Regiment der deutschen Heimleiterin Frau Adriani, auch nach ihrem Lieblingsschimpfwort der »Teufelsbraten« genannt, ausgesetzt ist. Adas Bruder ist tot, ihre Mutter in Zürich, der Vater weg, sie selbst totunglücklich in diesem Kindergefängnis. Sie will nur eines: zu ihrer Mutter. Aber das geht nicht.

Achtung, Spoileralarm!

Jippi! Karlchen, Peters Freund, kommt zu Besuch. Für ganze acht Tage. Zufällig geraten die drei zu dem Kinderheim, aus dem die verstörte Ada flüchtet, die Kinderquälerin folgt ihr auf den Fersen. Sofort steht für die Freunde fest: dem Kind muss geholfen werden. Die Prinzessin weiß Rat. Ada soll ihnen heimlich die Adresse ihrer Mutter zukommen lassen. Geplant. Getan. Und nach einigem Hin und Her und vierzehn Briefversuchen, macht sich endlich ein Brief auf den Weg nach Zürich. Kaum ist Karlchen abgereist, steht Lydias Freundin Billie auf der Matte. Man versteht sich prächtig und landet schließlich zu dritt zwischen den Bettlaken. Heijeijei! Und das in einem Roman von 1931! Zu guter Letzt befreien Lydia und Peter mit dem Einverständnis von Adas Mutter das Mädchen aus den Fängen der schrecklichen deutschen Tyrannin. Und damit sind die Ferien zu Ende.

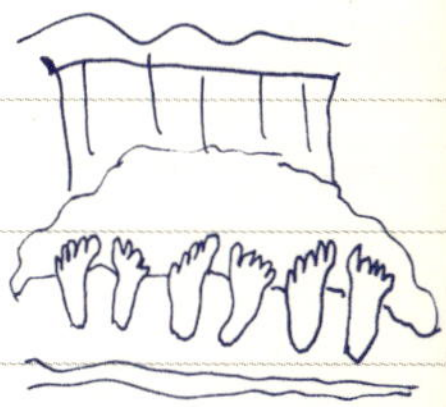

Wer hat's geschrieben?

KURT TUCHOLSKY

**09.01.1890 in Berlin; †21.12.1935 in Hindås bei Göteborg, Schweden*

Sohn eines jüdischen Bankkaufmanns. Frühe journalistische Tätigkeit. Mitarbeit bei der Zeitschrift *Die Schaubühne* (später: *Die Weltbühne*). Teilnahme am Ersten Weltkrieg. 1914 Austritt aus der jüdischen Gemeinde. 1918 wird er Protestant. Die Kriegserfahrungen machen aus ihm einen Pazifisten und entschiedenen Kriegsgegner. Unterschiedliche journalistische Tätigkeiten. Depressionen. Kurzfristige Tätigkeit in einer Bank. Rückkehr zum Schreiben. Korrespondent in Paris. Nur noch seltene Besuche in Deutschland. Beobachtet aus der Ferne die politischen Vorgänge in seiner Heimat und kritisiert sie in seinen Zeitungsbeiträgen. Kurzzeitig Herausgeber der *Weltbühne*. Wandert 1929 nach Schweden aus. 1933 Verbot der *Weltbühne* durch die Nazis. Verbot von Tucholskys Werk. Seine Bücher fallen der Bücherverbrennung zum Opfer. Aberkennung der deutschen Staatsbürgerschaft. Nimmt sich 1935 (wahrscheinlich) das Leben.

Klugscheißerwissen

Peter Panter. Theobald Tiger. Ignaz Wrobel oder Kaspar Hauser. Hinter diesen Pseudonymen versteckt sich Kurt Tucholsky.

Um den Verkauf seines ersten Werkes, *Rheinsberg: Ein*

Bilderbuch für Verliebte, anzuheizen, wurde Tucholsky zusammen mit seinem Illustrator Szafranski kurzzeitig Besitzer einer »Bücherbar«. Wer bei ihm ein Buchexemplar erwarb, bekam noch einen Schnaps obendrauf. Tucholsky scheint ein ziemlicher Frauenheld gewesen zu sein. Seine erste Ehefrau, Else Weil, wird mit dem Satz zitiert: »Als ich über die Damen wegsteigen musste, um in mein Bett zu kommen, ließ ich mich scheiden.«

Übrigens ...

sagte Erich Kästner über Tucholsky und dessen politisches Engagement für Frieden, Menschenrechte, Demokratie, gegen den Krieg und die Nazis:
»Ein kleiner dicker Berliner wollte mit der Schreibmaschine eine Katastrophe aufhalten.«

Angefixt? Hier gibt's mehr von dem Stoff:

RHEINSBERG. EIN BILDERBUCH FÜR VERLIEBTE.

In dieser Erzählung geht es um ein verliebtes Studentenpärchen, das für drei Tage Berlin entflieht und auf Reisen geht. Ein wenig wie ein Vorgänger zu *Schloss Gripsholm.*

#menageatrois #mutigmutig #sommerfrische

UNSERE GESELLSCHAFT

»… aber jenes (…) uns tyrannisierende Gesellschafts-Etwas, das fragt nicht nach Charme und nicht nach Liebe und nicht nach Verjährung.«

Theodor Fontane, Effi Briest

THEODOR FONTANE

EFFI BRIEST (Berlin 1895)

Warum man dieses Buch lesen muss

Weil man – außer in Geschichtsbüchern – nirgendwo so viel über die Bismarck-Zeit erfahren kann wie bei Fontane. Nicht nur in *Effi Briest* schildert er sehr genau, wie die Gesellschaft damals tickte und wie schnell man – vor allem als Frau – durch nur einen Ausrutscher ins Abseits manövriert wurde.

Worum geht's?

O Mann – die arme Effi! Siebzehn ist sie, als ihre Mutter sie davon überzeugt, das der einundzwanzig Jahre ältere Baron von Instetten (der alte Sack!) doch eine megagute Partie ist. Da muss man doch zugreifen! Das sieht Effi dann irgendwie auch ein, obwohl von Liebe – keine Spur!

Sie heiratet den alten Knochen und zieht mit ihm nach Hinterpommern, nach Kessin. Man muss nicht dort gewesen sein, um zu ahnen, dass da der Hund begraben ist. Und so ist es dann auch. Effi ist viel alleine, langweilt sich und fürchtet sich ganz schrecklich in dem großen, finsteren Haus. Und Instetten hat nichts Besseres zu tun, als diese Angst auch noch tüchtig zu schüren. Effis Alltag ist also alles andere als abwechslungsreich. Die beiden bekommen eine Tochter. Dann lernt Effi den draufgängerischen, gutaussehenden Major Crampas kennen.

Achtung, Spoileralarm!

Das hat sich jetzt wahrscheinlich schon eh jeder denken können ... Effi lässt sich von Crampas verführen und beginnt eine Affäre mit ihm. So ganz wohl ist Effi bei der Sache allerdings nicht, und so kommen ihr der Umzug der Familie nach Berlin und das daraus resultierende Ende der Affäre mehr als recht.

Effi vergisst Crampas und alles, was gewesen ist. Warum soll sie auch nicht? Schließlich war er nicht mehr als eine Ablenkung. Geliebt hat sie ihn nicht.

In Berlin legt Instetten eine ziemlich steile Karriere hin, und schon bald ist das Paar aus der feinen Gesellschaft quasi nicht mehr wegzudenken. Läuft, also!

Doch dann passiert es: Jahre später befindet sich Effi in Kur, als ihr Mann wegen eines blöden Zufalls die Liebesbriefe von Crampas findet. (Mal ehrlich! Wie kann man auch so doof sein und die rumliegen lassen?) Was tun? Obwohl Instetten erst noch zaudert und zögert, fordert er Crampas dann doch zum Duell und tötet ihn. Damit nicht genug. Es folgt die Scheidung. Effi darf ihre Tochter nicht mehr sehen. Auch wenn Instetten das alles im Innersten seines Herzens nie gewollt hat, das »tyrannisierende Gesellschafts-Etwas« – sprich: die gesellschaftlichen Konventionen und die Moral dieser Zeit – verlangt danach. Und so wird Effi konsequenterweise auch von der Gesellschaft und von ihren Eltern verstoßen. Nur zum Sterben darf sie nach Hause kommen.

Wer hat's geschrieben?

THEODOR FONTANE

**30.12.1819 in Neuruppin;*

†20.09.1898 in Berlin

Apotheker. Korrespondent. Kriegsberichterstatter. Theaterkritiker. Mehrere Auslandsreisen. Beginnt erst mit knapp sechzig Jahren Romane zu verfassen.

Klugscheißerwissen

Effi Briest wurde mehrfach verfilmt.

Herr von Ribbeck auf Ribbeck im Havelland ... das ist das Gedicht über den Herrn mit dem Birnbaum, das so manchem in der Schule über den Weg gelaufen ist und das es häufig auswendig zu lernen galt. Auch das ist Fontane!

Die Story um Effi Briest ist keine reine Fiktion. Zumindest in weiten Teilen hat Fontane die wahre Geschichte eines Ehebruchs aus den 1880er Jahren als Vorlage genommen. Die beteiligte Dame hieß in Wirklichkeit Elisabeth und nicht Effi.

Übrigens ...

... sollte das Gespräch auf *Effi Briest* kommen, macht es sich immer gut, die Standardfloskel des alten Briest zu zitieren. »Das ist ein weites Feld!«

Angefixt? Hier gibt's mehr von dem Stoff:

CECILE

Wie *Effi Briest* ein Frauenroman, in dem es ebenfalls um Ehe und gesellschaftliche Konventionen geht.

FRAU JENNY TREIBEL

Auch hier geht es ums Standesdenken. Ist dabei aber ziemlich witzig.

#dieeheistkeinponyhof
#wennschonaffäredannauchausliebe

GEORG M. OSWALD

VOM GEIST DER GESETZE

(Reinbek bei Hamburg 2007)

Warum man dieses Buch lesen muss

Weil Oswald hier eine meisterhaft zynische Milieu-Satire vorlegt, die süffig erzählt ist und einen Heidenspaß bringt. Persifliert wird der Münchner Machtklüngel rund um eine bayrische Partei (!) – mit all den Staranwälten, Industriellen, Politikern und Talkmastern, die das korrupte Gemauschel perfekt machen.

Worum geht's?

Oben. Ganz oben. Das muss ein beliebter Ort sein. Also, gesellschaftlich betrachtet. Denn diejenigen, die schon dort sind, tun alles, um dort zu bleiben. Und diejenigen, die noch nicht dort angekommen sind, tun alles, um dorthin zu gelangen.

Dr. Ludwig Heckler
Staranwalt
☆ ☆ ☆

Da hätten wir zunächst Dr. Ludwig Heckler, Staranwalt, der zusammen mit seiner jungen Frau Dr. Philomena Heckler, Scheidungsspezialistin, eine äußerst angesehene und erfolgreiche Kanzlei in München führt. Weil der Direktor der Landeszentralbank, Werner Kehl, Heckler dabei behilflich war, für einen Klienten einen leicht illegalen Geldtransfer aus der Schweiz zu organisieren, ist Heckler ihm nun einen Gefallen schuldig. Deshalb stellt er Kehls Neffen, den durchschnittlichen Anwalt Sebastian Spring, ein.

Und hier beginnt die Geschichte: Eines Tages hat der

Landtagsabgeordnete und Generalsekretär der »Partei«, Kurt Schellenbaum, so überschwänglich gute Laune, dass er ausnahmsweise mal seinen Fahrer Raab chauffieren will. Dumm nur, dass er dabei Ladislav Richter, einen erfolglosen Drehbuchautor, anfährt. Aus Angst vor den Konsequenzen überredet Schellenbaum Raab, die Verantwortung zu übernehmen. Er selbst verkriecht sich im Fond des Dienstwagens hinter den getönten Scheiben. Raab tut wie ihm geheißen und lässt Richter einen Wisch unterschreiben, in dem dieser versichert, dass die Unfallgeschichte mit den eintausendfünfhundert Euro, die Raab ihm gegeben hat, erledigt ist. Dann fährt Raab samt Schellenbaum davon. Doch auf Anraten seiner Freundin erstattet Richter dennoch Strafanzeige.

Achtung, Spoileralarm!

Schellenbaum engagiert Dr. Heckler (Stundensatz eintausend Euro), um seinen Fahrer Raab verteidigen zu lassen. Zunächst läuft alles rund. Raab soll sich vor Gericht schuldig bekennen. Die zu erwartende Geldstrafe wird Schellenbaum zahlen, und gut ist. So der Plan. Und genauso wäre es auch gekommen, hätte Raab nicht plötzlich den Moralischen bekommen. Warum soll er die Schuld für etwas auf sich nehmen, was er gar nicht getan hat? Und so zieht er sein Schuldanerkenntnis zurück und sagt die Wahrheit: Schellenbaum sei gefahren. Nicht er ... Nun wird gegen Schellenbaum ermittelt. Zum Glück gelingt ein Deal zwischen ihm, seinen Anwälten, der Staatsanwaltschaft sowie dem Richter – und Schellenbaum wird nur zu einer Geldstrafe verurteilt. Hunderttausend Euro. Die zahlt er aus der Portokasse. Generalsekretär der »Partei« ist er zwar bis auf weiteres nicht mehr, aber er übernimmt die Leitung einer Kulturstiftung. Glück gehabt. Glück hatte auch Ludwig Heckler, gegen den in der Zwischenzeit nämlich auch ermittelt wurde. Und zwar wegen der Sache mit dem leicht illegalen Geldtransfer. Seine Frau hat ihn aus Rache (er hat sie betrogen) bei der Staatsanwaltschaft verpfiffen. Doch das Verfahren wird fallengelassen. Zu dumm, wie konnten nur die wichtigsten Beweismittel gegen ihn einfach so verschwinden? Vielleicht, weil er reich und mächtig ist und die richtigen Leute an den richtigen Stellen kennt? Der Drehbuchautor Richter macht aus dem Ganzen ein Drehbuch, und weil sein Produzent mit dem neuen Leiter der Kulturstiftung (Schellenbaum) befreundet ist, hat Richters Skript gute Chancen darauf, verfilmt zu werden. Sebastian Spring hat es am Ende auch geschafft und wird Partner bei »Heckler Rechtsanwälte«. Denn er hat schnell die Spielregeln dieser illustren Gesellschaft begriffen. Der einzige Verlierer ist am Ende der arme Raab, denn der bekommt eine Anzeige wegen der Fahrerfluchtgeschichte und seinem Verhalten vor Gericht. »Heckler Rechtsanwälte« werden ihn nun aber nicht mehr vertreten. Denn schließlich kann sich ein arbeitsloser Chauffeur den Stundensatz eines Staranwalts nun wirklich nicht leisten …

Wer hat's geschrieben?

GEORG M. OSWALD

**05.08.1963 in München*

Studiert Jura. Anwalt für Arbeits- und Gesellschaftsrecht. Kolumnist bei der *FAZ* bis 2013. Seit Oktober 2013 Leiter des Berlin Verlags. Mitglied des PEN-Zentrums Deutschland.

Angefixt? Hier gibt's mehr von dem Stoff:

ALLES, WAS ZÄHLT

Ein Roman über die Nützlichkeit einer Bankausbildung, denn alles, was man dort so lernt, kann auch im kriminellen Gewerbe ausgesprochen nützlich sein.

#friendsinhighplaces
#justiziaträgteinesonnenbrille

JULI ZEH

UNTERLEUTEN (München 2016)

Warum man diesen Roman lesen muss

Weil er eine großartige Sozial- und Gesellschaftsstudie ist. Und ein überaus spannendes literarisch-virtuelles Gesamtkunstwerk. Willkommen im 21. Jahrhundert!

Worum geht's?

Um Unterleuten, ein kleines Dorf in der Nähe von Plausitz im Osten der Republik. Die Unterleutner, die Alteingesessenen, regeln ihre Belange unter sich. Das haben sie schon immer so gemacht. Die Polizei braucht man hier nicht. Vor allem Gombrowski, der Geschäftsführer der *Oekologica GmbH*, hält alle Fäden beisammen. Kaum einer im Dorf, der ihm nicht einen Gefallen schuldet oder wirtschaftlich von ihm abhängig wäre. Ohne die Arbeitsstellen auf seinem landwirtschaftlichen Betrieb, ohne Gombrowskis Spenden an den Kindergarten oder die Feuerwehr liefe hier gar nichts. Gombrowski hat Einfluss, Kontakte und seine Handlanger. Der Bürgermeister ist sein guter Freund. Gombrowskis Erzfeind hingegen ist der alte Kron. Altkommunist, ehemaliger Brigadeführer in der LPG, erklärter Kapitalismusgegner. Kron passt es überhaupt nicht, dass Gombrowski das Gut seiner Eltern, das enteignet und in DDR-Zeiten zur LPG gemacht wurde, wieder an sich gerissen hat. Kron, der seine Tochter Karin alleine großzog, nachdem seine Frau in den Westen rübergemacht hatte, ist von all dem verbittert. Nur bei einer Person wird der humpelnde

und krawallierende Kron weich und zeigt, dass er ein Herz hat: bei Krönchen, seiner Enkelin. Ansonsten ist er knurrig wie ein alter Hund.
Krons Tochter Karin wiederum hat eine ganz besondere Beziehung zum Bürgermeister Arne Seidel, der ihr Nachbar und mit dem Dorf verheiratet ist.
In diese alten Seilschaften, Feindschaften, Geschichten, Gerüchte und Geheimnisse (was ist in der Nacht des 3. November 1991, in der ein Mann sein Leben und einer ein Bein verlor, wirklich im Wald passiert?), in dieses hochsensible Sozialgeflecht, das man kennen muss, will man in ihm bestehen, »platzen« die Zugezogenen. Da sind Jule und Gerhard Fließ mit ihrem Baby. Gerhard, der habilitierte Soziologe aus Berlin, ist am modernen Leben verzweifelt und versucht sich jetzt als engagierter Vogelschützer. Jule, seine ehemalige Studentin, will das romantische Familienidyll auf dem Land leben. Dann sind da noch Linda Franzen und Frederik Wachs. Linda ist blond, knallhart und passionierte Pferdefrau, Frederik turnschuhtragender, etwas verpeilter Informatiker in einer Spielefirma. Sie träumt von einer Pferdezucht auf dem Land. Er ist eigentlich nur ihretwegen in das »Objekt 108«, einen alten Bauernhof, gezogen.
Klar, dass der Eintopf mit Alteingesessenen und Zugezogenen schon nach kurzer Zeit stark brodelt. Doch dann bringt eine Nachricht die Suppe so richtig zum Überkochen: In Unterleuten soll ein Windpark erbaut werden. Eines der beiden in Frage kommenden Stücke Land hat drei Besitzer: Je acht Hektar gehören Gombrowski beziehungsweise einem Herrn Meiler, einem Investor aus

Süddeutschland. Genau dazwischen befinden sich zwei Hektar Land, die entscheidend sind. Denn wer immer den Windpark bauen will, muss zehn zusammenhängende Hektar aufweisen. Und diese zwei Hektar gehören Linda Franzen, die, angeleitet durch den Ratgeber »Dein Erfolg« von Manfred Gortz, knallhart ihre eigenen Interessen verfolgt. Genauso wie alle anderen. Ein Krieg ist unvermeidlich.

Achtung, Spoileralarm!

Der Investor Meiler will mit den Windkraftanlagen Geld machen, um seinen drogensüchtigen Sohn und damit seine Ehe zu retten. Gombrowski will mit den Einnahmen die schwächelnde *Oekologica* und damit Unterleuten retten – und natürlich seine Machtposition ein für alle Mal klarstellen. Linda will die Windkraftanlagen eigentlich gar nicht, aber sie sollen ihr durch geschicktes Taktieren und Tauschen das Land sichern, das sie für ihr Gestüt dringend braucht. Und dann gibt es da noch die Leute, die einfach die schöne Landschaft erhalten oder die Kampfläufer (eine seltene Vogelart) schützen wollen.

Und last but not least gibt es Kron, dem das zweite für den Windpark in Frage kommende Gebiet gehört …

Dann passiert es. Krons Enkelin Krönchen verschwindet. Und alle glauben sehr schnell zu wissen, wer da zu so ekelhaften Mitteln wie Kindesentführung greift, um seine Interessen durchzusetzen: natürlich Gombrowski. Dummerweise erzählt das wieder aufgetauchte Mädchen dann auch noch, dass Gombrowskis Nachba-

rin – und seine vermeintliche Dauergeliebte – Hilde sie eingesperrt habe, und schon kocht des Volkes Zorn. Bei Gombrowski splittern die Fensterscheiben, woraufhin Gombrowski beinahe Kron erschlägt. Alte Feindschaften, gegenseitige Verdächtigungen, Vorurteile, falsche Schlussfolgerungen, fragwürdige Schulterschlüsse brechen sich Bahn und spalten die Dorfgemeinschaft. Kindesentführung? Nein, das geht zu weit.
Vor allem die Zugezogenen scheitern an Unterleuten und seinen geheimen Mechanismen. Sie glauben verstanden zu haben, wie es hier läuft, und verstehen doch gar nichts.
Es gipfelt in der Katastrophe: verlassen von Hilde, die nie seine Geliebte war, von seiner Frau, seiner Tochter und seiner Hündin, gehasst von allen, schneidet sich Gombrowski in der Trinkwasseranlage von Unterleuten die Pulsadern auf und stirbt in dem glückseligen Bewusstsein, dass die Unterleutener schon bald Schlückchen für Schlückchen Gombrowski zu sich nehmen werden.

Kron, der ewige Verlierer, gewinnt diesmal, denn der Bürgermeister schustert ihm die Windräder zu. Im letzten Kapitel mit der Überschrift »Finkbeiner. Epilog« erfahren wir von der Journalistin Lucy Finkbeiner, wie es mit den Einwohnern von Unterleuten nach Gombrowskis Tod weitergegangen ist. Kron stirbt. Seine Tochter wird Bürgermeisterin von Unterleuten. Gerhard Fließ arbeitet für die *Oekologica*. Frederik liegt im Krankenhaus und hat die Chance seines Lebens verpasst, beruflich durchzustarten. Jule und Linda haben Unterleuten verlassen. Die eine lebt in Berlin und arbeitet an ihrer

Doktorarbeit, die andere ist zurück zu ihrem Pferd nach Oldenburg gegangen.
Ach ja, und das Geheimnis um die Ereignisse der Nacht vom 3. November 1991 wird natürlich auch gelüftet.

Wer hat's geschrieben?

JULI ZEH

**30.06.1974 in Bonn*

Wächst auf in Bonn-Bad Godesberg, Vater habilitierter Jurist und Sozialdemokrat, Direktor beim Deutschen Bundestag. Besucht ein Privatgymnasium im Villenviertel, dem sie in ihrem Roman *Spieltrieb* ein Denkmal setzt. Fängt schon in der Schulzeit an zu schreiben. Jura-Studium in Passau und Leipzig. Studienschwerpunkt Völkerrecht. Praktikum bei der UNO in New York. Außerdem studiert sie Literarisches Schreiben am Literaturinstitut Leipzig. In den neunziger Jahren viele Reisen nach Osteuropa, längerer Aufenthalt in Krakau, veröffentlicht 2002 ihren Bosnien-Reisebericht *Die Stille ist ein Geräusch*. Mit 27 ihr erster Roman: *Adler und Engel*. Entscheidet sich nach Referendariat und Zweitem Staatsexamen für Schriftstellerkarriere. Immer auch mischt sie sich in gesellschaftlich-politische Debatten ein. Schreibt journalistisch für *FAZ*, *Die Zeit* und *Spiegel*. Nach einer Zeit in Berlin Umzug in ein kleines Dorf in Brandenburg (!). Verheiratet mit einem Schriftsteller, zwei Kinder. Politisches Engagement, z.B. im Rahmen

der NSA-Affäre. Tierschutzbotschafterin. Mitglied des PEN-Zentrums Deutschland.
Zahlreiche namhafte Auszeichnungen für ihr Werk, das insgesamt in fünfunddreißig Sprachen übersetzt ist.

Klugscheißerwissen

Unterleuten – ein literarisch-virtuelles Gesamtkunstwerk. Die Romanfiguren, die Institutionen und Firmen aus Unterleuten twittern, posten und homepagen sich durch das Netz und schreiben somit quasi den Roman fort.
Natürlich hat auch Manfred Gortz, der Autor des im Roman so häufig zitierten Ratgebers *Dein Erfolg* eine Homepage. Schnell stand die Frage im Raum. *Wer, zum Henker, ist dieser Autor?* Sein Verlag gehört zu der gleichen Verlagsgruppe, in der auch Juli Zeh ihre Romane veröffentlich. Zufall? Ist sie es? Ist Juli Zeh Manfred Gortz? In einem Interview mit der *FAZ* vom 19. April 2016 antwortete Zeh noch auf die Frage, ob sie hinter Gortz stecke: »Wenn ich *Dein Erfolg* geschrieben hätte, wäre ich stolz darauf.« Im Mai 2016 ließ dann der Luchterhand Verlag in einer Pressemitteilung die Bombe platzen. Manfred Gortz ist nicht Manfred Gortz, sondern Juli Zeh. Oha!

Übrigens ...

... hat das Dorf Unterleuten auch eine eigene Website: www.unterleuten.de.

Angefixt? Hier gibt's mehr von dem Stoff:

ADLER UND ENGEL

Liebesgeschichte, Kriminalroman, Entwicklungsgeschichte, Politthriller.

NULLZEIT

Ein Roman über eine Insel, einen Tauchlehrer, ein Pärchen, eine verhängnisvolle Dreiecksbeziehung und einen mörderischen Plan.

SPIELTRIEB

Zwei Schüler, ein Lehrer, Sex, Verbrechen und die Überschreitung jeglicher Moral.

#zwischenmenschen #daherwehtderwind

KLAUS MANN

MEPHISTO. ROMAN EINER KARRIERE

(Amsterdam 1936, Ost-Berlin 1956, München 1965, Reinbek bei Hamburg 1981)

Warum man dieses Buch lesen muss

Weil es zu einem Kultbuch geworden ist – eine exemplarische Geschichte über Anpassung und Widerstand, über Moral und Karrieredenken eines Künstlers in einem totalitären System.

Worum geht's?

Man schreibt das Jahr 1936, und Hendrik – bitte unbedingt das D berücksichtigen, der Mann heißt Hendrik und nicht Henrik, da legt er großen Wert drauf –, also Hendrik Höfgen hat es zum gefeierten Schauspieler, Intendanten, Staatsrat und Senator gebracht.

Zehn Jahre vorher, 1926, ist Höfgen noch ein kleiner Darsteller an einem Hamburger Provinztheater. Er flirtet mit dem Kommunismus (lehnt sich für das »Revolutionäre Theater« aus dem Fenster), wettert gegen Lotte Lindenthal, die Freundin des Fliegergenerals (der bald schon Ministerpräsident sein wird), gegen die Nazis und pflegt eine Liebschaft mit der dunkelhäutigen Juliette Martens. Aus purer Berechnung heiratet er Barbara Bruckner, die Tochter eines einflussreichen Geheimrats. Er wechselt ans Berliner Staatstheater. Er wird der *Mephisto* in Goethes *Faust*, und es ist leicht zu erkennen, dass die Rolle des großen Verführers s e i n e Paraderolle ist. Die Nazis ergreifen die Macht. Höfgen hält sich derzeit zu Dreh-

arbeiten in Spanien auf. Was soll er jetzt tun? War sein Verhalten in der Vergangenheit für die neue politische Situation nicht geradezu selbstmörderisch? Zurück in die Hauptstadt? Besser nicht. Er könnte im Ausland bleiben. Ja, das wäre eine Option ...

Achtung, Spoileralarm!

... aber nicht für Höfgen. Wie gut nur, dass ihn ein Brief einer ehemaligen Kollegin in Paris erreicht. Sie hat für ihn ein gutes Wort bei Lotte Lindenthal eingelegt, und die hat sich wiederum bei ihrem Freund, dem Ministerpräsidenten, für Höfgen verwendet. Als Protegé von oberster Stelle kann er nach Hause kommen und darf wieder den Mephisto spielen. Sein Ruhm ist zurück – größer als zuvor. Höfgen wird zum großen, leuchtenden Stern am Theaterhimmel – auch wenn der mittlerweile ein Hakenkreuz trägt. Gäbe es nur nicht die paar »Altlasten« aus seinem früheren Leben. Da wäre also zunächst mal dieser dumme Flirt mit dem Kommunismus – geht gar nicht, kann einen schon mal ins KZ bringen –, weshalb Höfgen lieber vor dem Ministerpräsidenten zu Kreuze kriecht und ihm reumütig seine politischen Sünden gesteht. Schwamm drüber! Weil es gerade mit dem Ministerpräsidenten so gut läuft, wagt Höfgen es, sich für die Freilassung des Kommunisten und Schauspielers Otto Ulrichs aus dem KZ zu verwenden. (Man weiß ja nie, wofür so eine »Rückversicherung« mal gut sein kann!) Mannomann, muss der Ministerpräsident auf Höfgen abfahren, denn Ulrichs kommt tatsächlich frei. Höfgens dunkelhäutige Freundin Juliette, die er auch

während seiner Ehe weiterhin getroffen hat, schafft Höfgen mit Hilfe des Ministerpräsidenten ins Ausland – gegen ihren Willen. Und praktischerweise bittet ihn seine im Exil lebende Frau Barbara – die passt eh nicht mehr in Höfgens Karrieresystem – um die Scheidung. Hervorragend! Höfgen wird Intendant, Staatsrat, Senator und taktiert sich durchs Leben, während Otto Ulrichs für seine politische Überzeugung in den Tod geht. Höfgen hat als Mephisto brilliert, versagt aber jetzt als Hamlet auf ganzer Linie. Doch die Kritiker bleiben ihm positiv gesinnt. Schon lange zählt nicht mehr das Künstlerische, sondern die Beziehung zur Macht. Am Schluss des Romans bekommt Höfgen Besuch von einem »Racheengel«, der ihm den Sieg des kommunistischen Widerstands und dessen Rache androht. Und Höfgen? Der versteht die Welt nicht mehr. Was wollen die Leute nur von ihm? Er kann doch politisch gar nichts bewegen. So als bedeutungsloser Schauspieler, der er ist …

Wer hat's geschrieben?

KLAUS HEINRICH THOMAS MANN

**18.11.1906 in München; †21.05.1949 in Cannes, Frankreich*

Sohn von Thomas Mann. Neffe von Heinrich Mann. Bruder von Erika Mann. Bekennender Homosexueller. Alkohol. Drogensucht. Depressionen. Zeit seines Lebens eine schwierige Beziehung zu seinem Vater, um dessen Anerkennung er buhlt.

1925 Umzug nach Berlin. Die wilden Zwanziger – Klaus und Erika mittendrin. Gründung eines Theaterensembles mit Erika Mann, Gustaf Gründgens und Pamela Wedekind. Literarisches Kabarett. Am 13. März 1933 verlässt Klaus Mann als einer der ersten Schriftsteller freiwillig Deutschland. Herausgabe der Exilzeitschrift *Die Sammlung* in Amsterdam. Aberkennung der deutschen Staatsbürgerschaft. Setzt sich gegen den Faschismus ein. Berichterstatter im spanischen Bürgerkrieg. US-amerikanisches Exil. Gibt die Zeitschrift *Decision* heraus. Annahme der US-amerikanischen Staatsbürgerschaft. Teilnahme als amerikanischer Soldat und Berichterstatter am Zweiten Weltkrieg. Nach dem Armeedienst reist er ruhelos durch die Weltgeschichte. Nimmt sich 1949 mit einer Überdosis Schlaftabletten das Leben. Gilt heute als einer der wichtigsten Repräsentanten der deutschsprachigen Exilliteratur nach 1933.

Klugscheißerwissen

In Nazi-Deutschland war *Mephisto* verboten. Im Amsterdamer Exilverlag Querido wurde er mit mäßigem Erfolg veröffentlicht. Nach dem Krieg intrigierte Gustaf Gründgens, der ehemalige Schauspielerkollege von Klaus Mann und kurzzeitige Ehemann von Erika Mann, gegen den Roman. Jener sah sich auf uncharmante Art porträtiert. Und so entschied sich auch der Langenscheidt Verlag 1949 wegen Gründgens' gesellschaftlicher Stellung in Westdeutschland gegen eine Veröffentlichung. Kaus Mann schrieb einen erbitterten, enttäuschten Brief an Langenscheidt – er sah den Roman keineswegs als Schlüsselroman, er habe nur einen bestimmten Typus beschreiben wollen – und nahm sich neun Tage später das Leben.

Dann erschien der Roman 1956 in Ost-Berlin beim Aufbau Verlag. 1963 wollte es dann, nach Gründgens' Tod, die Nymphenburger Verlagsanstalt wagen, den *Mephisto* zu drucken. Doch nun klagte Gründgens' Adoptivsohn Peter Gorski. Erst kam er damit nicht durch. Gorski ging in Berufung. 1966 wurde der Roman wieder verboten. 1981 wagte sich schließlich – obwohl das Verbot ja noch bestand – der Rowohlt Verlag an eine Veröffentlichung. Die Gerichte schwiegen. Niemand klagte. Und *Mephisto* wurde zum Bestseller. Was für ein Triumph! Noch im gleichen Jahr erschien die Verfilmung mit dem unübertroffenen Klaus Maria Brandauer in der Rolle des Hendrik Höfgen. Eine Auszeichnung bei den Filmfestspielen in Cannes und einen Oscar gab es dafür.

Wenn Klaus Mann das noch hätte erleben können ...

Übrigens ...

Ähnlich wie bei den Hemingways hatte auch bei den Manns der Selbstmord Konjunktur. Neben Klaus Mann haben sich seine Tanten Carla und Julia Mann und die zweite Frau seines Onkels Heinrich, Nelly Mann, das Leben genommen. Es wird angenommen, dass auch Klaus' jüngerer Bruder Michael den Freitod wählte. Eine traurige Familie.

Angefixt? Hier gibt's mehr von dem Stoff:

DER VULKAN

Emigrantenschicksale, nicht nur in Zürich, Prag, New York und Paris. Ein Roman, der berührt und aufrüttelt.

DER WENDEPUNKT. EIN LEBENSBERICHT

Klaus Manns spannende Autobiographie – und gleichzeitig ein Bericht über das Schicksal einer gesamten Generation und ihrer Epoche.

#aufteufelkommraus #chamäleon

THOMAS BRUSSIG

AM KÜRZEREN ENDE DER SONNENALLEE

(Berlin 1999)

Warum man diesen Roman lesen muss

Weil es eine brüllend komische, ziemlich schräge und dennoch herzerwärmende DDR-Geschichte ist, die zeigt, dass man auch hinter der Mauer als Jugendlicher ganz gut die Sau rauslassen konnte – zumindest im Rückblick.

Worum geht's?

»Das Potential« – das sind die Freunde Micha, Mario, Brille, Wuschel und der Dicke. Tja, und sie haben das Pech, in den siebziger Jahren am kürzeren Ende der Sonnenallee zu wohnen. Pech, denn das kürzere Ende wird von dem längeren durch die Berliner Mauer abgetrennt, und die Jungs – logo! – leben in der DDR. Dass man dort trotz Einschränkungen (und blöden rübergerufenen Sprüchen von Wessie-Touristen) 'ne Menge Spaß haben kann, wird schnell klar. Die Jungs pubertieren fleißig vor sich hin. Protagonist Micha liebt Miriam, die knutscht aber lieber mit Westlern herum. Und das, obwohl Micha wirklich alles tut, um ihr nahe zu sein – sogar in die Tanzstunde gehen. Na gut, zugegebenermaßen: Alle Jungs im Tanzkurs sind wegen Miriam da. Mario fliegt von der Schule. Alles nur wegen der Existentialistin, mit der er seit neuestem zusammen ist und die ihn (nicht nur) politisch Neues erfahren lässt, was er dann leider zur falschen Zeit, am falschen Ort hinausposaunt.

Wuschel würde sein letztes Hemd für die Platte *Exile on Main Street* von den Rolling Stones geben. Die kann man sich im real existierenden Sozialismus aber leider nur auf illegale Weise besorgen. Klar, Micha hat auch einen Westonkel – Heinz heißt der –, und der ist immer total stolz darauf, Sachen über die Grenze geschmuggelt zu haben, sogar solche, die er gar nicht hätte schmuggeln müssen.

Der Liebesbrief, von dem Micha gar nicht weiß, ob Miriam oder ein anderes Mädchen ihn geschrieben hat, der ist natürlich auch ganz wichtig. Micha wird nie erfahren, wer die Absenderin ist. Denn gerade, als er ihn öffnen will, fällt er ihm aus der Hand und wird ...

Achtung, Spoileralarm!

... von einer Windböe in den Todesstreifen geweht! Dort liegt er jetzt! Und lässt Micha einfach nicht los. Ständig überlegt er sich abstrusere Varianten, um an die süßen Zeilen und an Miriam heranzukommen. Eine Fete, deren einziger Zweck es ist, Miriam mit *Je t'aime* einzulullen, wobei Micha ihr ganz tief in die Augen sehen soll, endet im totalen Chaos. Kurz darauf werden auch noch Mario, die Existentialistin und Micha unabhängig voneinander verhaftet. Zum Glück kommen alle wieder frei. Aber jetzt ist Miriam auf Micha sauer, denn der war eigentlich gerade auf dem Weg zu ihr, als er einkassiert wurde. Sie hatte ihn doch endlich, endlich zu sich eingeladen! Am Schluss stirbt Onkel Heinz an einem Herzinfarkt. Mario und die Existentialistin werden Eltern. Hätte Wuschel nicht die Doppel-LP von *Exile* unter der

Jacke, wäre er bei dem Versuch, Micha zu helfen, den Liebesbrief doch noch aus dem Todesstreifen zu holen, gestorben. (Wer hätte gedacht, dass ausgerechnet eine Stones-Platte so hart und heavy wie eine schusssichere Weste ist?) Micha kriegt dann irgendwann doch noch – Happy End! – seine Miriam, und Michail Gorbatschow bekommt einen hoch amüsanten Gastauftritt als »Wunderrusse«.

Alles Erinnerungen – und die »werden bekanntlich mit Weichspüler gewaschen«. Aber ist das nicht eigentlich das Schöne daran?

Wer hat's geschrieben?

THOMAS BRUSSIG

**19.12.1964 in Ost-Berlin*

Schriftsteller, Drehbuch- und Bühnenautor. Berufsausbildung zum Baufacharbeiter mit Abitur. Grundwehrdienst. Verschiedene Jobs. Soziologiestudium an der Freien Universität Berlin. Wechsel nach Potsdam-Babelsberg an die Hochschule für Film und Fernsehen Konrad Wolf. Schreibt bereits zu DDR-Zeiten. Durchbruch 1995 mit dem Roman *Helden wie wir*. Lebt mit seiner Familie in Berlin und Mecklenburg.

Klugscheißerwissen

Erst gab es das Drehbuch, dann den Film (Regie: Leander Haußmann, Drehbuch: Thomas Brussig, Detlev Buck,

Leander Haußmann) und dann erst den Roman *Am kürzeren Ende der Sonnenallee.*

Übrigens …

… war es auch Thomas Brussig, der zu dem Udo-Lindenberg-Musical *Hinterm Horizont* das Libretto geschrieben hat.

Angefixt? Hier gibt's mehr von dem Stoff:

WIE ES LEUCHTET

Sommer 1989 bis Sommer 1990. Die Mauer fällt. Die »Wende« ist da. Aufbruch, ungeahnte Freiheit, alles scheint möglich.

DAS GIBT'S IN KEINEM RUSSENFILM

Der Autor Thomas Brussig berichtet über den ostdeutschen Erfolgsautor Thomas Brussig, die DDR, die es 2014 immer noch gibt, und verpasst sämtlichen bekannten Personen des öffentlichen Ost-und-Westdeutschland-Interesses eine neue Biographie. Köstlich!

#ddrnostalgie #daswarkeinharmlosesmärchenland

HEINRICH MANN

PROFESSOR UNRAT ODER DAS ENDE EINES TYRANNEN (München 1905)

Warum man dieses Buch lesen muss

Weil hier der spießige Kleinbürger grandios aufs Korn genommen wird. Heinrich Manns *Professor Unrat* ist die Satire auf die Wilhelminische Zeit und den deutschen Untertanengeist. Sensationell!

Worum geht's?

Unrat heißt er. Nein, stimmt nicht. Erstens ist er Professor, und zweitens heißt er Raat. Aber weil er seit Jahr und Tag, um genau zu sein, seit sechsundzwanzig Jahren, seine armen Gymnasiasten drangsaliert, haben ihm ebendie den Spitznamen *Professor Unrat* verpasst. Er ist ein Freak, der seine Schüler für seine Feinde hält. Deshalb haben sie wenig bei ihm zu lachen. Eines Tages spürt dieser spießigste aller Spießer drei seiner Schüler, Kieselack, Lohmann – den hasst er ganz besonders – und von Etzum, in einem zweifelhaften Lokal auf – dem *Blauen Engel*. Unfassbar für Raat: Die siebzehnjährigen Lümmel himmeln doch tatsächlich diese Rosa Fröhlich an – eine »Barfußtänzerin«. Oh, Verfall der Sitten! Es verschlägt Raat in die Künstlergarderobe der zwielichtigen Dame, und obwohl er sie wegen Verführung seiner Schüler tüchtig zur Schnecke macht, ist Frau Fröhlich die Freundlichkeit in Person. Verteidigt ihn vor ihren Kollegen und lädt ihn zum Wein ein. Und schon liegt Raat der Dame genauso zu Füßen wie seine Schüler.

Achtung, Spoileralarm!

Raat kommt wieder. Abend für Abend. Er verfällt der wunderbaren Rosa Fröhlich immer mehr. Bald betrachtet er sich als ihr großer Beschützer. In der Stadt kommen Gerüchte auf, der Professor pflege Umgang mit der »Barfußtänzerin«.

Und wie er das tut: Er räumt ihre Garderobe auf, kümmert sich um ihre Wäsche, kauft ihr Blumen und Kleider, geht teuer mit ihr essen und besorgt ihr eine Wohnung. Es interessiert ihn nicht die Bohne, was andere darüber denken.

Aber ihre Ehre antasten, o nein, das darf niemand, und so wirft er sich für sie bei einer öffentlichen Gerichtsverhandlung heldenhaft in die Bresche. Er wird gefeuert. Egal, alles egal, selbst die Tatsache, dass seine Angebetete eine kleine Tochter hat. Jetzt wird auch noch geheiratet und sein Erspartes verprasst. Raat weiß sich nicht anders zu helfen, als Nachhilfestunden zu geben. Doch die laufen bald aus dem Ruder, und so wird aus Raats Villa eine schlimmere Lasterhöhle, als der *Blaue Engel* es jemals war. Mit Glücksspiel, äußerst frivolem Treiben, vielen feinen Herren und seiner Rosa, die eifrig dem Ehebruch frönt.

Raats Absturz ist perfekt, als er – völlig verschuldet – seinen ehemaligen Schüler Lohmann bestiehlt. Herr und Frau Professor landen im Gefängnis.

Und so wird aus einem Oberspießer das krasse Gegenteil seiner selbst – ein Anarchist vom Feinsten.

Wer hat's geschrieben?

HEINRICH MANN

**27.03.1871 in Lübeck; †12.03.1950 in Santa Monica, Kalifornien*

Sohn einer vermögenden Lübecker Kaufmannsfamilie. Älterer Bruder von Thomas Mann. Onkel von Klaus und Erika Mann. Abgebrochene Buchhändlerlehre, Volontariat beim S. Fischer Verlag, Studien an der Friedrich-Wilhelms-Universität in Berlin. Lungenkrankheit zwingt ihn zur Kur. Aufenthalt in Italien, davon längere Zeit mit Thomas. 1915 Abbruch des Kontakts zu Thomas. Dieser hatte sich deutschnational geäußert, Heinrich stand den Sozialdemokraten nahe. Erst sieben Jahre später versöhnen sie sich. 1931 Wahl zum Präsidenten der Preußischen Akademie der Künste. 1933 Ausschluss aus der Akademie der Künste. Flucht nach Frankreich. Aberkennung der deutschen Staatsbürgerschaft. Flucht über Spanien nach Kalifornien. 1949 Berufung zum Präsidenten der neu gegründeten Akademie der Künste in Ost-Berlin. Heinrich Mann stirbt, bevor er sein Amt antreten kann. Seine Urne wird 1961 in Ost-Berlin beigesetzt. Zeit seines Lebens ein überzeugter Gegner der Nationalsozialisten, gegen die er anschreibt, anredet und sich engagiert, wo er nur kann.

Klugscheißerwissen

Das Verhältnis von Heinrich und Thomas Mann war lange durch starke Rivalität geprägt. Erst war Heinrich

der erfolgreichere, bekanntere Schriftsteller, dann zog Thomas wie ein Komet an ihm vorbei, und später in der Emigration wurde Heinrich von seinem Bruder finanziell abhängig.
Im Exil heiratete Heinrich Mann seine zweite Frau Nelly. Große Katastrophe. Zumindest in den Augen von Thomas und Katia Mann. Nelly war recht einfach, um nicht zu sagen vulgär, und sie soff. Ihrer Alkoholabhängigkeit verdankte sie sogar eine Nacht im Gefängnis und eine Bewährungsstrafe wegen Trunkenheit am Steuer.
1944 schließlich verzweifelte sie am Leben und brachte sich um. Nicht die Einzige in der Familie Mann.

Übrigens ...

Die Verfilmung von *Professor Unrat*, die 1930 unter dem Titel *Der blaue Engel* in die Kinos kam, machte nicht nur Marlene Dietrich und den Song *Ich bin von Kopf bis Fuß auf Liebe eingestellt* weltberühmt, sondern auch den Schriftsteller Heinrich Mann.

Angefixt? Hier gibt's mehr von dem Stoff:

DER UNTERTAN

Ein politisches und moralisches und zudem unterhaltsames Lehrstück über den obrigkeitshörigen Untertan. Nach oben buckeln, nach unten treten ... Zusammen mit *Die Armen* und *Der Kopf* gehört der Roman zu Heinrich Manns Kaiserreich-Trilogie.

#vonkopfbisfußaufliebeeingestellt
#istdasunratoderkannderweg

CHARLES DICKENS

GROSSE ERWARTUNGEN (Leipzig 1862)

Great Expectations (London 1861)

Warum man dieses Buch lesen muss

Wegen Charles Dickens. Niemand steht so sehr für London, und zwar für das viktorianische. Keiner geht mit den Zuständen dieser Zeit so anschaulich und hart ins Gericht und ist dabei so unterhaltsam. Und wem das noch nicht reicht: Für die Engländer folgt Dickens in ihrer Liste der schreibenden Nationalheiligtümer dem alten Shakespeare direkt auf dem Fuße. Auch wenn seine Schmöker unglaublich dick sind – sie sind genial gut und enden viel zu früh!

Worum geht's?

Fettes Buch. Lange Story, und um die kurz zu machen … Folgendes: Pip ist (wie so viele bei Dickens) ein Waisenjunge. Eines Tages begegnet Pip einem entflohenen Sträfling. Der muss sich noch mit seinen Eisenketten herumschlagen, und weil es sich damit so schlecht fliehen lässt, »überredet« der Sträfling, der im Übrigen Abel Magwitch heißt, den Jungen, ihm zu helfen.

Sprung. Pip bekommt es mit der fiesen Miss Havisham und deren Pflegekind Estella zu tun. Miss Havisham hat an ihrem Hochzeitstag einen dauerhaften Schaden erlitten, weil ihr Bräutigam sie sitzenließ. Und deshalb sinnt sie auf Rache und erzieht Estella zu ihrem gefühllosen Rachewerkzeug. Oh, die Männer sollen leiden! Jawoll!! Aber eins muss man Estella lassen, sie ist schon sehr

vornehm – und genauso fein möchte Pip dann auch mal werden. Später. So als erwachsener Mann. Dann nämlich wird er sich auch noch in sie verlieben.
Puff! Das Schicksal nimmt eine entscheidende Wendung. Pip ist plötzlich reich. Keine Ahnung, wer der geheimnisvolle Klient des Anwalts Mr Jaggers ist, der für Pips Ausbildung zum Gentleman die Mittel zur Verfügung stellen will. Und außerdem hat der geheimnisvolle Unbekannte Pip auch noch zu seinem Erben bestimmt. Hurray! Was für bombastische Nachrichten!

Achtung, Spoileralarm!

Pip gibt das Geld mit vollen Händen aus, wird ein regelrechter Snob, und zu so einem passen natürlich keine einfachen Verwandten, also weg mit denen. Pip hat jetzt ... Achtung! ... »große Erwartungen« an sein Leben. Er wird einmal richtig reich sein und seine göttliche Estella zum Altar führen. Nur leider erfüllen sich die Erwartungen nicht immer ... Estella heiratet einen anderen ... Und Pips Gönner entpuppt sich als niemand anderer als der Häftling, dem er einst zur Flucht verholfen hat. Dieser Abel Magwitch wollte mal gucken, was Pip so treibt, und ist deshalb von Australien, wo er fette Kohle gemacht hat, quasi inkognito nach England zurückgekommen. Und nachdem ein paar Dinge ans Tageslicht gekommen sind, zum Beispiel, dass Magwitch eine Tochter hat (nämlich Estella!), sitzt er auch schon wieder im Kitchen – denn diesmal hat es mit der Flucht vor der Polizei nicht ganz so gut geklappt. Leider stirbt er dort, und sein ganzes schönes Geld bekommt der Staat.

Pech! Jetzt ist Pip wieder genauso arm wie zu Beginn der Geschichte. Und nun heißt es wohl doch für Pip: ganz normal arbeiten, wie jeder andere auch. Zu guter Letzt bekommt er dann wenigstens doch noch seine Angebetete, deren Mann (wie praktisch!) inzwischen verstorben ist. Und außerdem ist sie längst nicht mehr die Ziege, die sie mal war. Glück gehabt!

Wer hat's geschrieben?

CHARLES DICKENS

**07.02.1812 in Landport bei Portsmouth, England; †09.06.1870 in Gad's Hill Place, Higham bei Rochester, England*

Glückliche fünf Kindheitsjahre in Kent. Übersiedlung nach London. Kurz vor Dickens' zwölftem Geburtstag kommt sein Vater ins Schuldgefängnis. Arbeit in einer Schuhwichsfabrik im Londoner Hafenviertel. Besucht seinen Vater im Gefängnis. Die Erfahrungen in der Fabrik und im Gefängnis demütigen und traumatisieren Dickens zutiefst. Darf wieder die Schule besuchen, bis er fünfzehn ist. Arbeitet als Gehilfe in einer Anwaltskanzlei. Lernt stenographieren. Gerichts- und Parlamentsreporter. Eheschließung. Im Lauf der Jahre zehn Kinder. Später Trennung von seiner Frau. Herausgabe mehrerer Zeitschriften, darunter auch die *Daily News*. Zieht ständig um. Bereist Amerika. Lebt ein Jahr in Genua. Kommt viel rum. Königin Viktoria ist ein häufiger Theatergast, wenn Dickens' Stücke gespielt werden, empfängt ihn sogar im Buckingham-Palast. Nach seinem Tod wird Dickens am 14.6.1970 in der Westminster Abbey in London im Poet's Corner beigesetzt.

Klugscheißerwissen

Als Kind liebte Charles Dickens die Spaziergänge mit seinem Vater. Dabei kamen sie häufig an einem richtig noblen Haus, Gad's Hill Place, vorbei. Dickens' Vater sagte: »Junge, wenn du richtig hart arbeitest, gehört dieses Haus vielleicht einmal dir!« 1856 hatte er es dann geschafft – er durfte die Hütte sein Eigen nennen.

Übrigens ...

Glück gehabt! Also wir, die Leser. Denn Dickens wäre auch gerne Schauspieler geworden. Allerdings lag er zum vereinbarten Vorsprechtermin im Covent Garden Theatre mit einer üblen Erkältung im Bett.

Angefixt? Hier gibt's mehr von dem Stoff:

OLIVER TWIST

Der Roman über den Jungen, der vor Harry Potter das berühmteste Waisenkind der Weltliteratur war. Oliver bekommt es in den dunklen Gassen von London mit echt miesen Typen zu tun.

EINE GESCHICHTE AUS ZWEI STÄDTEN

Paris. London. Französische Revolution. Und eine große Liebe.

#neverforgetwhereyoucomefrom

TRUMAN CAPOTE

FRÜHSTÜCK BEI TIFFANY (Wiesbaden 1959)

Breakfast at Tiffany's (New York, London 1958)

Warum man dieses Buch lesen muss

Weil die fröhliche Holly Golightly erst mal witzig und unterhaltsam ist. Dann löst sich wie bei einer Zwiebel langsam Schicht um Schicht, und übrig bleibt ein trauriger Kern, der nachdenklich macht über Sein und Schein und darüber, dass nicht alles Gold ist, was glänzt.

Worum geht's?

Sie sind zwei verlorene Seelen: das Callgirl Holly Golightly (»Nimm's leicht«) und ihr Nachbar, der Ich-Erzähler, den sie Fred nennt, weil er sie an ihren Bruder erinnert. Nach außen hin ist Holly in der Tat unbeschwert, etwas kindlich, sorglos, charmant, mit viel Humor und mit Französischkenntnissen ausgestattet. Ihre Moral zimmert sie sich entsprechend ihrem Lebenswandel zurecht, und der ist für die amerikanischen fünfziger Jahre ausgesprochen skandalös. Nicht nur, dass sie sich für Liebesdienste bezahlen lässt, sie stiehlt auch noch. Und jeden Donnerstag fährt Holly ins Gefängnis Sing Sing, um gegen Bezahlung von Sally Tomato den »Wetterbericht« (getarnte Nachrichten an seine mafiöse Verbrecherorganisation) entgegenzunehmen, den sie dann telefonisch weitergibt.

Wenn Holly die Angst in Gestalt des »rote(n) Grausen(s)« packt, hilft nur eines: ein Besuch beim Nobeljuwelier *Tiffany*, denn nur hier ist sie wirklich glücklich.

Achtung, Spoileralarm!

Holly nimmt es leicht. Ja. Das tut sie, weil ihr Leben genau das Gegenteil ist. Mit vierzehn hat sie den sechsundfünfzigjährigen Tierarzt Doc Golightly geheiratet, weil sie und ihr Bruder Fred ausgehungerte Vollwaisen waren, die bei wildfremden, armen Leuten leben mussten. Von denen sind sie abgehauen. Später verließ Holly auch Doc, eigentlich nur, weil sie sich in die Scheinwelt der Illustrierten verliebt hat. Der verlassene Ehemann ist nun gekommen, um sie nach Hause zu holen. Aber sie schickt ihn weg. Als Holly erfährt, dass ihr Bruder Fred im Krieg gefallen ist, verwüstet sie ihre Wohnung. Sie wird schwanger von einem reichen Brasilianer, der sie heiraten will. Holly freut sich auf das Kind, wird häuslich und versucht, ihrem Verlobten zu gefallen. Doch als sie wegen ihrer Verbindung zu Sally Tomato verhaftet wird, lässt ihr Verlobter sie sitzen (wie auch fast alle anderen »Freunde«). Holly verliert das Kind und verschwindet aus New York. Übrig bleibt nur ihr Kater, um den sich der Ich-Erzähler kümmert, der sich ein bisschen in Holly verliebt hat.

Wer hat's geschrieben?

TRUMAN CAPOTE, eigtl.
Truman Streckfus Persons
**30.09.1924 in New Orleans, Louisiana; †25.08.1984 in Los Angeles, Kalifornien*

Ein wahnsinnig pralles Leben, über das noch so viel mehr zu sagen wäre ...
Journalist. Schriftsteller. Drehbuchautor. Schauspieler. Häufiger Talkshow-Gast. Liebling des internationalen Jetset und der New Yorker High Society. Gefeiertes Wunderkind. Exzentrisch und egomanisch bis zum Umfallen. Selbstverliebter Paradiesvogel. Bekennender Homosexueller. Später Drogen und Alkohol. Entziehungskuren. Depressionen. Selbstmord.
Mutter bekommt ihn mit sechzehn. Frühe Trennung der Eltern, später adoptiert ihn sein kubanischer Stiefvater, und er nimmt den Namen Capote an. Botenjunge für den *New Yorker*, für den er schon im Alter von sechzehn schreibt. Veröffentlicht seine Geschichten in Zeitschriften wie *Harper's Bazaar* oder *Mademoiselle*. Lernt den Schriftsteller Jack Dunphy kennen, mit dem er fünfunddreißig Jahre zusammen sein wird. Mehrere Europaaufenthalte. Reist mit seiner Jugendfreundin Harper Lee nach Kansas, um im Mordfall der Familie Clutter zu recherchieren. Ergebnis ist der Tatensachenroman *Kaltblütig (In Cold Blood)*.
Tourt mit den *Rolling Stones* durch Nordamerika, um über sie zu berichten. 1975 veröffentlicht er im *Esquire Magazine* einen Auszug aus dem Manuskript, das einmal *Erhörte Gebete (Answered Prayers)* heißen soll. Capote verrät hier intime Geheimnisse, die ihm die reichen und schönen Damen der High Society anvertraut haben. Die Millionärswitwe Ann Woodward begeht noch vor der Veröffentlichung Selbstmord. Capote wird zur Persona non grata. Man kennt ihn nicht mehr.

Klugscheißerwissen

Eigentlich sollte *Frühstück bei Tiffany* in *Harper's Bazaar* veröffentlicht werden. Doch dort hatte man Angst vor der Reaktion des Nobeljuweliers *Tiffany*, der ganz nebenbei auch noch ein fetter Anzeigenkunde des Blattes war. Glück für Capote: Die Story kam dann im *Esquire* für ein viel besseres Honorar.

Frühstück bei Tiffany kam 1961 in die Kinos mit der wundervollen Audrey Hepburn als Holly Golightly. Eine Stil-Ikone war geboren! Und das, obwohl Capote doch eigentlich Marilyn Monroe als Holly im Sinn gehabt hatte. Zu Capotes Leidwesen machte Hollywood aus seiner tragischen und melancholischen Erzählung eine seichte Komödie, die den Moralvorstellungen der fünfziger Jahre verpflichtet ist, mit – selbstverständlich – einem Happy End. Capote über den fertigen Film: »Ich hätte kotzen können.«

Übrigens ...

Am 28. November 1966 lud Capote zu der Party des Jahrhunderts, zum legendären *Black and White Ball* ins New Yorker Plaza Hotel. Capote ließ es richtig krachen. Über fünfhundert handverlesene Gäste: Frank Sinatra, Henry Ford, die Kennedys, die Rockefellers, die Vanderbilts, eine echte Maharani, John Steinbeck und Norman Mailer waren darunter zu finden. Es gab reichlich Essen und vierhundert Flaschen Taittinger Champagner. Na, dann mal hoch die Tassen!

Und noch was:

Fehlen darf hier nicht der berühmte Ausspruch von Capote: »Ich bin schwul. Ich bin süchtig. Ich bin ein Genie.«

Angefixt? Hier gibt's mehr von dem Stoff:

KALTBLÜTIG

Capotes größter Erfolg. Tatsachenbericht (Stichwort: *New Journalism*) über den kaltblütigen Mord an einer vierköpfigen Farmersfamilie.

DIE GRASHARFE

Herbst. Ein Baumhaus. Zwei Schwestern. Ein Junge und ein Riesenkrach.

#moonriver #diamondsareagirlsbestfriend

KAZUO ISHIGURO

WAS VOM TAGE ÜBRIGBLIEB

(Reinbek bei Hamburg 1990)

The Remains of the Day (London 1989)

Warum man dieses Buch lesen muss

Weil der britische Butler Stevens in seiner unterkühlten, pflichtbewussten Art den Leser bis ins Herz trifft. Dieser Diener, der niemals die Entscheidungen seines Herrn in Frage stellt, für den Pflichterfüllung alles ist und der dabei nicht bemerkt, dass er liebt ...
Ein stilles, ruhiges Buch über falsch verstandenes Pflichtgefühl, ein verpasstes Leben und eine tragisch-traurige, aber wunderschöne Liebesgeschichte.

Worum geht's?

Seit Jahr und Tag dient Stevens als Butler auf dem englischen Landsitz Darlington Hall. Er ist ein britischer Butler durch und durch: unterkühlt, loyal, pflichtbewusst, prinzipientreu, ergeben und würdevoll. Doch die Zeiten haben sich geändert. Lord Darlington und mit ihm eine ganze gesellschaftliche Epoche, nämlich das glorreiche Empire, sind zu Grabe getragen worden. Ein Amerikaner hat Darlington Hall gekauft, und seitdem weht ein neuer Wind. Dazu gehört, dass dieser Amerikaner Stevens für eine Woche in den Urlaub schickt. Und weil ihm sein Herr die Nobelkarosse überlässt, beschließt Stevens, Miss Kenton zurückzuholen. Vor vielen Jahren war sie Hausdame auf Darlington Hall, und jetzt braucht man hier wieder Personal.

Stevens' Reise entpuppt sich als Rückschau auf sein langes Butlerleben. Er erinnert sich daran, wie große Politiker im Hause seines Herrn ein und aus gingen. Daran, wie deutsche Nazis zu Besuch kamen und er die jüdischen Hausmädchen rauswerfen musste, weil Lord Darlington das unter Rücksichtnahme auf seine deutschen Gäste verstand. (Natürlich wäre Stevens niemals auf die Idee gekommen, eine Entscheidung seines Dienstherrn in Frage zu stellen.) Er erinnert sich daran, wie sein Vater im Sterben lag, während er – pflichtbewusst und selbstverständlich – ein Dinner beaufsichtigte und es Miss Kenton überließ, bei seinem Vater zu wachen.
Und natürlich erinnert er sich auch an Miss Kentons leise Avancen, die er ignorieren musste, weil sein Pflichtgefühl als Butler ihm dafür keinen Raum ließ ...

Achtung, Spoileralarm!
Der Leser erkennt, was Stevens nicht erkennt: die verpassten Gelegenheiten und dass es nicht immer richtig war, aus Loyalität und Pflichtgefühl unreflektiert hinter Lord Darlington und seinen Entscheidungen zu stehen. Wie sehr Stevens sich selbst im Weg gestanden hat. Dass es womöglich der größte Fehler seines Lebens war, die Liebe zu Miss Kenton nicht zuzulassen.
Die Reise geht zu Ende, und Stevens trifft sich mit Miss Kenton zum Tee. Diese ist seit vielen Jahren verheiratet, trennt sich aber gerade von ihrem Mann. Doch Stevens scheitert auch jetzt in Liebesdingen. Miss Kenton wird nicht nach Darlington Hall zurückkehren ...
Traurige Geschichte, aber wunderschön.

Wer hat's geschrieben?

KAZUO ISHIGURO

**08.11.1954 in Nagasaki, Japan*

Mit sechs Jahren Umzug nach England. Booker- und Whitbread-Preisträger. Lebt heute in London. Verheiratet. Eine Tochter.

Übrigens ...

Für *Was vom Tage übrigblieb* erhielt Ishiguro 1989 den *Booker Prize*. Das Buch wurde von internationalen Kritikern zu einem der bedeutendsten britischen Romane gewählt.
1994 kam die wirklich großartige Verfilmung von James Ivory ins Kino. Hier ist mal das gelungen, was so selten gelingt: Der Film ist mindestens ebenso gut wie das Buch.
Es spielten mit: Anthony Hopkins, Emma Thompson, Christopher Reeve, Hugh Grant.

Angefixt? Hier gibt's mehr von dem Stoff:

ALS WIR WAISEN WAREN

In diesem Roman macht sich der größte Detektiv Londons in den dreißiger Jahren auf die Suche nach seinen in Shanghai verschwundenen Eltern.

#werzuspätkommtverpasstdasleben

AUF INS ABENTEUER!

»Und die schlimmsten Träume, die ich je habe, sind jene, in denen ich die Brandung gegen ihre Küsten donnern höre oder im Schlafe von der scharfen Stimme Kapitän Flints aufgeschreckt werde, die noch immer in meinen Ohre nachgellt: ›Goldstücke! Goldstücke!‹«

Robert Louis Stevenson, Die Schatzinsel

ALEXANDRE DUMAS DER ÄLTERE

DER GRAF VON MONTE CHRISTO

(Augsburg 1846)

Le comte de Monte-Cristo (Paris 1845/46)

Warum man dieses Buch lesen muss

Weil hier richtig was los ist! Alles dabei: Neid, Missgunst, Intrigenspiel, ein wertvoller Schatz und blutige Rache bis aufs Messer. Von wegen angestaubt! *Der Graf von Monte Christo* ist nach wie vor einer der besten Abenteuerromane aller Zeiten.

Egalité
Fraternité
Liberté

Worum geht's?

Dem jungen Franzosen Edmond Dantès ist gerade die Beförderung zum Kapitän in Aussicht gestellt worden. Zudem steht seine Hochzeit mit der schönen Mercédès bevor – es könnte also eigentlich gar nicht besser laufen. Wenn da nicht plötzlich das Schicksal in Gestalt dreier Männer auf das übelste zuschlagen würde. Danglars, der auf Dantès' Schiff Rechnungsführer ist, und der Fischer Fernand Mondego haben einen teuflischen Plan ausgeheckt. Während Danglars' Motiv Neid und Missgunst ist, hat Fernand es auf Mercédès abgesehen.

Aus welchem Grund auch immer – die beiden Intriganten schaffen es, dass Dantès am Tag seiner Hochzeit, kurz vor dem Jawort, verhaftet wird. Er soll im Dienst Napoleons stehen, damals (1815) ein Staatsverbrechen.

Obwohl der Staatsanwalt de Villefort weiß, dass Dantès unschuldig ist, lässt er ihn aus politischem Kalkül ohne

Verfahren auf die Gefängnisinsel Château d'If bringen. Von hier gibt es kein Entrinnen!

Achtung, Spoileralarm!

Obwohl Dantès in Einzelhaft sein Dasein fristen muss, ist er bald nicht mehr allein. Der gefangene Abbé Faria hat seinen Tunnel anstatt in die Freiheit versehentlich in Dantès Zelle gegraben. Eine tiefe Freundschaft entsteht, und der Abbé erzählt Dantès von dem legendären Schatz, der auf der Insel Monte Christo irgendwo vergraben ist. Als Faria stirbt, versteckt sich Dantès in dessen Leichensack. So gelingt ihm nach vierzehn Jahren Haft die Flucht.

Der Schatz, den er auf Monte Christo findet, macht ihn zu einem sagenhaft reichen und mächtigen Mann.

Als Dantès in seine Heimat Marseille zurückkehrt, dauert es nicht lange, bis er die Männer aufgespürt hat, die ihm so übel mitgespielt haben. Mittlerweile haben sie steile Karrieren hingelegt und gehören zu den oberen Zehntausend der Pariser High Society. Doch Rache ist Blutwurst: Unerkannt als *Graf von Monte Christo* vernichtet Dantès sie alle – einen nach dem anderen. Einzig und allein Mercédès, die sein Rivale Mondego geheiratet hat, und ihr Sohn bleiben von seiner Rachlust verschont.

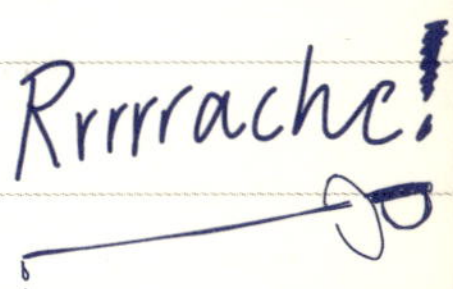

Wer hat's geschrieben?

ALEXANDRE DUMAS DER ÄLTERE,
eigtl. Alexandre Davy
de la Pailleterie
(Der andere Schriftsteller
Alexandre Dumas – Autor u. a. von *Die Kameliendame* – ist sein Sohn, deshalb hat jener den Zusatz der Jüngere verpasst bekommen.)
**24.07.1802 in Villers-Cotterêts, Frankreich; †05.12.1870 in Puys bei Dieppe, Frankreich*

Enkel eines französischen Marquis und einer schwarzen Sklavin. Somit Sohn eines »Mulatten«, der zur Zeit der Revolution ein von Napoleon zumindest anfänglich sehr geschätzter General war. In jungen Jahren Schreiber des Herzogs von Orléans. Reise nach Paris. Wird gefeierter Autor von Theaterstücken, später auch von historischen Romanen, die er, unterstützt durch Co-Autoren (alleine ist die Nachfrage nicht mehr zu bewältigen), massenhaft als Fortsetzungsromane für Zeitungen schreibt. Wird aufgrund seines Aussehens (seine schwarzen Wurzeln sind ihm anzusehen) häufig angefeindet, was er aber gekonnt pariert. Wird reich und reicher mit seiner Schreiberei. Verschleudert das Geld in atemberaubender Geschwindigkeit. Immer wieder zahlungsunfähig. Flieht vor seinen Gläubigern mehrfach ins Ausland. Frisst wie ein Scheunendrescher, stellt sich vierzehn Duellen, hat unzählige Affären und Mätressen. (Gerne protzt er, er habe fünfhundert uneheliche Kinder produziert!) Stirbt verarmt.

Klugscheißerwissen

Dumas war ein Vielschreiber. Einmal schaffte er es sogar, sechzig (!) Romane in nur zwölf Monaten zu publizieren.

Insgesamt erschuf er unglaubliche 37 000 Romanfiguren.

Übrigens ...

Wenn sich jemand fragt, ob die Zigarre *Montecristo* ihren Namen der gräflichen Titelfigur verdankt, liegt er goldrichtig. Von jeher wird auf Kuba den Arbeitern beim Drehen der Tabakblätter vorgelesen – auch aus *Der Graf von Monte Christo*.

Angefixt? Hier gibt's mehr von dem Stoff:

DIE DREI MUSKETIERE

Das Motto des Romans: »Einer für alle, alle für einen!« Und so fechten sich D'Artagnan, Athos, Porthos und Aramis unschlagbar durch die Buchseiten.

#rachegenießtmanambestenkalt

MARY SHELLEY

FRANKENSTEIN ODER DER MODERNE PROMETHEUS

(Leipzig 1912)

Frankenstein or The modern Prometheus (London 1818/1831)

Warum man dieses Buch lesen muss

Zugegeben, heute ist *Frankenstein* kein wirklicher Schocker mehr – und dennoch … Bei Gewitter im Halbdunkeln gelesen, jagt der Roman dem Leser immer noch einen Schauer über den Rücken. Und die Frage »Wie viel dürfen Forschung und Wissenschaft?« ist heute aktueller denn je.

Worum geht's?

Warnung: Nichts für zarte Gemüter!

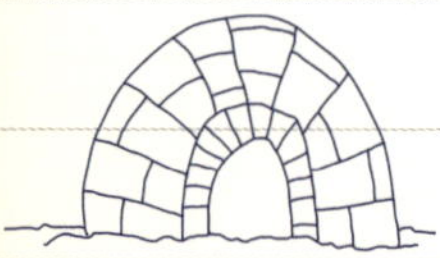

Der junge, wissbegierige Forscher Robert Walton befindet sich auf einer Nordpolexpedition, auf der er seine Erlebnisse in Briefen und Tagebucheinträgen niederschreibt. Alles läuft, bis sein Schiff vom Eis eingeschlossen wird. Und jetzt macht er die Bekanntschaft von Victor Frankenstein, der zu Tode erschöpft an Bord von Waltons Schiff kommt und ihm seine tragische Geschichte erzählt:

Frankenstein war in jungen Jahren besessen vom Forschergeist. Er strebte danach, aus Totem Leben zu erschaffen. Er forschte und forschte, und schließlich wusste er, was er tun musste. Also nähte er Leichenteile zusammen und verpasste dem Ganzen Elektroschocks.

Halleluja! Das Ergebnis war ein hässliches, riesiges und grausam abstoßendes Monster. Erschrocken floh Frankenstein vor seinem eigenen Geschöpf.

Das arme Monster aber irrte umher und suchte Gesellschaft, Liebe und Zuneigung, stieß aber nur auf Ablehnung, Furcht und Ekel. All seine Versuche, Freundschaft zu schließen, scheiterten. Es wurde von Tag zu Tag böser auf die Menschen, die ihn ablehnten, und vor allem auf seinen »Schöpfer« Frankenstein.

Achtung, Spoileralarm!

Aus Hass auf seinen Schöpfer erwürgte das Monster dessen jüngeren Bruder. In der Hoffnung, seine missglückte Kreatur gäbe dann Ruhe, ließ Frankenstein sich auf einen Deal ein und versprach dem Monster, ihm eine Frau zu erschaffen. Frankenstein begann also mit der Arbeit, aber dann erfüllte ihn mit einem Mal doch das Grauen. Schüttel. Schauder. Er brach sein Versprechen und stellte die Arbeit ein. Jetzt geriet das Monster so richtig in Rage. Es ermordete Frankensteins besten Freund (man hielt Frankenstein für den Mörder, aber er konnte freikommen) und später Frankensteins frisch angetraute Frau. Frankensteins Vater starb am Schock. Spätestens jetzt hatte Frankenstein nur noch eine Aufgabe: Er musste die von ihm erschaffene Kreatur töten. Seine Verfolgungsjagd in Richtung Arktis hat ihn dann auf Waltons Schiff geführt. Aber als das Monster schließlich an Bord kommt, findet es seinen Schöpfer tot und bereut. Auf einer Eisscholle treibt es schließlich davon, um zu sterben. Und Walton gibt seine Nordpolexpedition auf und kehrt um.

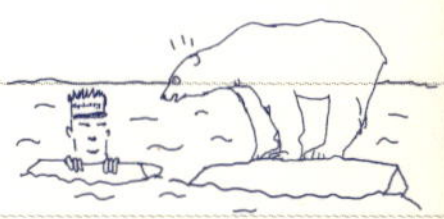

Wer hat's geschrieben?

MARY WOLLSTONECRAFT SHELLEY

**30.08.1797 in London, England;*

†01.02.1851 in London, England

Verliebt sich sechzehnjährig in den verheirateten Percy Bysshe Shelley (bekannter englischer Dichter). Begleitet ihn auf eine Europareise. Wird schwanger, wilde Ehe, gesellschaftliche Ächtung. Das Paar macht Urlaub mit Lord Byron. Percys Frau begeht Selbstmord. Mary und Percy heiraten. Leben in Italien, beide als Schriftsteller. Zwei ihrer vier Kinder sterben dort. Nur eines ihrer Kinder überlebt das Kindesalter. Die Shelleys führen eine offene Ehe, nicht immer leicht für Mary. Ihr Mann stirbt bei einem Segelunfall. Mary kehrt nach London zurück. Fortsetzung ihrer Schriftstellerkarriere. Herausgabe von Percy Shelleys Werken.

Klugscheißerwissen

Wie der Zufall so spielt ... Es war der Sommer 1816. Percy Shelley und Mary urlaubten am Genfer See in der Schweiz – gleich in der Nachbarschaft ihres Landsmanns und Dichterkollegen Lord Byron. Weil es ununterbrochen regnete, lasen sich die Dichter durch die Bücher, die die Hausbibliothek so hergab. Gespenstergeschichten. Lord Byron hatte eine Idee: »Hey, wie wäre es, wenn sich jeder von uns eine Gespenstergeschichte ausdenken würde?« Warum nicht? Mary brütete tagelang. Bis sich eines Tages Byron und ihr Mann über den

Ursprung des Lebens unterhielten, über Darwin und ob es wohl möglich sein könnte, einer Leiche Leben einzuhauchen. Ob sich wohl Einzelteile des menschlichen Körpers künstlich herstellen ließen? Was, wenn man sie zusammensetzte? Und Mary Shelley hörte zu. Man ging zu Bett. Doch Mary Shelley konnte nicht schlafen, denn ihre Phantasie hatte sich selbständig gemacht und jagte ihr selber Angst ein. Das ist sie – die Idee! Mary Shelley setzte sich an den Schreibtisch und legte los, mit: *Frankenstein*.
Mary Shelleys *Frankenstein* wurde mehrfach verfilmt. Ein absolutes MUST ist die Verfilmung von 1994 mit dem göttlichen Kenneth Branagh, der einen phantastischen Frankenstein gibt, und dem genialen Robert De Niro als Monster.

Übrigens ...

Percy Shelley ertrank bei einem Segelunfall 1822 vor der italienischen Küste. Lord Byron hatte dann die tolle Idee, Percy Shelley am Strand zu kremieren, richtig schön altgriechisch. Gesagt, getan. Und ... jetzt kommt's ... Weil das Herz ihres Liebsten nicht brennen wollte, steckte Mary Shelley es ein und trug angeblich das angekokelte Stück von da an zeit ihres Lebens mit sich herum.

#hättebessernurpokemongespielt

ROBERT LOUIS STEVENSON

DIE SCHATZINSEL (Freiburg i. B. 1897)

Treasure Island (London 1883)

Warum man dieses Buch lesen muss

Weil es nach wie vor die mitreißendste, gischtsprühendste, stürmischste, gruseligste und spannendste Piratengeschichte aller Zeiten ist. Johoho, und 'ne Buddel voll Rum!

Entschuldigung, Captain Sparrow, Sie sind dafür witziger!

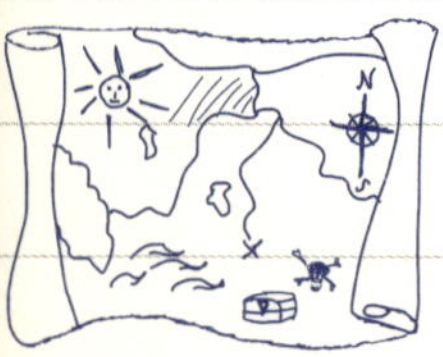

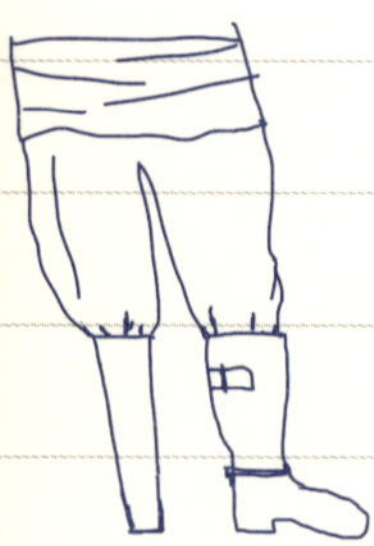

Worum geht's?

Eines Tages quartiert sich der Seemann Bill Bones im *Admiral Benbow*, dem Wirtshaus von Jim Hawkins' Eltern, ein. Wie sich bald herausstellt, lebt dieser unheimliche Gast in ständiger Angst. Denn – was natürlich die Wirtsleute nicht wissen – er hat die Schatzkarte des ebenso legendären wie grausamen Kapitäns Flint in seinem Besitz, und genau diese Karte wollen sich seine ehemaligen Kameraden holen. Sie alle, auch Bones, sind Piraten. Und einer von seinen Exkumpels jagt Bones besonders viel Angst ein – dessen Erkennungszeichen: ein Holzbein. Nach jenem Typen soll der siebzehnjährige Ich-Erzähler Jim für Bones Ausschau halten.

Doch dann stirbt Bones nach einem Streit an einem Schlaganfall, ohne Jims Eltern die Zeche gezahlt zu haben. Und als Jim Hawkins in Bones' Seemannskiste nach Geld sucht, findet er etwas viel Besseres: die Schatzkarte. Wer bekäme da keine Lust, auf Schatzsuche zu gehen?

Jim weiht seinen väterlichen Freund Dr. Livesay und den Squire (Gutsherrn) Trelawney in sein Geheimnis ein. Und schneller, als man das Wort *Schatzinsel* aussprechen kann, kauft der Squire ein Schiff, die *Hispaniola*, rüstet es aus und heuert die Mannschaft an. Dann geht es mit Jim als Schiffsjungen von Bristol aus auf zur Schatzinsel. Blöderweise ist der Squire sehr schwatzhaft und hat genau das getan, was man auf keinen Fall tun sollte, wenn man auf Schatzsuche geht: es durch die Gegend posaunen. Gaaaanz schlechte Idee!

Achtung, Spoileralarm!

Ay! Zehn Meilen gegen den Wind haben Flints Piraten die Sache gerochen und sich als brave Seeleute anheuern lassen. Anfänglich segelt die *Hispaniola* auch friedlich in Richtung Schatzinsel, bis Jim durch Zufall (eine Apfeltonne spielt hier eine wichtige Rolle) ein Gespräch zwischen dem holzbeinigen (!) Schiffskoch Long John Silver und anderen Matrosen belauscht. Jim erfährt, dass die Piraten den Schatz an sich bringen und den Rest der Crew töten wollen.

Und so kommt es dann auf der Schatzinsel tatsächlich zur Meuterei. Dr. Livesay und Konsorten verbarrikadieren sich in einem Blockhaus und verteidigen sich und die Schatzkarte heldenhaft.

Nach sehr viel Knallerei, vielen Verletzten und noch mehr Toten, der Bekanntschaft mit Ben Gun, einem Flint-Piraten, den seine ehemaligen Freunde netterweise vor drei Jahren auf der Schatzinsel ausgesetzt haben, und einem listigen Seitenwechsel Silvers gelingt es, die restlichen Meuterer in die Flucht zu schlagen. Ben Gun war während seiner Zeit auf der Schatzinsel nicht untätig, sondern hat Silvers Schatz an einer anderen Stelle vergraben. Gemeinsam heben Jim und seine Leute einen Teil des unermesslichen Schatzes und setzen Segel Richtung Heimat.

Und was ist mit den Piraten? Silver und Ben Gun nehmen sie mit. Die anderen drei lassen sie auf der Insel zurück. Doch der schlaue Silver nutzt die erstbeste Gelegenheit und verschwindet ab durch die Mitte mit einem Sack voll Gold. Jim wird ihn nie wiedersehen.

Jetzt möchte bestimmt der ein oder andere gerne erfahren, wo die Schatzinsel zu finden ist. Tja, bedaure, das würde die Verfasserin auch gerne wissen. Aber leider hat Jim Hawkins versprochen, dieses Wissen mit niemandem zu teilen. Denn auf der Insel liegt ja noch der größere Teil von Flints Schatz, und da soll niemand in Versuchung geraten. Echt schade ...!

Wer hat's geschrieben?

ROBERT LOUIS STEVENSON

**13.11.1850 in Edinburgh, Schottland; † 03.12.1894 in Vailima, Samoa*

Lungenkrank. Ist zwar Rechtsanwalt, arbeitet aber nie als solcher. *Die Schatzinsel* macht ihn vermögend. Kann es sich leisten, dorthin zu reisen, wo das Klima sein Lungenleiden lindert. Frankreich oder auch Amerika. Zieht 1890 nach Samoa, wo er lebt, bis er vierundvierzigjährig stirbt.

Klugscheißerwissen

Wie kam Stevenson auf dieses unglaubliche Abenteuer?

Der Klassiker: In einem Sommerurlaub wünschte sich sein Stiefsohn eine Geschichte von ihm. Spannend sollte sie sein und von einer Schatzinsel handeln. Was macht der gute Stiefvater? Setzt sich tagsüber hin und schreibt – abends liest er die spannenden Ergüsse als Gutenachtgeschichte vor.

Übrigens ...

Der Leser kann die ganze Story ganz entspannt genießen. Denn dadurch, dass Jim Hawkins die Geschichte als Ich-Erzähler und auch noch rückblickend erzählt, ist von Anfang an klar, dass er die abenteuerliche Schatzsuche überlebt haben muss.

Angefixt? Hier gibt's mehr von dem Stoff:

ENTFÜHRT – DIE ABENTEUER DES DAVID BALFOUR

Auch ein Abenteuerroman. Auch hier geht es um einen Schatz, aber in der Gestalt eines Erbes, hinter dem die böse Verwandtschaft her ist, und um noch viel mehr.

DER STRANDRÄUBER

Ein Wrack mit einem wahren Schatz aus Opium an Bord. Wer wird ihn als Erster bergen?

Und wer vom Autor mal etwas nicht minder Spannendes, aber ohne Schatz lesen will:

DER SELTSAME FALL DES DR. JEKYLL UND MR HIDE

Gruselige Geschichte von einem Arzt, der nachts zum Monster wird.

#okaysirisuchedieschatzinsel

JULES VERNE

REISE UM DIE ERDE IN 80 TAGEN

(Wien, Pest, Leipzig 1875)

Le tour du monde en 80 jours (Paris 1873)

Warum man dieses Buch lesen muss

Weil Phileas Fogg einen irre spannenden Wettlauf rund um den Globus gegen die Zeit hinlegt – und das ganz ohne Flugzeug, Handy und Computer.

Worum geht es?

Zugegeben – heutzutage braucht man keine achtzig Tage mehr, um die Erde zu umrunden. Egal! Denn in Jules Vernes atemlosen Roman ist der abenteuerliche Weg das Ziel.

Ein Langfinger hat die Bank von England um fünfundfünfzigtausend Pfund Sterling – eine grandios hohe Summe – erleichtert. Auf seine Ergreifung ist eine Belohnung ausgesetzt worden. Phileas Fogg, ein unverheirateter, überaus penibler und korrekter englischer Gentleman, erfährt beim Kartenspielen im Londoner Reform Club von diesem Verbrechen. Dabei kommt die Frage auf, wie lange man wohl braucht, um einmal um die Erde zu reisen. Achtzig Tage, so Fogg. Ist das wirklich zu schaffen? Es wird gewettet. Fogg will noch am gleichen Abend los, um seine Theorie zu beweisen. Sein Wetteinsatz sind zwanzigtausend Pfund – die Hälfte seines Vermögens! Gemeinsam mit seinem französischen Diener Passepartout macht sich Fogg noch am gleichen Tag, es ist der 2. Oktober, auf den Weg. Am 21. Dezem-

ber, so wird vereinbart, muss Phileas Fogg um acht Uhr fünfundvierzig wieder im Salon des Reform Club sein. Ansonsten ist die Wette verloren. Eine abenteuerliche Reise beginnt, bei der Fogg von Mr Fix, einem Detektiv, verfolgt wird, der der felsenfesten Meinung ist, Fogg sei der gesuchte Bankräuber.

Achtung, Spoileralarm!

Fogg und Passepartout müssen auf ihrer Reise über die Kontinente unzählige Abenteuer bestehen. So rettet Fogg zum Beispiel in Indien die wunderwunderschöne, junge Witwe Aouda davor, gemeinsam mit ihrem verstorbenen Gatten verbrannt zu werden, und nimmt sie mit. In Amerika wird Foggs Zug von Indianern angegriffen. Es kommt zu Verspätungen, Verwicklungen und mehr als einer lebensgefährlichen Situation. Ganz schön nervenaufreibend. Der Einzige, der wirklich immer schön cool bleibt, ist Phileas Fogg.

Fogg, Aouda und Passepartout erreichen Liverpool am 21. Dezember um zwanzig vor zwölf mittags. Auf nach London! Doch da spürt Fogg eine Hand auf seiner Schulter. Jetzt, da sie britischen Boden unter den Füßen haben, kann Fix endlich das tun, worauf er schon die ganze Zeit brennt: Phileas Fogg verhaften! Sie verlieren wertvolle Zeit, bis das Missverständnis aufgeklärt ist und Fogg mit Aouda und Passepartout nach London eilen kann. Zu spät! Um ganze fünf Minuten. Die Wette ist verloren ...

Den nächsten Tag verbringt Fogg unentdeckt in seinem Haus. Er beschließt, obwohl finanziell ruiniert, trotzdem

Aouda zu heiraten. Es ist abends fünf nach acht, als Passepartout losgeschickt wird, um das Aufgebot zu bestellen. Zurück kommt er mit einer unglaublichen Neuigkeit: Die Wette ist noch nicht verloren!! Denn sie sind einen Tag zu früh in London angekommen. Wie konnte das passieren? Ganz einfach: Fogg ist nach Osten gereist und hat dadurch einen Tag gewonnen.

Jetzt heißt es, die Beine in die Hand nehmen – in zehn Minuten muss Phileas Fogg im Reform Club sein.

Es ist acht Uhr vierundvierzig und siebenundfünfzig Sekunden, als sich die Salontür öffnet. Phileas Fogg betritt pünktlich den Raum.

Wer hat's geschrieben?

JULES VERNE

**08.02.1828 in Nantes, Frankreich; †24.03.1905 in Amiens, Frankreich*

Roman-Mixturen-Shake aus Abenteuer, Phantastik und Technik. Begründer der Science-Fiction-Literatur. So manches seiner »Hirngespinste« wird später Realität.

Klugscheißerwissen

Jules Verne ist elf Jahre alt, als ihn das Fernweh packt. Er will auf einem Schiff anheuern und zur See fahren. Kurz vor knapp kann der junge Ausreißer gestoppt werden. Auf dem Heimweg verspricht er hoch und heilig, er würde fortan nur noch in seiner Phantasie verreisen ...

Jules Vernes Idee zu *Reise um die Erde in 80 Tagen* geht angeblich auf George Francis Tain zurück, einen Mann aus Boston, der wirklich die Erde in achtzig Tagen umrundete.

Übrigens …

Reise um die Erde in 80 Tagen ist einer seiner wenigen Romane, in denen Jules Verne mit der Technik auskommt, die es zu seiner Zeit wirklich schon gab.

Angefixt? Hier gibt's mehr von dem Stoff:

ZWANZIGTAUSEND MEILEN UNTER DEM MEER

In diesem Roman »erdenkt« Jules Verne das erste U-Boot der Welt, die Nautilus mit ihrem Kapitän Nemo.

REISE ZUM MITTELPUNKT DER ERDE

Über einen Wissenschaftler, der zusammen mit seinem Neffen zu einer sagenhaften Expedition ins Erdinnere aufbricht.

ZWEI JAHRE FERIEN

… wären eine feine Sache, wenn da nicht die einsame Insel und die üblen Verbrecher wären.

#echtflottfürdamals
#stiffupperlippgoesaroundtheworld

DANIEL DEFOE

ROBINSON CRUSOE (Hamburg 1720)

Robinson Crusoe (London 1719)

Warum man dieses Buch lesen muss

Weil es die Mutter aller Robinsonanden ist und man lernt, wie man sich auf einer einsamen Insel durchschlagen kann. Man weiß ja nie.

Worum geht's?

Also, Robinson, der Ich-Erzähler, hat irgendwie Hummeln im Hintern und will unbedingt zur See fahren. Die Welt sehen. Sein Vater ist dagegen, aber Robinson schert sich nicht darum. Er fährt los: nach Afrika. Dort verdient er viel Geld und kehrt vermögend nach England zurück. Jetzt ist er aber erst richtig angefixt und schippert wieder los. Diesmal läuft die Sache schief. Sein Schiff wird von türkischen Piraten geentert, die Mannschaft verschleppt. Der Piratenkapitän behält Robinson als seinen Privatsklaven. Nach zwei Jahren gelingt Robinson die Flucht, und er wird von einem portugiesischen Kapitän an Bord genommen. Nun geht die Reise nach Brasilien. Hier mausert sich Robinson zum Plantagenbesitzer und wird wieder reich. Würde er doch nur mit seinem Hintern auf seiner Plantage bleiben! Tut er aber nicht. Er reist schon wieder los und gerät in einen Orkan.

Achtung, Spoileralarm!

Erraten! Robinsons Schiff geht unter. Der Rest der Mannschaft ertrinkt, und nur Robinson kann sich auf

eine Insel retten. Blöd gelaufen! Glück im Unglück, dass das Schiff auf ein nahe gelegenes Riff aufgelaufen ist und Robinson sich wichtige Dinge holen kann. Er baut sich eine Art Festung, beginnt Tagebuch zu führen und ritzt jeden Tag eine Kerbe in ein Stück Holz, um das Zeitgefühl nicht zu verlieren. Später baut er Getreide an, fängt Ziegen, hat sogar einen Obstgarten. Ein Papagei ist sein einziger Gesprächspartner – die Einsamkeit ist grässlich. Doch dann entdeckt Robinson erst Fußabdrücke im Sand und dann einen Lagerplatz, der wohl eindeutig von Kannibalen, sagen wir mal, als Küche und Speisezimmer benutzt wird. Schluck! Gar nicht schön! Irgendwann kommen die Kannibalen dann wieder auf die Insel mit Festtagsessen im Gepäck, sprich: mit Menschen. Robinson rettet einen von ihnen, nimmt ihn mit und nennt ihn, weil gerade Freitag ist, Freitag. Er bildet Freitag zu seinem Diener aus und missioniert ihn auch noch zum Christen. Eines schönen Tages – Robinson und Freitag wollen kaum ihren Augen trauen – versuchen englische Matrosen, ihren Kapitän auf der Insel auszusetzen. So etwas nennt man wohl meutern. Zum Glück kann Robinson sie davon abhalten. Unendlich dankbar nimmt der Kapitän ihn und Freitag mit nach England.

Wer hat's geschrieben?

DANIEL DEFOE, eigtl.
Daniel Foe
**1660 in Cripplegate, London, England; †26.04.1731 in Moorgate, London, England*

Kaufmann. Reist unheimlich viel. Muss Konkurs anmelden. Kommt an den Pranger wegen eines ironischen Pamphlets gegen die anglikanische Kirche, doch das Volk jubelt ihm begeistert zu. Wegen seiner Texte auch im Gefängnis. Mehrere Projekte schlagen fehl: das Züchten von Zibetkatzen oder der Betrieb einer Ziegelei. Geheimagent eines Tory-Politikers, für den er die politische Stimmung im Land checken soll. Gründet und gibt mehrere Zeitungen heraus. Erfolg als Schriftsteller mit *Robinson Crusoe* erst neunundfünfzigjährig. Gilt als der Begründer des englischen Romans.

Klugscheißerwissen

Robinson hat zwei reale Vorbilder, nämlich zum einen den Seemann Alexander Selkirk, der vier Jahre auf einer Insel im Pazifik verbrachte, bevor er gerettet wurde, sowie Robert Knox, der neunzehn Jahre lang auf Ceylon in Isolationshaft gehalten wurde. Defoe las davon in der Zeitung. Aber allzu viel Wert legte der Journalist Defoe nicht auf Authentizität. Während Selkirk berichtete, dass er nach vier Jahren der Schweigsamkeit kaum noch sprechen konnte, parliert Defoes Robinson auch nach mehren Jahrzehnten Einsamkeit noch fröhlich und fließend.

Übrigens ...

Robinson Crusoe war ganze achtundzwanzig Jahre, zwei Monate und neunzehn Tage auf der einsamen Insel gefangen.

Angefixt? Hier gibt's mehr von dem Stoff:

WEITERE ABENTEUER DES ROBINSON CRUSOE

und

ERNSTLICHE UND WICHTIGE BETRACHTUNGEN DES ROBINSON CRUSOE, WELCHE ER BEI DEN ERSTAUNUNGSVOLLEN BEGEBENHEITEN SEINES LEBENS GEMACHT HAT

Beides Fortsetzungen von *Robinson Crusoe*, die jedoch bei weitem nicht an den ersten Band herankommen.

MOLL FLANDERS

Das Leben meint es nicht unbedingt gut mit Molly, die als uneheliche Tochter einer Diebin im Gefängnis geboren wurde. Und doch findet sie zum Schluss ihr Glück.

#mannüberbord #ganzschöneinsam

BRAM STOKER

DRACULA (Leipzig 1908)

Dracula (London 1897)

Warum man diesen Roman lesen muss

Was für eine Frage! Weil er der Prototyp der Vampirgeschichte ist! Man stelle sich vor: Ohne ihn hätte es Edward, Bella und Co. nie gegeben! Danke, Bram Stoker, dafür, dass du Robert Pattinson die Rolle seines Lebens ermöglicht hast!

Worum geht's?

Um den Herrn der Finsternis: Dracula himself! Um den in Transsylvanien auf einem echt finsteren Schloss residierenden vornehmen, blutsaugenden Grafen Dracula, der keinen Schatten wirft und über kein Spiegelbild verfügt und der die Zeit zwischen Sonnenaufgang und Sonnenuntergang in seinem Sarg verbringt. Dieser Graf hätte gerne eine Bleibe in good old England, genauer gesagt, zieht es ihn nach London. Um alles Nötige zu regeln, lädt er den englischen Rechtsanwalt Jonathan Harker aufs Gruselschlösschen ein. Der arme Kerl, weiß bald gar nicht wohin vor lauter Horror, denn sein Gastgeber ist – das wird ihm schnell klar – nicht ganz von dieser Welt. Mit knapper Not gelingt Harker die Flucht. Ziel: London. Tja, da hat sich aber schon der Graf breitgemacht. Er blutsaugt sich durch Harkers Bekannten- und Freundeskreis. Und so macht sich dann eine Gruppe unerschrockener Männer unter der Leitung von Prof. Abraham van Helsing auf, um Dracula das Handwerk zu legen.

Achtung, Spoileralarm!

Knoblauch, Hostien, Kruzifixe und natürlich der allseits beliebte Holzpfahl bewirken wahre Wunder im Kampf gegen Vampire! Nach einigem Hin und Her flieht Dracula schließlich (vorher hat er noch ein wenig an Harkers Frau Mina geknabbert) vor seinen Verfolgern in Richtung Heimat. Die Vampirjäger hinterher. Showdown: Es wird schauderhaft spannend, bis van Helsing und Co. Dracula schließlich zu fassen bekommen und ihn in Form von Staubpartikelchen ins Jenseits befördern. Die Welt ist gerettet, allerdings gibt es auch unter den Freunden ein Todesopfer zu beklagen.

Die Story um den blutsaugenden Grafen wird durch hastig hingekritzelte Tagebucheinträge, Briefe und Telegramme so schön unmittelbar erzählt, dass man den Eindruck hat, man wäre direkt dabei und alles wäre wirklich geschehen.

Uuuuaaah! Nichts für schwache Nerven!

Wer hat's geschrieben?

BRAM STOKER (eigtl. Abraham Stoker)

**08.11.1847 Dublin, Irland;*

†20.04.1912 London, England

Leidet bis zu seinem siebten Lebensjahr an Kinderlähmung. Seine Heilung gilt als Wunder. Wird später zu einem großartigen Sportler. Lange Jahre Beamter. Nebenbei Journalist und Theaterkritiker. Bekanntschaft mit Sir Arthur Conan Doyle und Oscar Wilde sowie dem

Schauspieler Henry Irving. Arbeitet siebenundzwanzig Jahre als Irvings Sekretär und Manager. Verheiratet, ein Kind. Erlebt den großen Erfolg seines Romans *Dracula* leider nicht mehr. Stirbt an Überarbeitung.

Klugscheißerwissen

Graf Dracula hat ein reales Vorbild! Nur hieß der gute Mann (geboren 1431) im wahren Leben Vlad III. Draculae und war ein rumänischer Fürst – mit dem schönen, posthum verpassten Beinamen – »Tepes«, »der Pfähler«. Gut. Okay. Er hat den Menschen nicht gerade das Blut ausgesaugt, aber dafür hat er jeden, dessen Nase ihm nicht passte (und das waren insgesamt zwischen 40 000 und 100 000 Menschen – je nach Quelle), pfählen lassen. Besonderes Vergnügen bereitete es ihm, neben den Gepfählten seine Mahlzeiten einzunehmen. Guten Appetit!

Übrigens ...

... klar, dass ein Mann wie Graf Dracula Leinwandpotential hat. Es gibt unzählige Verfilmungen über das Leben des Herrn aus Transsylvanien. Die erste stammt aus dem Jahr 1922, und fast jedes Jahrzehnt kamen neue dazu. Max Schreck, Christopher Lee, Bela Lugosi, Klaus Kinski und Gary Oldman gaben bereits den Vater aller Blutsauger.

#nichtsosmartwieedward #teamdracula
#nadennmalprost

JACK LONDON

DER SEEWOLF (Berlin 1926)

The Sea-Wolf (New York, London 1904)

Warum man dieses Buch lesen muss

Weil Jack London weiß, wovon er in diesem fesselnden Abenteuerroman spricht, schließlich war er selber zeitweise Robbenfänger und ziemlich tough unterwegs. Vieles hat er selbst erlebt – und das sind bekanntlich die besten Geschichten. Und schreiben kann der Mann auch noch.

Worum geht's?

Humphrey van Weyden ist ein Schöngeist – vermögend, gebildet, an körperlich harte Arbeit nicht gewöhnt. Er befindet sich in der Bucht von San Francisco auf einem Dampfer, als dieser von einem anderen Schiff gerammt wird. Van Weyden verliert das Bewusstsein. Als er wieder wach wird, ist er an Bord der *Ghost*, eines Robbenfängers, dessen Kapitän Wolf Larsen das personifizierte Böse ist. Dieser Bär von einem Mann mit schier unglaublichen Kräften hat einen kranken Spaß daran, die Männer seiner Mannschaft gegeneinander aufzuhetzen und zu drangsalieren. Es ist der Kampf ums Überleben, der ihn begeistert. Er ist ein Darwinist, der einzig und allein an das Recht des Stärkeren glaubt, und zudem äußerst intelligent und belesen. Er zwingt van Weyden, an Bord zu bleiben und unter der Regie des schmierigen Schiffskochs Thomas Mugridge als Küchenjunge zu arbeiten. Langsam, aber sicher schuftet sich van Weyden sowohl

in der Gunst der Seeleute als auch in der von Larsen hoch und wird von diesem schließlich zum Steuermann befördert. Es ist ein brutales, von der Grausamkeit Larsens geprägtes Leben an Bord der *Ghost*. Manch einer, der es wagt, sich gegen Larsen aufzulehnen, bezahlt dafür mit dem Leben.

Achtung, Spoileralarm!

Death Larsen, der berüchtigte Bruder von Wolf Larsen, hat mit seinem Robbendampfer *Macedonia* Kurs auf die *Ghost* genommen. Ein Kampf ist unvermeidlich! Es kommt zu einer spannenden Verfolgungsjagd, aus der Wolf Larsen als Sieger hervorgeht. Völlig berauscht fällt er über die aufgelesene Schiffbrüchige Maud Brewster her. Van Weyden eilt ihr zu Hilfe, doch Larsen lässt von ihr ab, bevor van Weyden sein Messer benutzen kann. Denn Larsen hat schon wieder eine seiner starken Kopfschmerzattacken. Aus purem Hass auf den Kapitän sticht van Weyden dann doch zu, kann ihm aber nur eine Fleischwunde zufügen. Noch in derselben Nacht wagen van Weyden und Brewster in einem kleinen Boot die Flucht. Nach einer äußerst strapaziösen Reise erreicht das ungleiche Paar eine Insel und richtet sich dort ein. Eines Morgens ist sie da – die *Ghost* und mit ihr der inzwischen erblindete Wolf Larsen. Sein Bruder Death hat letztendlich doch gewonnen. Wolf Larsens Mannschaft ist zu Death übergelaufen, und man hat Larsen auf seinem stark beschädigten Schiff zurückgelassen. Auch blind ist Larsen immer noch gefährlich. Van Weyden und Brewster nehmen sich vor, die *Ghost*

wieder flottzumachen, was Larsen immer wieder zu boykottieren versucht, denn er will auf der Insel sterben, was er nach mehreren Schlaganfällen dann auch tut. Van Weyden und Brewster bestatten ihn auf hoher See und werden von einem Zollkutter an Bord genommen.

Wer hat's geschrieben?

JACK LONDON, eigtl. John Griffith Chaney

**12.01.1876 in San Francisco, Kalifornien; †22.11.1916 in Glen Ellen, Kalifornien*

Abenteurer. Schwerer Alkoholiker. Frauenheld. Ein Leben wie ein Abenteuerroman. Uneheliches Kind. Verlässt mit dreizehn die Schule, um Geld für die Familie zu verdienen. Fabrikarbeiter. Austernpirat. Dann Arbeit für die »Fischpatrouille«, die illegale Austernfänger jagt. Matrose. Robbenjäger. Kohlenschaufler. Schreibt und liest zwischendurch, so viel er kann. Reist als Tramp auf Eisenbahnen durch die USA. Holt das Abitur nach. Besteht den Aufnahmetest für die Universität Berkley. Bricht sein Studium aber ab. Der Goldrausch: Auf nach Alaska – zum Klondike! Auf dem Yukon bis zur Beringsee. Rückkehr. Schreibt massenhaft Kurzgeschichten. Keiner will sie haben. Dann endlich, er ist siebenundzwanzig, der Durchbruch: Seine Abenteuergeschichten gehen weg wie warme Semmeln. Er wird reich. Korrespondent im Russisch-Japanischen Krieg. Viele Reisen. Segelt ums

Kap Hoorn. Korrespondent im mexikanischen Bürgerkrieg. Zieht auf seine Ranch und wird Farmer.

Klugscheißerwissen

Es war Jack Londons Mutter, die ihren siebzehnjährigen Sohn ermunterte, eine Kurzgeschichte über seine schrecklichen Erlebnisse während eines Taifuns auf hoher See bei einem Schreibwettbewerb einzureichen. Seine Konkurrenz waren Berkley- und Stanford-Studenten. London gewann. Den ersten Preis – und ganze fünfundzwanzig Dollar Preisgeld.

Im Übrigen …

Absolut legendär ist der Seewolf-TV-Vierteiler (1971) mit Raimund Harmstorf als Wolf Larsen. Nicht sehr dicht am Buch, aber trotzdem absolut sehenswert.

Angefixt? Hier gibt's mehr von dem Stoff:

LOCKRUF DES GOLDES

Ein Roman über den Goldrausch und ein unermessliches Vermögen. Und über die gänzlich andere New Yorker Finanzwelt.

RUF DER WILDNIS

Die abenteuerliche Lebensgeschichte des Hundes Buck zur Zeit des Goldrauschs. Wau!

#fressenodergefressenwerden
#wenndasschiffschonghostheißt

FAMILIENBANDE

»Alles in allem waren die Hamiltons eine biedere, wohlgegründete, ausdauernde (...) Familie, nicht ärmer als viele andere und auch nicht reicher als viele andere. Eine wohlausgewogene Familie, die ihre Konservativen und ihre Radikalen hatte, ihre Träumer und ihre Realisten. Samuel war zufrieden mit der Frucht seiner Lenden.«

John Steinbeck, Jenseits von Eden

MARTIN SUTER

SMALL WORLD (Zürich 1997)

Warum man dieses Buch lesen muss

Weil es ein gut recherchierter Roman über den Verlust von Erinnerungen ist. Wie funktioniert Alzheimer? Was macht diese Krankheit aus einem Menschen? Und heimlich, still und leise wird aus dieser faszinierenden und sehr einfühlsamen medizinischen Fallstudie ein hintergründiger und verdammt raffinierter Gesellschaftskrimi. Keine Stangenware!

Worum geht's?

Upsi!!! Konrad Lang, Mitte sechzig, hat gerade aus Versehen die Ferienresidenz einer schwerreichen Schweizer Industriellenfamilie auf Korfu abgefackelt – nämlich die der Kochs. Ein Millionenschaden, und trotzdem schickt ihn Elvira Senn, die fast achtzigjährige Herrscherin über das Koch-Imperium, nicht in die Wüste, sondern kümmert sich um ihn, wie sie es all die Jahre getan hat. Wobei »kümmern« bedeutet, dass sie ihren Assistenten anweist, Lang mit einer Wohnung und Taschengeld auszustatten. Lang ist der Sohn eines ehemaligen Dienstmädchens der Kochs, mit dem Elvira befreundet war. Ihn und ihren Stiefsohn Thomas Koch verband früher mal eine eher einseitige Freundschaft, bei der Konrad von Thomas eigentlich nur benutzt wurde. Heutzutage ist Konrad Lang der Familie nur noch lästig, zumal sein gesundheitlicher Zustand sich verschlechtert. Das Vergessen hat von ihm Besitz ergriffen. Erst sind

es nur Kleinigkeiten, die er gut vertuschen kann. Dann wird seine Vergesslichkeit immer augenfälliger. Sein Portemonnaie landet im Kühlschrank, er kauft Dinge doppelt ein, er findet nicht mehr den Weg nach Hause. Parallel dazu reichen seine Erinnerungen an seine Kindheit immer weiter zurück. Diagnose: Alzheimer. Und die macht jemanden nervös, auffällig nervös: Elvira Senn.

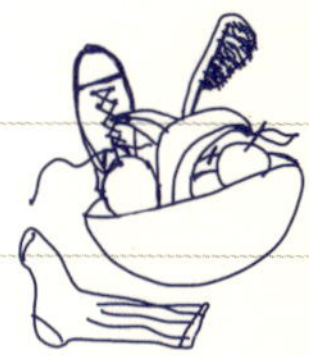

Achtung, Spoileralarm!

Nach einem nächtlichen Spaziergang bei Minusgraden und Schnee, der Konrad Lang drei Zehen kostet, landet der Alzheimerpatient schlussendlich in der geschlossenen Abteilung eines Pflegeheims. Dort holt ihn Simone Koch, die frisch angetraute und jetzt schon von der Ehe ziemlich desillusionierte Schwiegertochter von Thomas Koch, heraus und bringt ihn bei erstklassiger Betreuung im Gästehaus des Familienanwesens unter. Außer ihr ist keiner der Familienangehörigen von dieser Idee begeistert. Aber Lang tut Simone leid – und außerdem braucht sie ein Hobby. Konrad wird immer lebensunfähiger und vergesslicher, aber dafür werden die Erinnerungen an die frühe Kindheit immer klarer und deutlicher. Die Zeit, die er mit Thomas Koch, dessen Stiefmutter Elvira und seiner eigenen Mutter Anna verbracht hat, steht ihm immer deutlicher vor Augen. Simone kümmert sich aufopferungsvoll um Konrad Lang und schöpft Hoffnung auf Genesung oder zumindest Stopp der Krankheit, als an Lang ein neues Alzheimermittel getestet werden soll. Und Elvira Senn? Deren Nervosität steigt. Und so langsam fängt der Leser an zu ahnen, warum.

Mit vierzehn Jahren ist Elvira vergewaltigt worden. Das Ergebnis: ein Junge. Offiziell wird er als der uneheliche Sohn ihrer älteren Schwester Anna Lang gehandelt. Sie nennen ihn Konrad. Dann lernt Elvira mit neunzehn Jahren den reichen, sechsundfünzigjährigen Unternehmer Wilhelm Koch kennen, der aus seiner ersten Ehe den vierjährigen Sohn Thomas hat.

Elvira heiratet ihn, befördert ihn mit Hilfe ihrer Schwester, die sie mittlerweile als Dienstmädchen engagiert hat, ins Jenseits. Und nun vertauschen die beiden Hexen die Kinder. So wird Elviras leiblicher Sohn Konrad zu ihrem Stiefsohn Thomas Koch. Und der echte Thomas Koch wird zum Sohn des Dienstmädchens Anna, das sich bald darauf aus dem Staub macht und »ihren« Sprössling namens Konrad Lang bei einem Bauern verklappt. Als der Bauer jedoch eines Tages kein Geld mehr bekommt, bringt er das missliebige Kind zu den Kochs.

Simone kommt hinter dieses unglaubliche Geheimnis. Elvira weiß sich nicht anders zu helfen und versucht Konrad, den eigentlichen Erben des Koch-Imperiums, zu beseitigen, indem sie dessen Medikamentendosis manipuliert. Als der Mordversuch vereitelt wird, weiß sie nicht weiter und nimmt sich das Leben. Simone lässt sich von ihrem Mann scheiden, und da er weiß, dass sie weiß, was er mittlerweile auch weiß, gehen sie einen Deal miteinander ein, der für Konrad Lang ganz in Ordnung ist. Zudem ist er zwar nicht wirklich geheilt, aber das neue Medikament verlangsamt den Verlauf der Krankheit. Insgesamt kann man sagen: Für ihn geht die Sache somit ganz gut aus.

Wer hat's geschrieben?

MARTIN SUTER

**29.02.1948 in Zürich, Schweiz*

Werbetexter. Creative Director. Später Mitinhaber einer Werbeagentur. Präsident des Art Directors Club in der Schweiz. Immer wieder schriftstellerisch tätig. Reportagen für das *GEO Magazin*. Von 1992 an erscheint zwölf Jahre lang in der *Weltwoche* seine legendäre Kolumne *Business Class*. Sein erster Roman, *Small World*, wird auf Anhieb ein Erfolg. Lebt in Spanien, auf Ibiza und in Guatemala.

Klugscheißerwissen

Irgendwann wurde sehr dezent die Frage an Suter herangetragen, ob er wohl so freundlich sein und für seine Kolumne *Business Class* nicht etwas weniger Honorar berechnen könnte. Klar! Geht alles! Aber weniger Kohle bedeutet auch weniger Wörter, die dann wohl leider am Ende fehlen würden. Hier entwickelte Suter eine sehr interessante Problemlösungsstrategie: Er richtete eine Webseite ein, auf der er die nicht gedruckten Pointen verkaufen wollte. Ganz der Business-Mann eben!

Übrigens …

2010 wurde *Small World* mit Gérard Depardieu und Alexandra Maria Lara verfilmt.

Angefixt? Hier gibt's mehr von dem Stoff:

Der Roman *Ein perfekter Freund* handelt ebenso wie *Small World* und *Die dunkle Seite des Mondes* von »Bewusstseinsveränderungen«. Martin Suter nennt die drei Romane seine »neurologische Trilogie«.

#wieunverschämtistdasdenn
#gewitterhexeimanflug
#diesesverdammtevergessen

THOMAS MANN

BUDDENBROOKS – VERFALL EINER FAMILIE

(Berlin 1901)

Warum man dieses Buch lesen muss

Weil es einfach grandios ist! Stark erzählt, die Charaktere sind großartig, und die Story lässt einen ein bisschen melancholisch, aber auch nachdenklich zurück. Und wem das nicht reicht, dem sei gesagt, dass Thomas Mann hier dem Leser den Untergang des Bürgertums und den Aufstieg des schnöden Kapitalismus vor Augen führt.

Worum geht's?

Da ist nicht viel herumzudeuteln. Es geht um den Untergang der Familie Buddenbrook. Es kommt in diesem 800-Seiten-Schmöker außer den Familienmitgliedern noch eine ganze Busladung zusätzlicher Personen vor. Zu viele Personen. Deshalb hier nur die wichtigsten und nur der Hauptstrang der Geschichte.

Die Kaufmannsfamilie Buddenbrook ist reich, angesehen, vermögend und steht an der Spitze der Lübecker Gesellschaft. Wir begleiten vier Generationen zwischen den Jahren 1835 bis 1877. Johann Buddenbrook senior leitet gemeinsam mit seinem Sohn Johann (Jean), dem Konsul, die Firma Johann Buddenbrook. Mit seiner Gattin Elisabeth, der Konsulin, hat Johann Buddenbrook junior drei Kinder – Thomas, Christian, Antonie, genannt Toni – und Clara, die später noch dazukommt. Alles ist in bester Ordnung. Der Laden brummt. Alle sind gesund.

Was kann man sich noch wünschen? Die Kinder werden größer. Toni ist sich des Reichtums und Ansehens ihrer Familie sehr bewusst. Sie ist sehr stolz und auch eine Spur arrogant. Besonders gegenüber den Hagenströms, den gesellschaftlichen Aufsteigern ohne Niveau, die gewissermaßen das Gegenbild zu den kultivierten Buddenbrooks bilden. Als Johann Buddenbrook senior kurz nach seiner Gemahlin verstirbt, treffen die Firma die ersten empfindlichen Kapitalverluste.

Achtung, Spoileralarm!

Unterschiedliche Verwandte müssen mit hohen Summen ausbezahlt werden. Dazu kommt noch die hohe Mitgift für Toni, die den wirklich widerlichen Kaufmann Bendix Grünlich (der Name ist ja schon schauderhaft genug, der Mann ist es noch mehr) auf Wunsch ihrer Eltern heiratet (obwohl sie doch einen anderen liebt), denn ihre Eltern halten ihn für eine recht gute Partie. Wie man sich doch irren kann! Der Kerl war eigentlich schon vor der Eheschließung so gut wie pleite und hat Toni nur so schleimig und theatralisch umworben, weil er auf ihre Mitgift aus war. Jetzt – nach der Geburt von Tochter Erika und ein paar Ehejahren – ist der Ofen endgültig aus. Es folgt die Scheidung (damals noch ein gesellschaftliches Problem), und Toni kommt mit ihrer kleinen Tochter nach Hause zurück. Toni heiratet zwar später erneut (schon wieder kostet die Frau Geld wegen der Mitgift), aber auch diese Ehe funktioniert nicht und wird geschieden.

Auch Thomas muss seiner wahren Liebe, einer Blumenverkäuferin, entsagen, denn ... na ja ... wie kann ein Buddenbrook eine Blumenverkäuferin heiraten? Eben. Das läuft nicht. Schon mit sechzehn ist Thomas in die Firma eingetreten, nach dem Tod seines Vaters übernimmt er die Geschäfte – wird später wie sein Vater Konsul –, und heiratet die musische, zurückhaltende, zerbrechliche Gerda Arnoldsen aus Amsterdam. Clara heiratet einen Pastor und stirbt früh (kostet in beiden Fällen die Firma viel Geld!). Und was ist mit Christian? Tja, der war ja noch nie so ganz nach dem Sinne seines Vaters geraten. Er ist ein Fall für sich. Schon immer eingebildet krank und überlastet, ist er ein wahrer Egozentriker, ein waschechter Hypochonder. Und zeichnet sich in der Firma nicht gerade durch übertriebene Arbeitsfreude aus. Auf der anderen Seite brilliert er als großer Entertainer, als Clown, macht gerne Party, liebt das Theater und unterhält die Leute wie kein Zweiter. Allerdings ist er so selbstverliebt, dass er gar nicht bemerkt, wie er seinen Bruder und auch die Firma mit manchem Witz diskreditiert. Später legt auch er beinahe einen Bankrott mit seiner eigenen Firma hin, verkauft sie und heiratet dann auch noch eine grauenvoll unpassende Person. Enden wird er in der Psychiatrie, der Arme.

Endlich werden Thomas und Gerda Eltern von einem Sohn – Johann, genannt Hanno. Wie sich bald herausstellen wird, ist Hanno eine Riesenenttäuschung für seinen Vater. Er ist zart, verweichlicht, begnadet am Klavier, aber ein Versager in der Schule. Thomas kann sich derweil bei der Wahl zum Senator gegen Hermann Hagenström durchsetzen, die Geschäfte laufen so gut wie lange nicht mehr, jetzt gibt es auch noch eine neue riesenhaft teure Hütte, und das hundertjährige Bestehen der Firma Johann Buddenbrook ist auch noch zu feiern. Alles wirkt perfekt. Aber Thomas wird von dunklen Vorahnungen heimgesucht. Er ahnt den wirtschaftlichen Rückschritt und den beginnenden Untergang der Familie. Und so kommt es dann auch. Zu finanziellen Rückschlägen gesellen sich noch andere Desaster. Thomas verliert immer mehr an Energie, muss sich ständig zu allem zwingen – heute würde man da wohl von Burnout sprechen. Im gleichen Maße, in dem es mit den Buddenbrooks bergab geht, steigen die Hagenströms gesellschaftlich auf. Wie bezeichnend – da kaufen doch die Hagenströms nach dem Tod der Konsulin das Haus in der Mengstraße. Thomas stirbt mit neunundvierzig Jahren. Testamentarisch verfügt er den Verkauf der Firma. Wer hätte den Laden auch übernehmen sollen? Schlussendlich stirbt Hanno im Alter von sechzehn Jahren an Typhus, und seine Mutter verlässt Lübeck. Die angesehene Familie Buddenbrook, auf die Toni immer so stolz gewesen ist, gibt es nicht mehr …

Wer hat's geschrieben?

THOMAS MANN

**06.06.1875 in Lübeck; †12.08.1955 in Kilchberg bei Zürich, Schweiz*

Sohn eines vermögenden Getreidehändlers und Senators. Jüngerer Bruder von Heinrich Mann. Vater u.a. von

Klaus und Erika Mann. Umzug nach München nach dem Tod seines Vaters. Redakteur beim *Simplicissimus*. Zusammen mit Heinrich Mann längere Zeit in Italien. 1905 Eheschließung mit Katia Pringsheim. In München bis 1933. Exil in der Schweiz. 1936 Aberkennung der deutschen Staatsbürgerschaft und Annahme der tschechischen. Umzug in die USA. Gastprofessur an der Princeton University, New Jersey. Pacific Palisades, Kalifornien. Hält Reden, Vorträge und Ansprachen im Radio gegen das faschistische Deutschland. Annahme der US-amerikanischen Staatsbürgerschaft. Ab 1952 Kilchberg bei Zürich. Kehrt, außer zu Stippvisiten, nie nach Deutschland zurück.
Viele halten ihn für den bedeutendsten deutschen Autor des 20. Jahrhunderts.

Klugscheißerwissen

Für *Buddenbrooks* erhielt Thomas Mann 1929 den Literaturnobelpreis.
In Lübeck selbst führte der Roman zum Eklat. Die halbe Lübecker Gesellschaft glaubte sich darin wiederzufinden und war not amused.
Thomas Mann war trotz seiner reichen Kinderschar homosexuell, wollte das aber nicht öffentlich machen. Das ist wohl auch der Grund, weshalb er verfügte, dass seine Tagebücher (in denen er darüber schrieb) erst zwanzig Jahre nach seinem Tod herausgegeben werden durften.

Übrigens …

Der Literaturnobelpreisträger Thomas Mann hatte kein Abitur!

Angefixt?

Nicht nur Thomas Mann, nein, seine gesamte Familie ist unglaublich interessant. Da gibt es Schicksale, die einem die Ohren schlackern lassen. Also vielleicht mal über anstatt etwas von den Manns lesen:

IM NETZ DER ZAUBERER: EINE ANDERE GESCHICHTE DER FAMILIE MANN.

Die Biographie von Marianne Krüll liest sich spannender als jeder Krimi.

DIE MANNS: EIN JAHRHUNDERTROMAN.

Eine filmische Dokumentation mit Armin Müller-Stahl, Monika Bleibtreu, Sebastian Koch und und und. Fünf Sterne!

#dasistdochautobiographisch
#dabeiwarallesdochsocommeilfaut

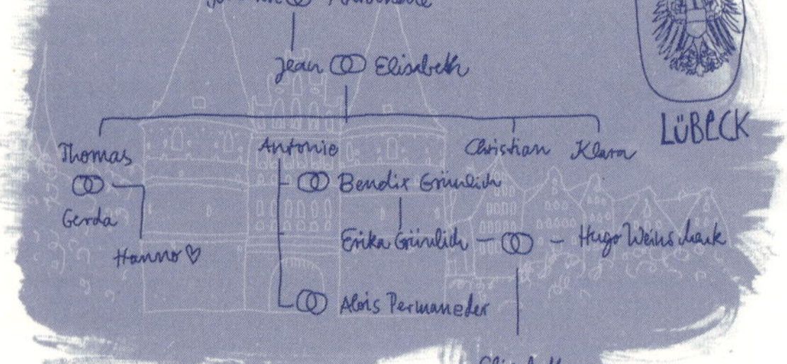

FRANZ KAFKA

DIE VERWANDLUNG (Leipzig 1915)

Warum man diese Erzählung lesen muss

Damit man mal endlich kapiert, was *kafkaesk* bedeutet.

Worum geht's?

Strange. Albtraumhaft. Beängstigend. Grotesk. Oder eben kafkaesk. Der Handlungsreisende Gregor Samsa wacht eines Morgens als – ja wirklich! – Käfer auf. Ihn verwundert diese Tatsache eigentlich nicht großartig. Ganz im Gegensatz zu seiner Schwester und seinen Eltern. Mit Abscheu, Ekel und Entsetzen reagieren sie auf die – Achtung! – Verwandlung ihres Familienmitgliedes. Außerdem hat sich doch die ganze Familie so schön auf Gregors Fleiß ausgeruht. Seit seinem Bankrott macht Herr Samsa keinen Finger mehr krumm. Frau Samsa kümmert sich um den Haushalt, sie leidet ja so schlimm an Asthma, und Gregors Schwester Grete macht sich eigentlich auch nur einen schönen Lenz oder spielt Geige. Gregor muss auch noch bei seinem Chef die Schulden seines Vaters abarbeiten. Erst wenn die tutto completto getilgt sind, darf er den verhassten Job an den buchstäblichen Nagel hängen. Während Gregor anfänglich seine Käferbeinchen nicht koordinieren kann und seine Stimme noch halbwegs menschlich klingt, wird er im Laufe der Geschichte immer mehr zum Käfer. Keiner versteht ihn mehr, er lernt sich als Käfer zu bewegen, Wände und Decken zu erklimmen. Auch

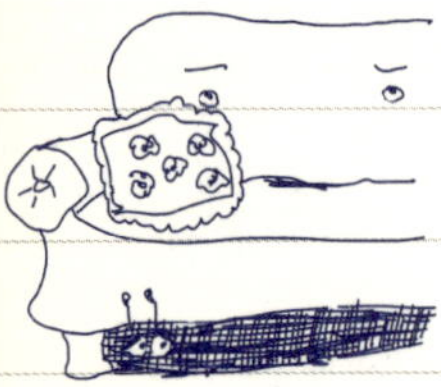

sein Geschmack ist nicht mehr menschlich. Trotzdem ist er nicht wirklich Tier, nicht wirklich Mensch. Seine Schwester kümmert sich um ihn, stellt ihm Essen hin, reinigt sein Zimmer und akzeptiert das Tier irgendwie, das sich unter dem Kanapee vor ihren Blicken versteckt. Die Mutter, die es nicht über sich bringt, dieses Ungeziefer zu versorgen, sieht trotzdem den Menschen in ihm. Der Vater bewirft ihn mit Äpfeln und verletzt ihn schwer.

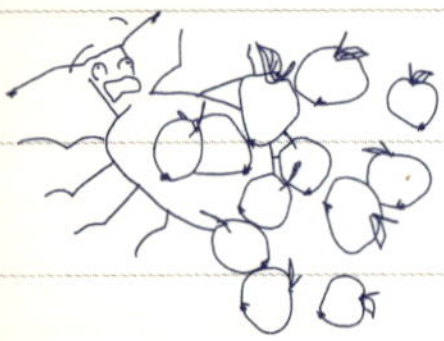

Achtung, Spoileralarm!

Wie Gregor belauscht, hat der Vater doch noch Geld aus seinem Geschäft retten können. Gar nicht wenig. Und außerdem haben die Eltern von dem Geld, das Gregor zu Hause abgegeben hat, auch noch tüchtig gespart. Gut, damit hätte man schon einen Teil der Schulden zurückzahlen und Gregors Knechtschaft verkürzen können, aber auch egal. Hauptsache die Familie hat einen Notgroschen. An den will man aber nicht herangehen. Also heißt es: arbeiten – und zwar alle. Untermieter ziehen ein, während Gregor immer mehr verwahrlost. Seine Schwester hat keine Lust mehr, sich um ihn zu kümmern, und er selbst mag nicht mehr essen. Schließlich verlangt Gregors Schwester von ihren Eltern, dass man das ekelhafte Käfervieh irgendwie loswird, das doch gar nicht Gregor sein kann. Wahrscheinlich ihr zum Gefallen stirbt der entkräftete Gregor noch in derselben Nacht. Ein paar Tränchen werden verdrückt, bevor der Blick auf die nun rosigere Zukunft geheftet wird.

Wer hat's geschrieben?

FRANZ KAFKA

**03.07.1883 in Prag, damals Österreich-Ungarn; †03.06.1924 in Kierling bei Wien, Österreich*

Entstammt einer jüdischen Kaufmannsfamilie. Untereinander wird vorwiegend deutsch gesprochen, sonst auch tschechisch. Schwierige Beziehung zu seinem derben, tyrannischen, jähzornigen Vater, um dessen Anerkennung er kämpft. Als Dr. jur. Angestellter bei einer Arbeiter-Unfall-Versicherung – sein »Brotberuf«. Befasst sich abends mit dem Schreiben. Fängt Texte an, unterbricht sie, beginnt etwas Neues, häufige Änderungen bis zur kompletten Vernichtung vollständiger Manuskripte. Kompliziertes Verhältnis zur Liebe (oft verliebt, immer wieder verlobt, nie verheiratet). Depressionen, Selbstzweifel, in gewissen Lebensabschnitten suizidgefährdet. Leidet unter Kopfschmerzen und Schlaflosigkeit. Ist selbst so kafkaesk wie seine Erzählungen. Oft krank, viele Kuren. Wird achtunddreißigjährig wegen Krankheit pensioniert. Stirbt zwei Jahre später an Tuberkulose. Hinterlässt drei Romanfragmente und zahlreiche Erzählungen.

Klugscheißerwissen

Kafkas Geschichten gehen meist tödlich aus, so z.B. *Die Verwandlung, Das Urteil, Der Prozess, In der Strafkolonie, Ein Hungerkünstler* – auch der unvollendete Roman *Das Schloss* sollte mit dem Tod des Helden enden.

Testamentarisch verfügte Kafka, dass sein guter Schriftstellerfreund Max Brod alle unveröffentlichten Texte vernichten sollte. Brod hielt sich nicht dran, sondern veröffentlichte.

Übrigens ...

Was heißt den jetzt *kafkaesk*? Der Duden antwortet: *in der Art der Schilderungen Kafkas, auf unergründliche Weise bedrohlich.*

Angefixt? Hier gibt's mehr von dem Stoff:

Zwei unvollendete Romane:

DER PROZESS

Über den hilflosen Josef K., dem, ohne dass er ein konkretes Verbrechen verübt hat, ein absurder Prozess gemacht wird.

DAS SCHLOSS

Vom Landvermesser K., der ums Verrecken nicht in dieses seltsame Schloss gelangen kann, sosehr er sich auch bemüht.

#simsamsabim
#wennichgroßbinmöchteichkäferwerden

MAX FRISCH

HOMO FABER – EIN BERICHT

(Frankfurt am Main 1957)

Warum man diesen Roman lesen muss

Weil es um einen Menschen geht, der das Leben verlernt hat. Und weil dieses Phänomen ganz sicher nicht auf die fünfziger Jahre beschränkt ist. Du liest den staubtrockenen Bericht von diesem Homo faber und gerätst unmerklich in eine zutiefst tragische und berührende Liebesgeschichte. Obwohl Schullektüre – absolut lesenswert!

Worum geht's?

Walter Faber ist Ingenieur, wird im Verlauf der Handlung fünfzig Jahre alt, glaubt nur an drei Dinge: Verstand, Technik und Berechenbarkeit. Er liebt Statistiken. Zufälle oder so etwas wie Fügung existieren für ihn nicht, denn für ihn ist das Leben kalkulierbar. Alles Natürliche ist ihm zuwider, vor allem an sich selbst. Ständig – und vor allem, wenn Unsicherheit droht – rasiert er sich, und das natürlich mit einem elektrischen Rasierapparat.

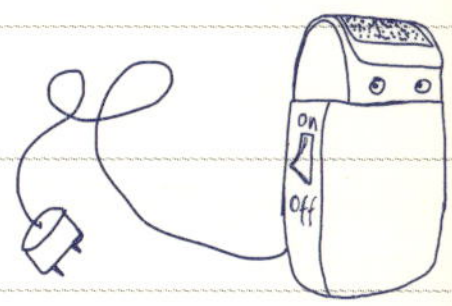

Tja, es ist das Jahr 1957, als das Schicksal dann doch an Fabers Tür klopft. Faber, der als Ingenieur für die Unesco arbeitet, befindet sich auf einem Flug nach Caracas. Es ist purer Zufall, dass sein Sitznachbar Herbert Hencke der Bruder seines Jugendfreundes Joachim ist. Nachdem das Flugzeug in der mexikanischen Wüste notlanden musste, kommt man ins Gespräch, und so erfährt Faber von Herbert, dass dessen Bruder Joachim

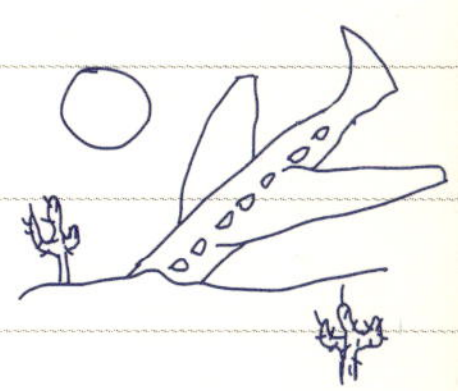

HOMOLABER!

Fabers Jugendliebe Hanna Landsberg geheiratet hat. Mittlerweile sind die beiden geschieden. Sie haben eine Tochter. Faber erinnert sich: Hanna kam aus München und wurde damals unverhofft von Faber schwanger. Faber hätte sie zwar geheiratet, sicherlich ja, aus purem Pflichtgefühl, damals 1936, damit sie als Jüdin in der Schweiz bleiben konnte – aber sie wollte ja nicht, ließ den Termin beim Standesamt platzen. Also wurde nicht geheiratet und gemeinsam beschlossen, das Kind abzutreiben. Faber bekam ein Jobangebot aus Bagdad und verließ die Schweiz. Finito!
Aber jetzt zurück in die mexikanische Wüste: Die notgelandeten Passagiere werden gerettet, und einer plötzlichen Eingebung folgend, schließt sich Faber Herbert an, der seinen Bruder Joachim auf einer Plantage in Guatemala besuchen will. Bei ihrer Ankunft ist Joachim tot. Er hat sich erhängt. Faber reist weiter über New York nach Europa. Aber diesmal nicht mit dem Flugzeug, sondern per Schiff, und hier trifft er die zwanzigjährige Sabeth. Ab und an meint Faber, Hanna in ihr erkennen zu können, aber Faber ist so scharf auf das junge Ding, dass er solche Gedanken schön beiseiteschiebt. Weil nicht sein kann, was nicht sein darf.

Achtung, Spoileralarm!

Wer hat es nicht kommen sehen? Klar wie Kloßbrühe, die beiden verlieben sich ineinander. Faber will Sabeth sogar heiraten. Er begleitet sie auf ihrer Reise nach Griechenland, wo ihre Mutter auf sie wartet. Und jetzt kommt's raus: Sabeths Mutter ist – Hanna! Oh, oh ...

wenn das mal gutgeht! Geht es nicht. Und gleich in dreifacher Hinsicht. Sabeth schläft am Strand, als eine giftige Schlange sie beißt, erschrocken springt sie auf. Der splitterfasernackte Faber rennt aus dem Meer, um ihr zu helfen, doch als er auf sie zuläuft, weicht sie vor ihm zurück und stürzt in die Tiefe – auf den Kopf. Schnell kleidet Faber sich an und bringt sie in die Klinik, wo ihr sofort ein Gegengift gespritzt wird, alles scheint gut. Von Hanna erfährt Faber, was er eigentlich schon wusste und der Leser ahnte: Sabeth ist seine und Hannas Tochter. Wie bei Ödipus nur mit vertauschten Rollen! Fabers Geliebte ist das Kind, das Hanna vor zwanzig Jahren eigentlich abtreiben lassen wollte. Joachim hatte damals nur die Rolle des Vaters übernommen. Als ob das alles noch nicht Schicksal genug wäre, stirbt Sabeth auch noch. Aber nicht die Schlange ist schuld, sondern Faber. Weil er den Ärzten nichts von ihrem Sturz gesagt hat, haben sie natürlich Sabeths Kopf nicht untersucht und deshalb die Hirnblutung nicht bemerkt. Am Schluss will Faber sein Leben ändern, Hanna heiraten. Er kündigt und muss am Magen operiert werden. Fabers Rechtfertigungsbericht endet am Morgen seiner Operation, die er höchstwahrscheinlich nicht überleben wird.

Wer hat's geschrieben?

MAX FRISCH

**15.05.1911 in Zürich, Schweiz;*

†04.04.1991 in Zürich, Schweiz

Vater Architekt. Studiert Germanistik, muss das Studium aus finanziellen Gründen abbrechen, weil der Vater stirbt. Arbeitet als Journalist. Beginnt Bücher zu schreiben. Studium der Architektur. Gewinn eines Architekturwettbewerbs. Gründung des eigenen Architekturbüros und Eheschließung. Aus dieser Ehe werden drei Kinder hervorgehen. Kann die Finger nicht vom Schreiben lassen und kombiniert seine Arbeit als Architekt mit der als Schriftsteller. Der Durchbruch 1954 mit dem Roman *Stiller*. Im gleichen Jahr Trennung von der Familie, dann Schließung des Architekturbüros – will nur noch schreiben. Freier Schriftsteller. Großer Literat (Romane: *Stiller, Homo faber, Mein Name sei Gantenbein;* bekannteste Theaterstücke: *Andorra, Biedermann und die Brandstifter*) – gleichzeitig streitbarer Humanist. Reibt sich immer wieder an seiner Schweizer Heimat. Eine zweite Ehe hält auch nur ein gutes Jahrzehnt. Ein großer Weltenbummler. Lebt in Zürich, Rom, Berzona, New York und Berlin. Der Schweizer ist einer der großen deutschsprachigen Schriftsteller des 20. Jahrhunderts.

Klugscheißerwissen

Max Frisch und die Frauen. Jaja ... ein weites Feld, um es mit dem alten Briest zu sagen. Frisch hatte zig Affären und Beziehungen, egal ob er verheiratet war oder nicht. Die mit seiner Schriftstellerkollegin Ingeborg Bachmann zum Beispiel.

Besonders pikant ist aber eine Lovestory mit Homo-faber-Qualitäten. Noch zu Zeiten seiner ersten Ehe hatte Frisch eine mehrjährige Affäre mit einer Dame namens

Madeleine Seigner-Besson, und die hatte eine Tochter, Karin Pilliod. Als Frisch und deren Mutter ihr Techtelmechtel begannen, war Karin noch Schülerin. Und jetzt aufgepasst: Karin hatte rotblonde Haare, und die trug sie als Pferdeschwanz. Na, klingelt's? Genau. Wenn das mal nicht schwer an Sabeth in *Homo faber* erinnert. Gegenüber dem Regisseur Volker Schlöndorff, der später *Homo faber* verfilmte, hat Frisch dann wohl auch angegeben, dass Karin die Vorlage für Sabeth war.

Und jetzt herhören: Jene Karin Pilliod, nach deren Vorbild Frisch Sabeth modellierte, wurde 1983, sechsundzwanzig Jahre nach *Homo faber,* Frischs letzte Lebenspartnerin.

Für den Roman *Homo faber* ist noch eine Frau wichtig. Sie hieß Käte Rubensohn, war deutsche Jüdin und studierte in der Schweiz. Sie und Frisch waren in den dreißiger Jahren ein Paar. Nach vier Jahren trennten sie sich. Frisch hätte sie geheiratet, damit ihr Aufenthalt in der Schweiz gesichert war. Doch Käte wollte keine Mitleidsehe. Genau – Käte erinnert schwer an Hanna, die Jugendliebe Fabers. Oder? In allen Büchern von Max Frisch steckt eine Menge Selbsterlebtes drin. Wer mehr über dessen Liebesleben erfahren möchte, dem sei sein Roman *Montauk* ans Herz gelegt.

Übrigens ...

Logo. *Homo faber* wurde millionenfach verkauft, in vierzig Sprachen übersetzt und 1991 verfilmt.

Angefixt? Hier gibt's mehr von dem Stoff:

ANDORRA

Dieses Theaterstück führt dem Zuschauer auf erschütternde Weise die Folgen von Vorverurteilung, Antisemitismus, Mitläufertum und Feigheit vor.

AUS DEM BERLINER JOURNAL

Zwanzig Jahre nach Frischs Tod veröffentlicht. Ein hochinteressantes Tagebuch, 1973 in Berlin begonnen, über die DDR, Autorenkollegen und Alltägliches.

#fingerweg #rechnedochmalnach
#undsowaswieschicksalgibtesdoch

LION FEUCHTWANGER

DIE GESCHWISTER OPPERMANN

(Amsterdam, im Exil, 1933 erschienen zuerst unter dem Titel *Die Geschwister Oppenheim*)
Die Geschwister Oppermann (Rudolstadt 1948, Berlin / Weimar 1976, Frankfurt am Main 1981)

Warum man dieses Buch lesen muss

Weil es eine der intensivsten erzählerischen Darstellungen über die Ungerechtigkeiten im Dritten Reich ist, die je geschrieben wurde. Feuchtwanger lässt den Leser so berührend am Schicksal der jüdischen Familie Oppermann (!) teilhaben, dass man beim Lesen wirklich das Gefühl hat, zu dieser Familie zu gehören, und sich verwirrt fragt: »Warum passiert uns das alles?«

Worum geht's?

Berlin im November 1932. Die jüdische Kaufmannsfamilie Oppermann feiert den fünfzigsten Geburtstag von Dr. Gustav Oppermann. Gustav ist Schriftsteller und Miteigentümer des vom Großvater gegründeten Möbelhauses Oppermann, das sein Bruder Martin leitet. Prof. Edgar Oppermann ist ein angesehener Arzt und ebenfalls am Möbelhaus beteiligt. Genauso wie seine Schwester Klara, deren jüdischer Mann Jacques Lavendel eine führende Position im Geschäft bekleidet. Noch nimmt man die Bedrohung durch die Nazis nicht so wirklich ernst. Doch dass diese Herrschaften in Braun alles andere als zimperlich und nicht nur bedrohlich, sondern lebensbedrohlich und menschenverachtend

sind, wird spätestens nach Hitlers Machtergreifung nur allzu deutlich. Besonders schlimm trifft es Martins Sohn Berthold, der in der Schule wegen seiner jüdischen Herkunft von seinem Lehrer aufs übelste schikaniert wird, und das, obwohl der Schuldirektor höchstpersönlich versucht, den Jungen in Schutz zu nehmen. Martin Oppermann muss, alle schrecklichen Demütigungen still ertragend, dabei zusehen, wie die Nazis aus dem Traditionsgeschäft der Familie alles Jüdische eliminieren. Und auch in Edgars Klinik weht ein antijüdischer Wind, dem als Erster ein fachlich sehr kompetenter, aber eben jüdischer Arzt zum Opfer fällt.

Achtung, Spoileralarm!

Gustav flieht nach dem Reichstagsbrand in die Schweiz, denn er hat einen Aufruf gegen die Nazis unterschrieben. Sein Neffe Berthold nimmt sich das Leben, weil er seine Überzeugungen nicht verleugnen mag. Dieser Teil des Buches ist unglaublich berührend. Feuchtwanger beschreibt Bertholds Dilemma so gefühlvoll und schmerzhaft nachvollziehbar, dass man nicht anders kann, als wahlweise über den sinnlosen Tod dieses jungen Mannes zu weinen oder mit der Faust auf den Tisch zu schlagen vor Wut über die Ungerechtigkeit und die Boshaftigkeit dieses widerlichen Lehrers. Der Schuldirektor mag den Nazis auch nicht dienen und schmeißt alles hin. Er ist lieber arm als braun. Das Möbelgeschäft wird boykottiert. Die Familienmitglieder sehen sich zahllosen Schikanen und Anfeindungen ausgesetzt. Edgar Oppermann wird von den Nazis aus seiner Klinik geworfen. Weil sie vermögend sind, gelingt den Oppermanns – anders als vielen anderen jüdischen Mitmenschen – die Flucht ins Exil. Gustav hält es im Exil nicht aus. Er will sich wehren. Kehrt nach Deutschland zurück und kommt ins Konzentrationslager. Er wird entlassen und stirbt an den Folgen der Grausamkeiten, die ihm in der Haft zugefügt worden sind.

Wer hat's geschrieben?

LION FEUCHTWANGER

**07.07.1884 in München;*

†21.12.1958 in Los Angeles, Kalifornien

Es gäbe so viel zu erzählen ... Sohn eines jüdischen Fabrikanten. Dr. phil. 1908 Gründung der Kulturzeitschrift *Der Spiegel.* Freundschaft mit Bertolt Brecht. Umzug nach Berlin. Kehrt von einer Vortragsreise in die USA wegen der Machtergreifung der Nazis nicht nach Deutschland zurück. Seine Bücher fallen 1933 der Bücherverbrennung zum Opfer. Ausbürgerung und Aberkennung des Doktortitels. Exil erst in Österreich, dann in Frankreich. Wohlhabend, da sich seine Bücher im englischsprachigen Raum gut verkaufen. Reise in die Sowjetunion, mit der er politisch sympathisiert. Treffen mit Stalin. Kommt wie viele Deutsche in Frankreich ins Internierungslager. Abenteuerliche Flucht. Verkleidet als Frau (!) wird er von Mitarbeitern des amerikanischen Konsulates aus Frankreich geschmuggelt – und zwar durch die Pyrenäen und damit auf dem gleichen Weg wie auch zuvor Heinrich Mann. Ab 1941 Exil in Kalifornien, wo er ab 1943 in der eindrucksvollen Villa Aurora lebt. Die Villa wird ein Treffpunkt der (linksgerichteten) Exilliteraten. Seinem Einbürgerungsersuchen wird wegen seiner linken Gesinnung nie stattgegeben. Herausragender Exilschriftsteller. 1953 Nationalpreis der DDR 1. Klasse für Kunst und Literatur. Verstirbt 1958 an Magenkrebs.

Klugscheißerwissen

Die Geschwister Oppermann verfasste Feuchtwanger ursprünglich als Drehbuch. Der englische Ministerpräsident wünschte einen Film, der die Welt auf die Vorgänge im Deutschen Reich aufmerksam machte. In nur zwei Monaten hatte Feuchtwanger das Drehbuch fertig, das dann aus diplomatischen Gründen doch nicht umgesetzt wurde. Kurzerhand machte Feuchtwanger aus dem Drehbuch einen Roman. Erst fünfzig Jahre später, am 30. und 31. Januar 1983, strahlte das ZDF dann doch eine Filmfassung in zwei Teilen aus, die in Österreich, der Schweiz, England, Italien, Schweden sowie etwas später auch in Israel, Australien und Neuseeland über die Bildschirme flimmerte.

Feuchtwanger musste den Namen seiner Protagonisten von Oppermann in Oppenheim ändern, weil ein deutscher Nazi namens Oppermann ihn und den niederländischen Exilverlag erpresste. Sollte der Name nicht geändert werden, so würde das Feuchtwangers Bruder, der noch in Deutschland lebte, zu spüren bekommen ... In späteren Ausgaben wurde wieder zurück auf Oppermann geändert.

Übrigens …

Jud Süß, das Buch, das Feuchtwanger berühmt machte, wurde von den Nazis inhaltlich verdreht verfilmt und zu Propagandazwecken verwendet.

Angefixt? Hier gibt's mehr von dem Stoff:

WARTESAAL-TRILOGIE:

Teil eins: ERFOLG

In diesem Roman nimmt das braune Übel seine Anfänge.

Teil zwei: DIE GESCHWISTER OPPERMANN / OPPENHEIM

Teil drei: EXIL

Hier geht es um das Leben und Leiden im Exil – mit viel autobiographischem Hintergrund.

#nuraufbefehlgehandelt #dassagensiealle

ERIC-EMMANUEL SCHMITT

MONSIEUR IBRAHIM UND DIE BLUMEN DES KORAN (Zürich 2003)

Monsieur Ibrahim et les fleurs du Coran (Paris 2001)

Warum man diese Erzählung lesen muss

Weil es eine herzerwärmende, kleine weise Geschichte über das Glück, das Lächeln, das Vergeben, die Liebe und die Weltreligionen ist. Eine Geschichte, die Mut macht.

Worum geht's?

O Mann! Der arme Moses hat es nicht leicht. Von Mutter und großem Bruder direkt nach der Geburt verlassen, muss er sich mit seinem schwermütigen Vater herumschlagen, der nur den Mund aufmacht, um Moses mit seinem tollen, großen Bruder Popol zu vergleichen. Der war nämlich perfekt und nicht so eine Niete wie Moses. Zum Glück nur, dass es den weisen Monsieur Ibrahim gibt, den Araber, der in der Rue Blue einen kleinen Lebensmittelladen betreibt. Okay, eigentlich ist er gar kein Araber, sondern Türke und Moslem, genauer gesagt Sufi. Moses, der von Monsieur Ibrahim *Momo* genannt wird, ist Jude. Die beiden werden richtig dicke Freunde. Monsieur Ibrahim hat seinen Koran – und das Wissen um das, was darin steht, macht ihn glücklich und hilft ihm, das Leben zu bestreiten. Moses kann mit ihm über alles reden: über die Nutten, das Mädchen in der Schule, das er anhimmelt, seinen Vater und über Popol. Immer weiß Monsieur Ibrahim Rat. (Und was für welchen! Originell

z. B. sein Vorschlag, aus Kostengründen dem Vater Hundefutter vorzusetzen!) Und so ganz nebenbei erfährt Moses (und damit auch der Leser) so einiges über die Religionen der Welt. Eines Tages ist auch Moses' Vater futsch. Nur einen Abschiedsbrief und ein bisschen Geld hat er zurückgelassen. Er kann nicht mehr.
Gut, dann tut Moses eben einfach so, als sei alles beim Alten. Das geht auch eine Weile gut, bis ...

Achtung, Spoileralarm!

... zwei Polizisten vor der Tür stehen. Moses' Vater hat sich das Leben genommen. Wohin jetzt mit dem Jungen? Seiner Mutter kann Moses nicht verzeihen. Zu ihr will er nicht. Es gibt nur einen Erwachsenen, mit dem er leben möchte: Monsieur Ibrahim. Und – *schwuppdiwupp!* – hat Monsieur Ibrahim seinen Momo adoptiert. Popol hat es im Übrigen nie gegeben! Und Moses' Vater, der war, wie er war, weil er das Schicksal seiner jüdischen Familie unter den Nazis nie verwinden konnte. Und deshalb hat er sich das Leben genommen.
Monsieur Ibrahim will seinem »Sohn« seine Heimat zeigen. Also begeben sich die beiden auf einen Road-Trip durch die Normandie und bis nach Anatolien, an dessen Ende Momo viel dazugelernt haben wird. Nämlich den Zusammenhang zwischen Langsamkeit und Glück, dass man Religionen anhand von Gerüchen erkennen kann und dass der Tanz der Derwische beim Verzeihen hilft. Momo ist so glücklich mit seinem »neuen« Papa, dass es auch dem Leser einen ordentlichen Stich ins Herz gibt, als Monsieur Ibrahim stirbt. Warum musste er auch

alleine Auto fahren? Er wusste doch, dass er es nicht so gut konnte. Schnief! Momo kehrt alleine nach Paris zurück, und wieder hat Monsieur Ibrahim gut für ihn gesorgt. Alles ist geregelt. Momo übernimmt Monsieur Ibrahims Laden, er erbt Geld und Koran mitsamt den getrockneten Blumen darin. Und zu guter Letzt kann er sogar seiner Mutter verzeihen.

Wer hat's geschrieben?

ERIC-EMMANUEL SCHMITT

**28.03.1960 in Sainte-Foylès-Lyon, Frankreich*

Lehrerkind. Studiert Klavier und Philosophie. Promotion. Lehrt an der Uni Philosophie. Seit den 1990er Jahren Theater-, Film- und Fernsehautor. Ist erfolgreich und gibt die Professur auf. Freier Schriftsteller. Großer Durchbruch als Romanautor mit *Monsieur Ibrahim und die Blumen des Koran*. Auch als Regisseur tätig. Zählt zu den erfolgreichsten französischsprachigen Autoren mit einer Millionenauflage. Lebt in Brüssel. Hat neben der französischen auch die belgische Staatsangehörigkeit.

Klugscheißerwissen

Monsieur Ibrahim und die Blumen des Koran wurde 2004 mit dem Deutschen Buchpreis ausgezeichnet.
Das Buch wurde zum Bestseller und kam 2003 mit Omar Sharif in die Kinos.

Berühmt ist Schmitt, der von Haus aus Agnostiker ist und erst spät zum Christentum konvertierte, vor allem für seine Erzählungen über die Weltreligionen.

Übrigens ...

Wer kann das schon von sich sagen? Schmitt kann es: Ihm gehört seit 2012 in Paris ein eigenes Theater.

Angefixt? Hier gibt's mehr von dem Stoff:

OSKAR UND DIE DAME IN ROSA

Eine sehr weise Erzählung über den krebskranken Oskar, die Catcherin Oma Rosa und Briefe an Gott.

#tanteemma #monsieuribrahim #herzchen

JOHN STEINBECK

JENSEITS VON EDEN (Konstanz, Zürich, Stuttgart 1953)

East of Eden (New York, Toronto, London 1952)

Warum man dieses Buch lesen muss

Wegen der Sprache. John Steinbeck gelingt es mit nur wenigen Worten einen Charakter so meisterhaft zu zeichnen, dass er bildhaft vorm Leser steht. Sensationell. Und die Geschichte um drei Generationen der Familie Trask hat's auch in sich. Versprochen!

Worum geht's?

Zum Glück um wahnsinnig viel Interessantes. Gut und Böse. Das Schicksal zweier Familien über mehrere Generationen. Amerika. Vater-Sohn-Konflikt. Gleich zweimal die Sache mit Kain und Abel aus der Bibel (Brudermord). Ein durchtriebenes Miststück. Bereuen und Verzeihen. Und das alles passiert zwischen dem amerikanischen Bürgerkrieg und dem Ende des Ersten Weltkriegs.

Da hätten wir zunächst mal Charles und Adam Trask (man achte auf die Anfangsbuchstaben! C und A. Und bedenke, dass im amerikanischen Kain mit C geschrieben wird). Sie sind total unterschiedlich. Und während Charles seinen Vater abgöttisch liebt, bevorzugt dieser Adam. Eines Tages rastet Charles deswegen völlig aus. Er drischt wie irre auf seinen Bruder ein und erschlägt ihn beinahe mit einer Axt. Daraufhin ist Adam ab durch die Mitte. Lieber Militärdienst als weiter mit diesem gewaltbereiten Bruder unter einem Dach. Jahre vergehen,

bis Adam sich wieder nach Hause wagt. Er und Charles söhnen sich aus und treten das riesige Erbe ihres Vaters an. Auftritt: das Miststück! Cathy Ames ist das personifizierte Böse. Das Herzchen hat seine Eltern ermordet und beraubt. Es gibt nichts, was sie nicht für Geld tun würde. So lässt sie sich mit einem Zuhälter ein, der sie eines Tages zusammenschlägt und so gut wie tot auf der Straße zurücklässt.

Wäre sie doch nur woandershin gekrochen! Ist sie aber nicht. Cathy Ames schleppt sich mit letzter Kraft auf die Stufen von Adams und Charles' Haus, und das Schicksal nimmt seinen Lauf ...

Achtung, Spoileralarm!

Während Charles ziemlich fix kapiert, mit was für einer Person er es hier zu tun hat, verliebt sich Adam in sie und heiratet sie. Keine schlaue Idee! Denn Cathy liebt ihn kein Stück. Eine Ehe mit Adam kommt ihr gerade nur gut zupass. So sieht es aus. Also warum nicht auch mal mit Charles in die Kiste hüpfen? Adam lässt sich mit seiner Frau im Salinas-Tal in Kalifornien nieder. Sie erwartet ein Baby, das sie aber natürlich nicht haben will und das sie versucht, mittels Abtreibung loszuwerden. Das klappt aber nicht, und sie wird Mutter von Zwillingen. Dieses ganze Familiendings passt nicht in ihr Konzept. Sie will verschwinden. Als Adam versucht, sie aufzuhalten, schießt sie auf ihn und verletzt ihn schwer. Wie gut, wenn man nette Nachbarn hat! Denn es ist Adams Nachbar Samuel Hamilton (die Hamiltons sind die zweite Familie, um die es im Buch geht), der sich ir-

gendwann dieses Häufchens Elend annimmt und Adam wieder auf die Schiene setzt. So von wegen: Schluss jetzt mit dem Gejammer! Reiß dich am Riemen! Das tut Adam dann auch und tauft die Zwillingsjungs auf die Namen Caleb und Aaron. (Da sind sie wieder – das C und das A. Achtung, Achtung, da passiert also noch was!)
Cathy kommt unter falschem Namen in einem Puff in Salinas unter und wird zur Wahltochter der Puffmutter, die nicht nur so blöde ist, ihr alles zu vererben, sondern es ihr auch noch zu sagen. Oje! Und was macht Cathy mit der Info? Richtig, sie bringt die Alte bei der nächstbesten Gelegenheit um.
Irgendwann erfährt Adam vom Lebenswandel seiner Frau und geht zu ihr. Böse und schlecht wie sie ist, steckt sie ihm (und das macht ihr richtig Spaß), dass er eventuell gar nicht der Vater der Zwillinge ist, sondern Charles. Der ist mittlerweile gestorben und hat seinem Bruder und ihr sein Vermögen vererbt. Caleb und Aaron leben in dem Glauben, ihre Mutter sei tot, bis Caleb eines Tages Zeuge eines Gesprächs wird ... Aaron zieht es zum Studium nach Stanford. Leider hat Adam durch Fehlinvestitionen richtig viel Geld in den Sand gesetzt. Das könnte die Chance für Caleb sein, um seinem Vater zu beweisen, dass er etwas auf dem Kasten hat. Caleb zieht ein Geschäft auf, verdient fünfzehntausend Dollar (damals richtig viel Schotter!) und will die Kröten seinem Vater stolz wie Oskar an Thanksgiving schenken. Und was macht sein Vater? Der nimmt das Geld nicht an. Zutiefst verletzt, wird Caleb jetzt aber mal so richtig sauer und genauso fies wie seine Mutter, über

die er mittlerweile Bescheid weiß. In dem Bewusstsein, dass Aaron nie und nimmer mit der Wahrheit über ihre Mutter klarkommen würde, bringt er ihn zu ihr. Erwartungsgemäß ist Aaron völlig geschockt, meldet sich zum Militärdienst und fällt im Krieg. Adam erleidet daraufhin einen schweren Schlaganfall, doch vor seinem Tod verzeiht er Caleb, was er getan hat.

Wer hat's geschrieben?

JOHN ERNST STEINBECK

**27.02.1902 in Salinas, Kalifornien;*

†20.12.1968 in New York

Deutsch-irische Eltern. Gelegenheitsjobs (Erntehelfer, Wanderarbeiter, Reporter), die ihn prägen. Beschäftigt sich mit sozialen Ungerechtigkeiten. Kriegsberichterstatter im Zweiten Weltkrieg. Häufige Europareisen. 1940 Pulitzerpreis für *Früchte des Zorns (The Grapes of Wrath).* 1962 Literaturnobelpreis. Gehört zu den wichtigsten und beliebtesten amerikanischen Schriftstellern im 20. Jahrhundert.

Klugscheißerwissen

Der Film *Jenseits von Eden* (1955) mit dem legendären James Dean (als Caleb Trask) lässt die Vorgeschichte um Charles und Adam Trask großzügig beiseite.

Steinbeck-Country heißt heute der Landstrich in Kalifornien rund um Salinas herum, in dem Steinbecks Storys spielen.

Im Übrigen ...

Ein Hund als Literaturkritiker? Steinbeck hatte nur ein einziges Exemplar von seinem Manuskript zu *Von Mäusen und Menschen (Of Mice and Men)*, als er unvorsichtigerweise seinen jungen Irisch Setter Toby allein zu Hause ließ. Als Steinbeck zurückkam, hatte Toby sich über das Manuskript hergemacht und die Hälfte atomisiert. Keine Frage, Steinbeck war ziemlich stinkig. Aber irgendwie beschlich ihn auch der Verdacht, dass Toby in voller (literaturkritischer) Absicht gehandelt hatte.

Angefixt? Hier gibt's mehr von dem Stoff:

FRÜCHTE DES ZORNS

Ein ausführlich recherchierter Roman über eine Farmerfamilie auf der Suche nach Arbeit, mit dem Steinbeck den Unterdrückten und Ausgebeuteten eine Stimme gab. Das Buch provozierte Gegenschriften und wurde von Politikern verdammt. Und begründete Steinbecks literarischen Ruhm.

DIE REISE MIT CHARLEY – AUF DER SUCHE NACH AMERIKA

Steinbeck und sein Pudel Charley reisen in einem umgebauten Pick-up namens Rosinante durch 34 amerikanische Bundesstaaten. Ein einzigartiges Reisetagebuch!

#kainundabel #geschwisterliebe #ehernicht

WAS MENSCHEN MENSCHEN ANTUN

»Wenn ich versuchte, es zu verstehen, hatte ich das Gefühl, es nicht mehr so zu verurteilen, wie es eigentlich verurteilt gehörte. Wenn ich es so verurteilte, wie es verurteilt gehörte, blieb kein Raum fürs Verstehen.«

Bernhard Schlink, Der Vorleser

ERICH MARIA REMARQUE

IM WESTEN NICHTS NEUES (Berlin 1929)

Warum man diesen Roman lesen muss

Weil es das eindrücklichste Anti-Kriegs-Buch aller Zeiten ist.

Worum geht's?

Der Erste Weltkrieg. Angestiftet durch ihren Klassenlehrer, macht sich die Klasse von Paul Bäumer quasi direkt aus der Turnhalle auf den Weg, um sich freiwillig zum Kriegseinsatz zu melden. Doch erst mal geht es auf den Kasernenhof, wo die ganze Sache mit schikanösem Drill und blindem Gehorsam schlagartig aller falschverstandenen Romantik beraubt wird. Dann ... die Westfront, die für den Ich-Erzähler und seine Freunde zur Hölle wird.

Die Realität des Krieges überschwemmt die jungen Feldsoldaten mit aller Gewalt, allen Grausamkeiten, aller Brutalität und Todesängsten und wird zum Alltag. Was sie hier erleben, übersteigt alles Ertragbare, ist so sinnlos, so schrecklich, so zermürbend, dass keiner von uns, die wir nie in einem Kriegsgebiet gewesen sind, es sich auch nur annähernd vorstellen kann. Massenweise sterben die Soldaten, und für die, die überleben, ist ein normales Leben in der Zukunft nicht mehr vorstellbar. Das Ende kann sich jeder denken. Nachdem alle seine Freunde schon gefallen sind, stirbt im Oktober 1918 – der Krieg wird am 11. November vorüber sein – auch Paul Bäumer. Über Pauls Todestag steht im

Heeresbericht zu lesen, im Westen sei nichts Neues zu melden.

Das alles erzählt Remarque im knappen, sachlichen Reportagestil.

Wer hat's geschrieben?

ERICH MARIA REMARQUE,
eigtl. Erich Paul Remark
**22.06.1898 in Osnabrück;*
†25.09.1970 in Locarno, Schweiz

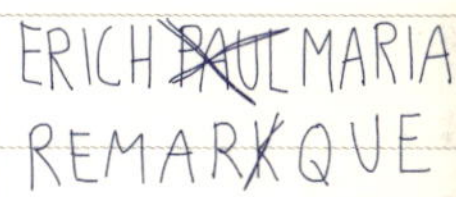

Notabitur. Einzug zum Militär. Anders als sein Romanheld Paul Bäumer meldet er sich nicht freiwillig. 1917 Einsatz an der Westfront. Nach Kriegsende wechselnde berufliche Tätigkeiten. 1920 Veröffentlichung seines ersten Romans, 1929 dann der große Erfolg mit *Im Westen nichts Neues*. Hollywood verfilmt den Roman. Im Dritten Reich Verbot von Remarques pazifistischen Romanen als »schädliches und unerwünschtes Schrifttum«. 1933 werden seine Bücher öffentlich verbrannt. 1938 Entzug der deutschen Staatsbürgerschaft. 1939 Emigration in die USA und später Annahme der amerikanischen Staatsbürgerschaft. Im Exil Bekanntschaft mit Thomas Mann, Bertolt Brecht und Lion Feuchtwanger. Wechselnde Wohnsitze. New York und Schweiz. Remarque werden Affären mit Marlene Dietrich und Greta Garbo nachgesagt, später heiratet er die Exfrau von Charlie Chaplin, die Schauspielerin Paulette Goddard. Großes Verdienstkreuz der Bundesrepublik Deutschland.

Klugscheißerwissen

Remarque selbst wollte mit seinem Buch weder anklagen noch bekennen, sondern über die Generation schreiben, die durch den Krieg kaputtgemacht wurde, »… auch wenn sie seinen Granaten entkam«. Stichwort: *lost generation*. Wie bei Hemingway.

1931 wurde Remarque für sein Werk *Im Westen nichts Neues* für den Friedensnobelpreis vorgeschlagen. Der Deutsche Offizier Bund (DOB) protestierte gegen diese Nominierung mit der Begründung, dass der Roman die deutsche Armee und deren Soldaten verunglimpfe.

Übrigens …

Remarque brauchte nur sechs Wochen, um seinen Weltbestseller (über 20 Millionen verkaufte Exemplare) zu Papier zu bringen.

#stelldirvoresistkriegundkeinergehthin
#daswärdochwas

PHILIP ROTH

DER MENSCHLICHE MAKEL

(München, Wien 2002)

The Human Stain (New York 2000)

Warum man diesen Roman lesen muss

Weil Roths Romane – und ganz besonders dieser – Meisterwerke sind, die mitten ins Herz zielen. Großartige Sittengemälde, ungeheuer lebensklug und berührend. In *Der menschliche Makel* dreht sich alles um die Frage nach Schwarz oder Weiß, doch Roths Antworten darauf haben stets alle Farben und Nuancen dieser Welt. Lesenswert!

Worum geht's?

Hätte Coleman Silk, Jude, verheiratet mit Iris, Vater von vier erwachsenen Kindern, nicht diese zwei verhängnisvollen Worte benutzt, wäre er als verdienter Professor und fähiger Dekan in die Geschichte des Athena College eingegangen. Hätte, hätte, hätte ... Er hat aber. Und damit löst er einen ungeahnten Erdrutsch aus. In einem von ihm geleiteten Seminar glänzen immer die gleichen zwei Studentinnen durch Abwesenheit. Und so fragt der Professor in die Runde, ob jemand diese beiden überhaupt kenne – » ... oder sind es dunkle Gestalten, die das Seminarlicht scheuen?«

Patsch, passiert! »Dunkle Gestalten!« – Rassismus!, hallt der Vorwurf sofort von den Collegemauern wider. Denn die ewig Abwesenden sind zwei Schwarze. Völlig egal, wie häufig und wie vehement Coleman widerspricht und seine Wortwahl erklärt, nichts hilft gegen die Hexenjagd, die nun losbricht. Coleman schmeißt hin, seine Frau bekommt einen Schlaganfall, für den der verbitterte Coleman die Uni verantwortlich macht. Er bittet seinen Nachbarn, den Schriftsteller Nathan Zuckerman, ein Buch über sein Schicksal zu schreiben. Obwohl aus dem Zusammentreffen der beiden Männer eine Freundschaft erwächst, lehnt Zuckerman ab. Gut, dann schreibt Coleman das Buch eben selbst. Zwei Jahre braucht er dafür. Doch als es fertig ist, interessiert es ihn nicht mehr, denn die Liebe ist in sein Leben eingekehrt. Seine Flamme heißt Faunia Farley, ist Putzfrau am College und Analphabetin – das Leben hat es bisher nicht gut mit ihr gemeint. Sie ist vierunddreißig Jahre alt. Coleman ist einundsiebzig. Oh-o! Ganz nebenbei erwähnt, befinden wir uns in dem Sommer des Jahres 1998, in dem sich ganz Amerika über Bill Clinton und seine Affäre mit der Praktikantin Monica Lewinsky vor lauter Scheinheiligkeit gar nicht mehr einkriegt, an der political correctness beinahe erstickt. Nicht nur deswegen, sondern auch wegen Faunias Exmann Lester – der dem Vietnamkrieg eine posttraumatische Belastungsstörung verdankt und seine Exfrau schon häufig verprügelt hat – halten Faunia und Coleman ihr Verhältnis geheim. Trotzdem sickert es irgendwann durch bis zum College – man ist schockiert! Sexuelle Ausbeutung ist diesmal das Stichwort. Und natürlich bekommt auch Lester Wind von der Sache. Er verfolgt und beobachtet Faunia und Coleman. Und eines Nachts kommt es zu einem unschönen Aufeinandertreffen.

Achtung, Spoileralarm!

Und jetzt kommt der absolute Hammer. Das, was den Leser mit offenem Mund und aufgerissenen Augen zurücklässt: Coleman Silk, dem man Rassismus gegen Schwarze vorgeworfen hat, ist selber ein Schwarzer! Wow, sacken lassen.

Er ist, was manchmal vorkommt, sehr, sehr hellhäutig, und weil er gesehen hat, was das Leben bzw. die Menschen für einen Schwarzen im Amerika der vierziger Jahre bereithalten, hat er sich von seiner Familie losgesagt und sich als Weißer für den Kriegseinsatz gemeldet. Später hat er sich als Jude ausgegeben. Weil er den »menschlichen Makel« des »Schwarz-Seins« abstreifen wollte, hat er sein Leben mit einer fetten Lüge befrachtet. Iris, die Kinder, niemand ahnt oder weiß etwas von dieser Lüge. Alle vier Kinder sind weißhäutig. Das hätte auch anders laufen können.

Ach ja, Colemans Kinder. Die sind von der Affäre ihres Vaters auch nicht sonderlich amused. Und als dann auch noch das Gerücht aufkommt, Faunia habe eine Abtreibung gehabt und einen Selbstmordversuch verübt, glauben sie dieses Gerücht unreflektiert, was Coleman aus der Haut fahren lässt. Zu einer Aussöhnung kommt es nicht mehr. Coleman und Faunia sterben an den Folgen eines von Lester Fauley provozierten Autounfalls.

Der Schriftsteller Nathan Zuckerman wird nun doch noch ein Buch über Coleman schreiben. Darin wird er das zusammentragen, was er bei den gemeinsamen samstäglichen Treffen mit Coleman erfahren hat, was Colemans Schwester ihm über ihren Bruder und ihre

Familie erzählt hat und was er sonst noch in Erfahrung bringen konnte. Ein Exemplar des Buches verspricht er Lester Farley, mit dem er auf den letzten Seiten des Buches ein interessantes Gespräch führt. Ach, und noch was: Faunia Farley war keine Analphabetin. Auch sie hatte sich hinter einer nützlichen Lüge verschanzt.

Wer hat's geschrieben?

PHILIP ROTH

**19.03.1933 in Newark, New Jersey*

Kindheit im jüdischen Viertel von Newark. Studium der Englischen Literatur. Lehrtätigkeit an wechselnden amerikanischen Universitäten. 1959 Romandebüt *Goodbye, Columbus*, 1969 Skandalerfolgt mit *Portnoys Beschwerden (Portnoy's Complaint)*. Zwei gescheiterte Ehen. Lebt in New York und Conneticut.

Klugscheißerwissen

Philip Roth ist d a s Schwergewicht der amerikanischen Gegenwartsliteratur. Eigentlich gibt es fast keinen bedeutenden Literaturpreis – vom Pulitzerpreis über den Man Booker International Prize bis hin zum PEN/Falkner Award for Fiction –, den er nicht abgeräumt hat. Aber e i n Preis ist ihm bisher verwehrt geblieben: der Literaturnobelpreis. Dabei hätte er ihn mehr als verdient. Daumen drücken, dass das noch was wird!
Nathan Zuckerman wird als Roth' literarisches Alter

Ego gesehen. Immer wieder tritt er in Roth' Werken auf.

Spooks. So bezeichnet Coleman im amerikanischen Original von *Der menschliche Makel* seine Seminarschwänzerinnen. Im Amerikanischen kann es einmal mit Gespenst oder Spion übersetzt oder aber auch als Synonym für »Nigger« verstanden werden. Dirk van Gunsteren, der den Roman *Der menschliche Makel* so vollendet ins Deutsche übertrug, hatte da ein Problem zu lösen. Denn die deutsche Sprache hat kein Wort mit diesen möglichen Konnotationen vorzuweisen. Deshalb hat er sich in der Übersetzung für »dunkle Gestalten, die das Seminarlicht scheuen« entschieden. Gut zu wissen!

Übrigens ...

Roth schmeißt hin! Okay, die Feuilletons drückten es gewählter aus. Aber der Kern stimmt. 2012 verkündete der gefeierte, berühmte, geniale Autor Roth: Das war's! Genug geschrieben. Er hat gesagt, was er zu sagen hatte. Und damit er auch nicht rückfällig wird, hat er ein Erinnermich an seinen Rechner gepappt: »The struggle with writing is over.«

Tja, dann ... schade, Mr Roth. Vielleicht überlegen Sie es sich ja noch mal.

Angefixt? Hier gibt's mehr von dem Stoff:

NEMESIS

Roth' letzter Roman. 1944. Newark. Über den jungen Sportlehrer Bucky Cantor, der gerne im Krieg gegen die Nationalsozialisten kämpfen würde, aber als Ausgemusterter einen ebenso wichtigen Kampf vor Ort zu führen hat: nämlich gegen die stark grassierende Polio-Epidemie, die seine Schützlinge zahlreich dahinrafft.

#ihrkönntmichmal #wennnichtsodannebenanders

STEFAN ZWEIG

SCHACHNOVELLE (Buenos Aires 1942, Stockholm 1943, Frankfurt am Main 1957)

Warum man dieses Buch lesen muss

Weil Stefan Zweig d e r Meister der psychologischen Novelle ist. Was er schreibt, kriecht einem unter die Haut. Und so wird beispielsweise der Leser der *Schachnovelle* unfreiwillig zum fassungslosen Zeugen der subtilen Gestapo-Foltermethoden.

Worum geht's?

Wir befinden uns an Bord eines Ozeandampfers, auf der Passage von New York nach Buenos Aires. Im Rauchsalon haben sich alle schachbegeisterten Passagiere versammelt, um gemeinsam eine Partie gegen den amtierenden Schachweltmeister Czentovic zu bestreiten. Der Schotte McConnor zahlt dem unsympathischen Weltmeister pro Partie zweihundertfünfzig Dollar. Die erste ist bereits verloren, die zweite im vollen Gang, als ein rätselhafter Unbekannter McConnor von einem verhängnisvollen Zug abhält. Dieser Unbekannte stellt sich im weiteren Verlauf der Partie als der Österreicher Dr. B. vor. Unter seiner Führung erringt die Passagiermannschaft ein Remis – also ein Unentschieden. Weltmeister Czentovic bietet eine dritte Partie an: gegen den Unbekannten. Doch der lehnt mit der Begründung ab, das letzte Mal als Schüler vor einem Schachbrett gesessen zu haben. Weil der Ich-Erzähler ebenso wie Dr. B. Österreicher ist, wird er von den anderen auserwählt, um sei-

SCHACH
BRETT

nen Landsmann zu der Schachpartie zu überreden. Ihm erzählt Dr. B. seine tragische Geschichte ...

Achtung, Spoileralarm!

Als Anwalt und Vermögensverwalter verfügte Dr. B. einst über Informationen, die die Gestapo brennend interessierten. Er wurde festgenommen und inhaftiert. Aber nicht in einem KZ, sondern in einem kargen Hotelzimmer ohne Aussicht, ohne geistige Ablenkung und ohne menschliche Ansprache. Absolute Leere. So war Dr. B.s Geist dazu gezwungen, immer und immer wieder um sich selbst zu kreisen. Eine fiese Zermürbungsstrategie. Und beinahe hätten die Nazis auch ihr Ziel erreicht, wäre Dr. B. nicht eines Tages ein Buch über berühmte Schachpartien in die Hände gefallen. Ausgehungert nach geistiger Nahrung, bastelte er aus Brot Schachfiguren. Die karierte Bettdecke wurde zum Schachbrett. Und nun begann er die beschriebenen Partien nachzuspielen. Schon bald war er in der Lage, sie ohne Bettdecke und Teigfiguren einfach im Kopf zu spielen. Die Erlösung. Er hatte eine Beschäftigung gefunden. Jedoch wurde das Nachspielen bald langweilig, und so begann Dr. B. damit, sich selbst Partien auszudenken. Er spaltete seinen Geist, um gegen sich selbst antreten zu können. Er wurde besessen von dem Spiel gegen sich selbst, das er doch nie gewinnen konnte. Kein Wunder also, dass er wahnsinnig wurde. Schließlich drehte er völlig durch, griff seinen Wärter an und verletzte sich selbst schwer. Der Zusammenbruch war aber auch seine Rettung, denn die Nazis ließen den Geisteskranken gehen.

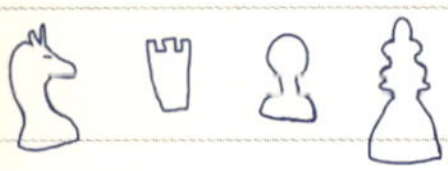

Inzwischen, so erzählt er, ist er genesen, aber das Schachspielen muss er meiden – die Gefahr eines Rückfalls in die »Schachsucht« ist zu groß. Und trotzdem fasst er schließlich den Entschluss, sich auf eine Partie gegen Czentovic einzulassen. Auf eine einzige.

Das nun folgende Schachspiel zwischen Dr. B. und dem Weltmeister Czentovic, wie überhaupt alle psychologischen Aspekte der Novelle, beschreibt Zweig wirklich unglaublich eindringlich und atemberaubend spannend. Wird Dr. B. durchhalten? Durchdrehen? Siegen? Leichte Zeichen eines drohenden Rückfalls zeigen sich bereits bei ihm, und der Leser fängt unwillkürlich an, Nägel zu kauen. Da gibt Czentovic auf. Puh! Der Leser atmet auf.

Doch Dr. B. lässt sich (warum bloß???) auf eine zweite Partie ein. Spätestens jetzt rauft sich der Leser die Haare. Nun verdichten sich bei Dr. B. die Symptome der Sucht, des Fiebers, des Wahns – so wie er sie dem Ich-Erzähler geschildert hat. Der Leser ist kurz vorm Nervenzusammenbruch. Doch – was für ein Glück! – kurz vor knapp gelingt es dem Ich-Erzähler, Dr. B. zu stoppen und ins Hier und Jetzt zurückzuholen. Dr. B. bricht die Partie ab, entschuldigt sich und geht. Nie wieder wird er ein Schachbrett berühren. Puhhhhh ...

Wer hat's geschrieben?

STEFAN ZWEIG

**28.11.1881 in Wien, damals Österreich-Ungarn; †23.02.1942 in Petrópolis bei Rio de Janeiro, Brasilien*

Sohn einer vermögenden jüdischen Textilindustriellenfamilie. Dr. phil. Bereist in seinem Leben fast die ganze Welt und lernt dabei viele Autoren und Künstler kennen. Den Ersten Weltkrieg verbringt er wegen Untauglichkeit im Wiener Kriegsarchiv. Geht als überzeugter Pazifist 1917 nach Zürich. Dann Salzburg. Entschiedener Gegner des Nationalsozialismus. Tritt für ein geistig geeintes Europa ein. Seine Bücher werden in Deutschland verbrannt und verboten. Emigration nach England. Druck seiner deutschen Texte in Schweden. Annahme der britischen Staatsbürgerschaft. Über New York nach Petrópolis. 1941 Aberkennung der Doktorwürde durch die Nazis. Verzweifelt über den Krieg, seinen Heimatverlust und den »geistigen Zustand Europas«. Obwohl vermögend, nimmt sich Zweig gemeinsam mit seiner zweiten Frau das Leben. Ist einer der ganz großen deutschsprachigen Schriftsteller seiner Zeit.

Klugscheißerwissen

Schachnovelle wurde auch verfilmt. 1960 kam der Streifen in die Kinos. Der unvergessliche Curd Jürgens spielt darin Dr. B., Mario Adorf den Schachweltmeister Czentovic.

Im Übrigen ...

... ist wirklich jedes Buch von Stefan Zweig es wert, gelesen zu werden.

Angefixt? Hier gibt's mehr von dem Stoff:

BRENNENDES GEHEIMNIS

Novelle vom Erwachsenwerden und von der Verlogenheit der Welt.

ANGST

Ein Ehebruch, eine Erpressung und Angst, Angst, Angst ... Echt psycho.

DIE WELT VON GESTERN

Geschichte war noch nie so unterhaltsam!

#profiimlaienpelz #gedankenexil

HEINRICH BÖLL

DIE VERLORENE EHRE DER KATHARINA BLUM ODER WIE GEWALT ENTSTEHEN UND WOHIN SIE FÜHREN KANN

(Köln 1974)

Warum man dieses Buch lesen muss

Weil es zeigt, wie schnell Meinungsmache und Sensationsjournalismus einen Menschen ruinieren können. Und das ist nicht nur 1974 ein Thema, sondern auch im Zeitalter des Internet eine Sache, über die sich das Nachdenken lohnt.

Worum geht's?

Die schüchterne, ordentliche und fleißige Katharina Blum, 27 Jahre alt, geht am Vorabend von Weiberfastnacht auf eine Karnevalsparty und verliebt sich – für sie eher untypisch – Hals über Kopf in einen gewissen Ludwig. Ihre erste große Liebe! Nach vier dramatischen Tagen klingelt ebendiese zurückhaltende und unbescholtene Frau bei Kriminaloberkommissar Walter Moeding und gesteht ihm den Mord an dem Reporter Werner Tötges.

Was zum Teufel ist in der Zwischenzeit passiert?

Katharina nimmt nach der Party den jungen Mann namens Ludwig mit nach Hause und verlebt mit ihm eine schöne Nacht. Als am nächsten Morgen bei ihr die Polizei vor der Tür steht mit der Nachricht, Ludwig Götten sei ein gesuchter Schwerverbrecher, ist jener längst über alle Berge. Nun muss sich Katharina Blum einem polizeilichen Verhör stellen und wird auf diese Weise als »Räuberliebchen« und »Mörderbraut« interessant für die ZEITUNG – ein Boulevardblatt, dessen Ähnlichkeit mit der *Bild* »weder beabsichtigt noch zufällig, sondern unvermeidlich« sei (so Böll im Vorwort zu dem Roman). Einmal in die Fänge des ZEITUNGS-Reporters Werner Tötges geraten, sieht sich Katharina Blum wehrlos der übelsten Art von Schmutzkampagne und Sensationshetze ausgesetzt. In seiner Skrupellosigkeit schreckt Tötges sogar nicht davor zurück, Katharinas schwerkranke Mutter im Krankenhaus aufzusuchen, die infolge der Aufregung stirbt. In der ZEITUNG heißt es, Katharinas Lebenswandel habe die Mutter umgebracht.

Auf diese Weise zerstört die ZEITUNG innerhalb von vier Tagen Katharinas gesamte Existenz (und das, obwohl sich der Mordverdacht gegen Götten später als haltlos erweist). Unter dem Vorwand, ihm ein Exklusivinterview geben zu wollen, trifft sich Katharina Blum mit dem skrupellosen Reporter Tötges, und als er äußert, erst mal gerne mit ihr bumsen zu wollen, denkt sie sich »Bumsen, meinetwegen« und erschießt ihn.

Achtung, Spoileralarm!

Da das Ende schon zu Beginn des Buches erzählt wird, gibt es nichts zu spoilen.

Wer hat's geschrieben?

HEINRICH BÖLL

**21.12.1917 in Köln; †16.07.1985 in Langenbroich, Eifel*

Soldat im Zweiten Weltkrieg. Amerikanische Kriegsgefangenschaft. Bedeutendster Schriftsteller der deutschen Nachkriegsliteratur. Auseinandersetzung mit der jüngsten deutschen Vergangenheit, der Obrigkeitshörigkeit, Politik, Gesellschaft und dem Katholizismus. Empfängt die russischen Dissidenten Alexander Solschenizyn und Lew Kopelew. Präsident des bundesdeutschen sowie auch des internationalen PEN-Clubs. Setzt sich für die SPD und die Friedensbewegung ein. 1972 wird ihm als erstem Deutschen nach dreiundvierzig Jahren der Literaturnobelpreis verliehen.

Klugscheißerwissen

1972 wurde Böll selbst Opfer einer Hetzkampagne, als ihm nach der Veröffentlichung eines kritischen Artikels im *Spiegel* von der *Bild*-Zeitung Sympathisieren mit dem Terrorismus der RAF vorgeworfen wurde. Die Hetze blieb nicht ohne Folgen – im Rahmen der Terroristenfahndung hatten die Ermittler nun auch ein Auge auf Böll. Fronleichnam 1972: Polizisten umstellten Bölls Haus. Ihnen war zu Ohren gekommen, dass Bölls »undurchsichtigen« Besuch empfangen hatten. Möglicherweise Terroristen? Mitnichten. Es war nur ein ganz harmloses, befreundetes Ehepaar zum Kaffee

gekommen. Und die *Quick* konstatierte: »Die Bölls sind gefährlicher als Baader-Meinhof«.
Die Verleihung des Literaturnobelpreises an Böll veranlasste den Präsidenten des österreichischen PEN-Clubs zur Niederlegung seines Amtes.

Übrigens ...
Böll arbeitete auch als Übersetzer aus dem Englischen. Unter anderem übersetzte er J.D. Salingers *Der Fänger im Roggen*.

Angefixt? Hier gibt's mehr von dem Stoff:

ANSICHTEN EINES CLOWNS
Eine Liebe, die an den Werten der Gesellschaft und am Katholizismus scheitert.

#rufmord #diezeitungstinkt

ANNA SEGHERS

DAS SIEBTE KREUZ

(verfasst 1937–1939, Teilabdruck: Moskau 1939. Kompletter Romanabdruck: Mexiko und Boston 1942, Berlin 1946)

Warum man dieses Buch lesen muss

Weil es spannender als jeder Thriller ist.

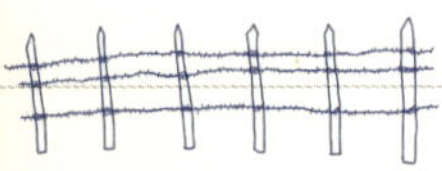

Worum geht es?

Herbst 1937. Die Nazis sind seit vier Jahren an der Macht. Da gelingt sieben Häftlingen die Flucht aus dem Konzentrationslager Westhofen am Rhein. Zur Abschreckung lässt der Lagerkommandant an sieben Platanen Querbalken anbringen. Sieben Kreuze – eins für jeden Flüchtling

Achtung, Spoileralarm!

Sechs Flüchtlinge scheitern. Nur der Kommunist Georg Heisler entkommt. Die Geschichte seiner Flucht ist atemlos und spannend erzählt, sie macht betroffen, stimmt sehr nachdenklich und führt dem Leser sehr eindringlich vor Augen, wie straff organisiert die Nazis waren. Anna Seghers zeigt in ihrem Roman ein sehr vielschichtiges und beeindruckendes Bild der Gesellschaft im Dritten Reich und vom Widerstand Einzelner gegen die Nazis. Es sind ganz normale Menschen, die Georg Heisler helfen und ihr eigenes Leben riskieren. Andere versagen. Unweigerlich stellt sich der Leser die Frage: Wie hätte ich gehandelt?

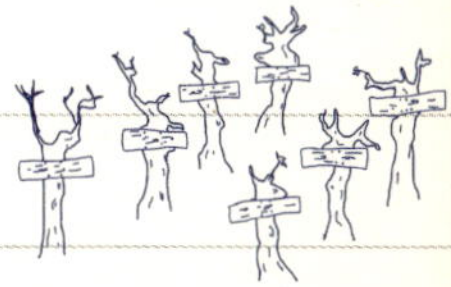

Der alte Lagerkommandant wird abberufen, und ein neuer übernimmt die Leitung. Er lässt die .Kreuze entfernen. Alle sieben. Das siebte, das seine Aufgabe nicht erfüllen konnte, wird zum Zeichen des geglückten Widerstands. So schrecklich die Zeiten sind, es gibt doch Hoffnung.

»Wir fühlten alle, wie tief und furchtbar die äußeren Mächte in den Menschen hineingreifen können, bis in sein Innerstes, aber wir fühlten auch, daß es im Innersten etwas gab, was unangreifbar war und unverletzbar.« (*Das siebte Kreuz*)

Wer hat's geschrieben?

ANNA SEGHERS, geb. Netty Reiling, verh. Netty Radványi

**19.11.1900 in Mainz; †01.06.1983 in Ost-Berlin, DDR*

In den zwanziger Jahren Austritt aus der jüdischen Gemeinde. 1933 Exil. Erst Frankreich, dann Mexiko. 1947 Rückkehr nach Deutschland in den amerikanischen Sektor Berlins. Als Kommunistin 1948 bewusster Umzug in den sowjetischen Sektor der Stadt. Später dann Vizepräsidentin des *Kulturbundes zur demokratischen Erneuerung Deutschlands* und Vorsitzende des Schriftstellerverbandes der DDR. Einflussreiche Vertreterin ihres Staates.

Klugscheißerwissen

Auf Deutsch wird *Das siebte Kreuz* erstmals 1942 im Exilverlag in Mexiko veröffentlicht und im selben Jahr in den USA auf Englisch. Erst 1946 erscheint der Roman auch hierzulande im Aufbau Verlag in Berlin.

1944 wird das Buch mit dem unglaublichen Spencer Tracey in der Hauptrolle verfilmt.

Übrigens …

In der DDR gehörte der Roman zur Pflichtlektüre im Deutschunterricht.

#michkriegtihrnicht #gegendasvergessen

BERNHARD SCHLINK

DER VORLESER (Zürich 1995)

Warum man diesen Roman lesen muss

Weil er die absolute Kopfdröhnung ist. Längst zugeklappt, kreisen die Gedanken noch endlos um das Gelesene. Was Bernhard Schlink einem da alles zum Nachdenken serviert, ist 'ne Menge: Darf man eine Holocaust-Schuldige sympathisch darstellen? Macht Analphabetismus unmündig und schützt vor Schuld? Ist Bildung die Voraussetzung für moralisches Handeln? Hat Schuld ein Verfallsdatum?

Worum geht's?

Ende der fünfziger Jahre. Der fünfzehn Jahre alte Gymnasiast Michael Berg befindet sich auf dem Heimweg von der Schule, als ihm schlecht wird. Eine Frau eilt ihm zu Hilfe, kümmert sich und bringt ihn nach Hause. Michael hat die Gelbsucht und kann lange nicht zur Schule gehen. Als er wieder auf dem Damm ist, macht er sich auf, um der Frau als kleines Dankeschön einen Blumenstrauß vorbeizubringen. Die Frau heißt Hanna Schmitz, ist einundzwanzig Jahre älter als Michael, von Beruf Straßenbahnschaffnerin. Michael ist erotisch total geflasht von ihr. Die beiden beginnen eine Affäre. Obwohl sie sich täglich sehen, erzählt Hanna nur sehr wenig über sich. Aber sie hat einen Wunsch: Michael soll ihr vorlesen. Und er tut es. *Kabale und Liebe*, *Emilia Galotti*, *Aus dem Leben eines Taugenichts* und später *Krieg und Frieden*. Es wird gelesen, gebadet und geliebt.

Michael ist glücklich mit Hanna, sie ist seine erste große Liebe. In den Osterferien unternehmen die beiden eine Radtour. Sie gehen zusammen ins Theater. Allerdings in der Nachbarstadt. Dann kommt der Sommer. Michaels Klassenkameraden gehen ins Schwimmbad und haben ihren Spaß. Michael ist mit von der Partie, aber er verliert kein Sterbenswörtchen über Hanna. Dabei ist ihm schmerzlich bewusst, was sein Schweigen bedeutet: Verrat. Eines Tages steht Hanna dann plötzlich im Schwimmbad. Michael weiß nicht, wie er reagieren soll, steht schließlich auf – zu spät – und findet Hanna nicht mehr. Am nächsten Tag hat sie die Stadt verlassen.

Achtung, Spoileralarm!

Jahre sind vergangen. Michael studiert Jura, als er Zuschauer in einem KZ-Verfahren wird. Fünf ehemaligen Aufseherinnen eines Arbeitslagers wird der Prozess gemacht. Eine von ihnen ist Hanna. Die Vorwürfe sind grauenerregend. Es geht darum, wer entschieden hat, welche Arbeiterinnen nach Auschwitz und damit in den sicheren Tod geschickt wurden. Und warum hatte damals auf der Flucht nach Westen niemand die über Nacht in einer Kirche eingesperrten Arbeiterinnen befreit, als die Kirche, von Bomben getroffen, Feuer fing? Hannas Aufseherkolleginnen reden sich raus. Im Laufe des Prozesses wird Hanna immer mehr die Anführerrolle zugeschrieben. Sie hätte einen wichtigen Bericht gefälscht, um sich reinzuwaschen und andere zu belasten. Durch Hannas merkwürdiges Verhalten während der Verhandlung wird Michael plötzlich eines

klar: Hanna kann nicht lesen. Deshalb hat sie sich also damals so gerne von ihm vorlesen lassen! Sie könnte ihren Kopf aus der Schlinge ziehen, wenn sie zugäbe, dass sie den Bericht nicht verfasst haben konnte. Doch sie schämt sich wegen ihres Analphabetentums so sehr, dass sie lieber lebenslang ins Gefängnis geht, als ihren »Makel« offen zuzugeben. Während Hanna also zum Sündenbock erklärt wird, kommen ihre Mitangeklagten glimpflicher davon.

Michael heiratet, wird Vater, lässt sich scheiden, forscht über das Recht im Dritten Reich.

Im achten Jahr von Hannas Haft fängt Michael an, ihr wieder Bücher vorzulesen. Er bespricht Kassetten und schickt sie ihr ins Gefängnis. Ihn lässt das Gefühl, irgendwie auch schuldig geworden zu sein, einfach nicht los.

Nach achtzehn Jahren Haft wird Hanna begnadigt. Eine Woche vor ihrer Entlassung besucht Michael sie, verspricht, sie vom Gefängnis abzuholen, hat auch alles für sie geregelt: eine Wohnung, einen Job für sie gefunden. Doch am Morgen ihrer Haftentlassung lebt Hanna nicht mehr. Sie hat sich in ihrer Zelle erhängt.

Mit Michaels Kassetten hat Hanna sich Lesen und Schreiben beigebracht. Dann hat sie sich Bücher über die Verbrechen im Dritten Reich besorgt. Hannas letzter Wille: Michael soll die siebentausend Mark, die sie auf der Bank hat, zusammen mit dem Geld aus ihrer Teedose der Zeugin aus dem Gerichtsprozess geben – der letzten Überlebenden der besagten Bombennacht. Diese soll darüber nach ihrem Gutdünken verfügen. Doch die

Zeugin will das Geld nicht annehmen. Sie behält nur die Teedose. Mit ihrem Einverständnis spendet Michael das Geld der *Jewish League Against Illiteracy*.

Wer hat's geschrieben?

BERNHARD SCHLINK

**06.07.1944 in Großdornberg, heute Bielefeld*

Jurist. 1975 Promotion. 1981 Habilitation. Richter am Verfassungsgerichtshof für Nordrhein-Westfalen in Münster. Lehrtätigkeit an wechselnden Universitäten. 1987 erster *Selbs*-Kriminalroman zusammen mit Walter Popp. 2004 Bundesverdienstkreuz. Mitglied des PEN-Zentrums Deutschland. Wohnt in New York und Berlin.

Klugscheißerwissen

Schlinks Schriftstellerkarriere startete mit einem Kriminalroman, den er 1986 zusammen mit Walter Popp verfasste: *Selbs Justiz*, ein sagenhaft guter Krimi, der im positivsten Sinne aus dem Rahmen fällt. Keine Ahnung, ob Walter Popp dann keine Zeit mehr hatte, auf jeden Fall schrieb Schlink die dreibändige Reihe alleine zu Ende und erhielt für den Band *Selbs Betrug* den Deutschen Krimipreis. Überhaupt wurden seine Werke mit vielen Preisen ausgezeichnet. Richtig so!

Übrigens ...

Der Vorleser, der ganz nebenbei bemerkt Schlinks erster Nicht-Krimi ist, kletterte in den USA unter dem Titel *The reader* bis auf den ersten Platz der *New York Times*-Bestsellerliste. Und damit wurde nach Grass' *Blechtrommel* endlich mal wieder ein deutscher Roman im Ausland wahrgenommen.

Wenn ein Buch ein Weltbestseller ist, dann wird es auch verfilmt. Der Film zu *Der Vorleser* kam 2008 mitsamt einem gewaltigen Staraufgebot in die Kinos. Kate Winslet, Ralph Fiennes, Bruno Ganz und noch andere Berühmtheiten spielten mit.

Kate Winslet erhielt für ihre Rolle den Oscar.

Sogar der Autor hat einen Cameo-Auftritt, er sitzt in einem Gartenrestaurant an einem Nebentisch.

Neben allem Lob waren Buch und Verfilmung aber auch nicht ganz unumstritten. Schlink wurde »Kulturpornographie« vorgeworfen, und er würde die Frage von Schuld und Verantwortung im Holocaust zu leichtfertig vereinfachen. In einem Interview mit der *FAZ* erklärte Schlink, dass es ihm keine Sekunde lang um die Darstellung des Holocaust, sondern um die seiner Generation gegangen sei. »Ich habe ein Buch über meine Generation im Verhältnis zur Elterngeneration und zu dem, was die Elterngeneration gemacht hat, geschrieben.«

Angefixt? Hier gibt's mehr von dem Stoff:

DAS WOCHENENDE

In diesem Roman verbringt ein nach zwanzigjähriger Haft entlassener Terrorist ein Wochenende mit seinen früheren Gefährten. Spannungen sind vorprogrammiert.

SELBS JUSTIZ

Ein alter Detektiv bekommt einen Fall serviert, der eng mit ihm selbst und seiner Vergangenheit als Jurist im Dritten Reich verbunden ist.

#schreibdichnichtab
#unwissenheitschütztvorstrafenicht

DIE GROSSE LIEBE

»Mit der Liebe kennt sich in Wirklichkeit keiner aus ...«

Birgit Vanderbeke, Alberta empfängt einen Liebhaber

MARGARET MITCHELL

VOM WINDE VERWEHT (Hamburg 1937)

Gone with the Wind (New York und London 1936)

Warum man dieses Buch lesen muss

O, mein Goooootť, was für ein Schmachtfetzen!! Mitten in der Tragödie des amerikanischen Bürgerkriegs lieben und hassen sich die selbstbewusste Schönheit Scarlett O'Hara und der windige Abenteurer Rhett Butler. Davon muss man gehört **und** gelesen haben **und** den Film gesehen haben. Herrlich!!

Worum geht's?

Auf über tausend Buchseiten passiert eine ganze Menge ...

Es ist das Jahr 1861. Scarlett O'Hara, ein verwöhntes, sechzehnjähriges Püppchen, wächst in Georgia auf der Baumwollplantage Tara (diesen Namen muss man sich merken!) auf und ist es gewohnt, alles, wirklich alles, was sie will, zu bekommen. Da schmerzt es natürlich, dass Ashley Wilkes nicht sie, sondern seine Cousine Melanie heiraten will. Scarlett bockt rum und heiratet aus purem Freck Melanies Bruder Charles. Er und Ashley müssen in den Krieg, doch nur Ashley kehrt zurück. In Atlanta dann begegnet die junge Witwe Scarlett IHM ... Rhett Butler. Der ist ein ziemlich cooler, reicher, mit allen Wassern gewaschener Abenteurer. Heldenhaft verhilft er Scarlett und der in den Wehen liegenden Melanie zur Flucht vor den Soldaten der Nordstaaten.

Schreckliches erwartet Scarlett auf Tara. Die Plantage

ist zerstört, ihre Mutter tot, der Vater völlig durch den Wind. Da hilft nur noch eins: Das verwöhnte Mädchen muss im Schnelldurchlauf erwachsen werden, die Ärmel hochkrempeln und Tara managen.

Achtung, Spoileralarm!

Dazu braucht sie Geld. Scarlett überwindet allen Stolz, reist zu Rhett Butler, der gerade im Gefängnis sitzt, und bittet ihn um Unterstützung. Als der ablehnt, heiratet sie kurzerhand Frank Kennedy, den Verlobten ihrer Schwester Sue Ellen, und mausert sich in der Tat zu einer echten Geschäftsfrau. Sie liebt aber immer noch Ashley. Da kann man nix machen. Kennedy beteiligt sich an einer Rachemaßnahme des Ku-Klux-Klans und kommt dabei um Lebens. Und so heiratet Scarlett ... nein, nicht Ashley, der liebt ja immer noch Melanie, sondern Rhett Butler. Der kann es dann aber auch selbst nach einigen Ehejahren immer noch nicht so recht verknusen, dass seine Frau einen anderen liebt, und Scarlett erkennt zu spät, dass Ashley doch nicht der Mann ist, den sie sich immer erträumt hat, sondern ein regelrechtes Weichei. Rhett Butler wäre der Mann ihrer Träume gewesen. Ja, wäre ... Scarlett verliert nach einem Sturz auf der Treppe ihr ungeborenes Kind, und ihre und Rhetts gemeinsame Tochter Bonnie kommt bei einem Reitunfall ums Leben. Und Rhett? Der packt seine Koffer und geht. Wir schreiben das Jahr 1871. Und in den vergangenen zehn Jahren ist natürlich noch sehr viel mehr passiert ...

Wer hat's geschrieben?

MARGARET MITCHELL

**08.11.1900 in Atlanta, Georgia;*

†16.08.1949 in Atlanta, Georgia

Tochter aus reichem Hause. Familie von Baumwollplantagenbesitzern und Bauholzproduzenten. Interessiert sich schon früh für die Geschichte der Südstaaten. Schreibt nur ein einziges Buch.

Klugscheißerwissen

Margaret Mitchell schrieb zehn Jahre an ihrem Opus. Das nennt man dann wohl Durchhaltevermögen. Und der Einsatz lohnte sich. In nur sechs Monaten ging das Buch eine Million Mal über die Tische der Buchhändler.

Im Deutschen Reich fanden die Nazis allerdings wenig Gefallen an dem sehr, sehr amerikanischen Roman und zogen ihn 1941 aus dem Verkehr.

Für das Buch gab es 1937 den Pulitzerpreis und für die Verfilmung (1939) mit Vivien Leigh und Clark Gable acht Oscars. Der Film gilt als erfolgreichster Streifen der Filmgeschichte.

Übrigens ...

1992 versuchte sich Alexandra Ripley an einer von den Mitchell-Erben autorisierten Fortsetzung. *Scarlett*, so der Titel. Nach nur hundert Tagen auf dem amerikanischen Markt war das Buch bereits 2,2 Millionen Mal verkauft worden. Die Erben von Margaret Mitchell freuten sich sehr über achtzehn Millionen Dollar, die ihnen der Deal einbrachte.

Logisch, wurde der ganze Senf dann auch noch verfilmt. Aber da kann man lieber spazieren gehen und die Enten füttern. Lohnt sich nicht.

#allesscarlettsschuld

SIEGFRIED LENZ

SCHWEIGEMINUTE (Hamburg 2008)

Warum man diese Novelle lesen muss

Weil sie eine der poetischsten Sommerliebesgeschichten ist. That same old story?, will jetzt vielleicht jemand abwinken. Vorsicht! Denn so hat man von einer Sommerliebe noch nicht gelesen. Nicht auf die wundervolle, verführerische Art, mit der nur Siegfried Lenz, der Meister der Erzählungen, erzählen kann.

Worum geht's?

Im Lessing-Gymnasium, irgendwo an der Ostseeküste, findet eine Trauerfeier statt. Stella Petersen, ihres Zeichens Englischlehrerin, bildhübsch, jung, beliebt bei allen, ist an den Folgen eines tragischen Unfalls gestorben. Während die Schule sich an sie erinnert, wandern Christians Gedanken zurück zu den Sommerferien, als aus ihm und seiner Lehrerin ein Liebespaar wurde.

Es ist eine zarte, vorsichtige, heimliche Liebe, die sich zwischen den beiden entspinnt. Aber als die Sommerferien vorbei sind und die Schule wieder anfängt, geht Stella auf Distanz zu Christian. Denn eigentlich weiß sie schon, dass eine Beziehung zu einem Schüler ein absolutes No-go ist. Und doch kommen die beiden nicht voneinander los.

Schon lange hat Stella mit Freunden einen Segeltörn geplant, und jetzt ist es so weit. Sie geht an Bord der *Polarstern*, und Christian wartet auf ihre Rückkehr. Ach, Christian ist so verliebt: Er träumt davon, mit Stella in

das Haus des Vogelwärters zu ziehen, und sammelt schon mal heimlich Vorräte. Er träumt von einer gemeinsamen Zukunft, denn er liebt Stella mit der ganzen Leidenschaft seines jungen, naiven Herzens. Ein Sturm zieht auf. Alle Schiffe bringen sich schnell im Hafen in Sicherheit. Auch die zurückkehrende *Polarstern* versucht sich zu retten, hat aber zu viel Fahrt. Aufgeregt und voller Angst beobachtet Christian den Höllenritt des Schiffes und wie es gegen die Hafenmauer schlägt. Zwei Menschen gehen über Bord und geraten zwischen Schiffswand und Mauer. Ein Mann. Und Stella. Sie überlebt das Unglück nicht.

Auf ihren Wunsch hin wird Stella auf See bestattet. Natürlich will Christian gerne dabei sein, darf es aber nicht, weil das Bestattungsboot schon voll besetzt ist. Aber ihm gelingt es, mit dem Fernglas der Zeremonie beizuwohnen. Weinend. Zitternd.

Als Klassensprecher soll Christian auf der geplanten Schultrauerfeier ein paar Worte sprechen. Nein, das kann er nicht. Worte würden aussprechen, was nie sein darf. Das Ende dieser Sommerliebe.

Wer hat's geschrieben?

SIEGFRIED LENZ

**17.03.1926 in Lyck, Ostpreußen; †07.10.2014 in Hamburg*

Sohn eines Beamten. Wuchs bei seiner Großmutter auf. 1943 Notabitur und Einzug zum Militär. Desertiert während seiner Stationierung in Dänemark. Britische Kriegsgefangenschaft. Studium der Anglistik, Literaturwissenschaft und Philosophie in Hamburg. 1950/51 Redakteur bei *Die Welt*. Autor für den Rundfunk und freier Schriftsteller. 1951 Veröffentlichung seines ersten Romans, *Es waren Habichte in der Luft*. Engagiert sich für die SPD und gemeinsam mit Günter Grass für die Ostpolitik Willy Brandts. Wechselt seinen Wohnort zwischen Hamburg und Dänemark. Mitglied der *Gruppe 47*. Mitglied des PEN-Zentrums Deutschland. Freund von Helmut Schmidt. Ist 50 Jahre mit seiner ersten Frau verheiratet, heiratet einige Jahre nach ihrem Tod ihre beste Freundin. Ein Schriftsteller ohne Skandale. Einer der wichtigsten und beliebtesten Autoren der deutschen Nachkriegs- und Gegenwartsliteratur. Stirbt 2014 in Hamburg.

Klugscheißerwissen

Lenz schrieb nicht über die Liebe. Irgendwie nicht sein Thema. Da konnten seine Fans so viel bitten und betteln, wie sie wollten. Und dann – *peng!* – tat er es doch. Mit über achtzig Jahren. Seine erste Liebesgeschichte: *Schweigeminute*.

Und dieses Buch feierte sogar Marcel Reich-Ranicki: »Vielleicht ist es sein schönstes.«

Das bekannteste von Lenz' Werken ist sein Roman *Deutschstunde* von 1968. Er bescherte seinem Autor Weltruhm.

Sein gesamtes Werk hat eine Gesamtauflage von über 25 Millionen und ist in über zweiundzwanzig Sprachen übersetzt.

Übrigens ...

Posthum erschien 2016 Lenz' Roman *Der Überläufer*, den er 1951 geschrieben hatte und der aus politischen Gründen damals nicht veröffentlicht wurde. Weil die Buchhändler nicht abwarten konnten und die Buchpakete schon öffneten, stand das Buch schon vor dem offiziellen Erstverkaufstag auf der Bestsellerliste. Der Verlag musste schon nachdrucken, bevor das Buch offiziell »erschienen« war. Später Triumph!

Angefixt? Hier gibt's mehr von dem Stoff:

DEUTSCHSTUNDE

Mit dieser *Deutschstunde* werden Generationen von Schülern in der Deutschstunde gequält. Ein wichtiger Roman über die Obrigkeitshörigkeit im Dritten Reich und über eine schwierige Vater-Sohn-Beziehung.

SO ZÄRTLICH WAR SULEYKEN

Geschichten über Lenz' Heimat Masuren.

#eineBootsfahrtistnichtlustig

LEW TOLSTOI

ANNA KARENINA (Berlin 1885)

Anna Karenina (Moskau 1878)

Warum man dieses Buch lesen muss

Weil es so herrlich wütend macht, darüber zu lesen, dass Männer damals alles durften – und Frauen natürlich nichts!

Worum geht's?

Drama, Baby, Drama! Sie treffen sich durch Zufall auf dem Bahnhof: Die mit dem gefühlskalten Karenin verheiratete Anna Karenina, eine Dame aus den ersten Kreisen der russischen Gesellschaft, und der junge, leidenschaftliche Offizier Graf Wronski. Klar, es kommt, wie es kommen muss: Liebe auf den ersten Blick, brodelnde Leidenschaft und eine verhängnisvolle Affäre.

Achtung, Spoileralarm!

Anna wird schwanger (von Wronski), bleibt erst bei ihrem Mann, dem sie die Affäre gesteht, verlässt ihn dann doch und lebt fortan gesellschaftlich geächtet mit Wronski. Der grausame Karenin verbietet ihr, den gemeinsamen Sohn zu sehen. Am Ende löst sich dann auch noch die Liebe zwischen ihr und Wronski in Luft auf, und Anna wirft sich vor einen Zug, um so ihrem Leben ein Ende zu setzen.

Das ist in Bausch und Bogen die Haupthandlung des wirklich phantastischen Romans von Tolstoi. Neben Anna und Wronski gibt es ein weiteres Liebespaar,

Levin und Kitty, die – hurra! – miteinander glücklich werden! Außerdem: viele, viele andere Personen, Bälle, Theaterbesuche, Landleben und massenhaft russische Lebensart in der Zarenzeit.

Wer hat's geschrieben?

LEW NIKOLAJEWITSCH GRAF TOLSTOI

**09.09.1828 in Jasnaja Poljana bei Tula, Russland; †20.11.1910 in Astapowo, Russland*

Spross einer alten Adelsfamilie. Studienabbruch. Zieht in den Krieg. Erkennt dessen Schrecken. Verbringt fast sein ganzes Leben auf dem Familiengut Jasnaja Poljana. Erbt (!) 300 Leibeigene, was damals Usus war, aber Tolstoi hinterfragt es. Kommt zu dem Schluss, dass sich im Sozialgefüge etwas ändern muss. Reist viel in andere Länder und sucht Künstler und Pädagogen auf. Unterrichtet auf Jasnaja Poljana die Bauernkinder. Gründet Schule für sie. Liebt den Alkohol und die Frauen. Beschäftigt sich zunehmend mit sozialen Themen, Fragen der Ethik und der Religion. Hört auf zu rauchen, zu trinken und hängt die Jagd an den Nagel. Propagiert das schlichte Leben und wird Vegetarier. Hadert mit den Religionen und den gesellschaftlichen und sozialen Gegebenheiten. Schreibt dagegen an. 1910 Ausbruch aus dem ihm verhassten Leben. Stirbt auf seiner »Flucht« auf der Bahnstation von Astapowo.

Klugscheißerwissen

Tolstoi hat mit seiner Frau Sofja Andrejewna Tolstaja dreizehn Kinder.

Tolstoi schreibt fünf Jahre an *Anna Karenina* und sieben an *Krieg und Frieden.*

Große Frage: Wer hat neben der Arbeit, die dreizehn Kinder machen, dem Managen eines Gutshofes samt sozialem Engagement und allem, was täglich so anfällt, aus Tolstois Gekrakel leserliche Texte gemacht? Seine Frau ...!!!

Übrigens ...

... ist der Text in der Übersetzung von Rosemarie Tietze sprachlich zum Dahinschmelzen.

Angefixt? Hier gibt's mehr von dem Stoff:

KRIEG UND FRIEDEN

Russland zur Zeit der Napoleonischen Kriege, das Schicksal dreier aristokratischer Familien natürlich auch immer mit großen Liebesverwirrungen ...

#verboteneliebe

DANIEL GLATTAUER

GUT GEGEN NORDWIND (Wien 2006)

Warum man diesen Roman lesen muss

Weil auch der moderne Briefroman hohes Schmachtpotential besitzt.

Worum geht's?

Buchstaben sind wichtig. Wenn nicht lebensentscheidend. So kann ihr Weglassen, Hinzufügen oder Vertauschen schicksalsentscheidend sein. Im Fall Emmi Rothner ist genau das gleich zweimal der Fall. Denn wäre Emmi Rothner bei dem Versuch, ein Zeitungs-Abo per Mail zu kündigen, nicht ein E an der falschen Stelle in die Mailadresse geflutscht, hätte sie niemals (virtuell) Leo Leike kennengelernt. (Der zweite entscheidende Buchstabe wird erst am Ende entscheidend.) Der Kommunikationsberater Leo Leike und Emmi Rothner, die beruflich mit Homepages zu tun hat, plaudern erst ein bisschen via Mail und fangen dann an, miteinander zu flirten. Es knistert heftig im World Wide Web. Leo erzählt von seiner On-off-Beziehung zu Marlene, Emmi berichtet, dass sie verheiratet und Mutter zweier von ihrem Mann mit in die Ehe eingebrachter Kinder ist. Außerdem hat sie einen Familienkater namens Wurlitzer. Mehr Infos gibt es nicht. Das restliche Privatleben ist tabu. Leo und Emmi bauen sich ihre eigene Welt auf und leben ihre Sehnsüchte – wo geht das besser in einer vom Alltag besetzten Wirklichkeit als im Virtuellen? Doch dann schleicht sich immer wieder die Frage

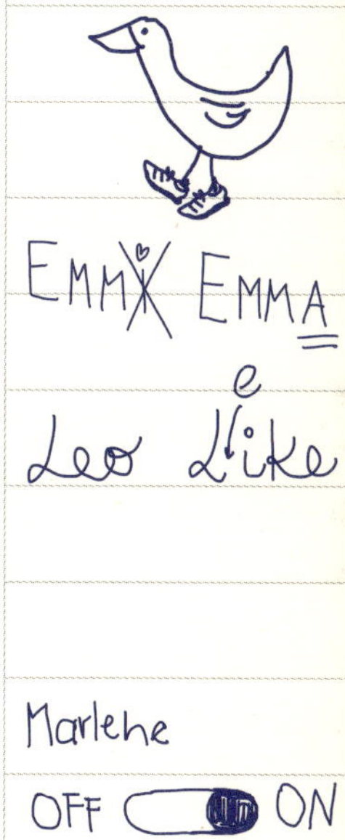

zwischen sie: Wollen wir uns treffen? Sie wohnen in derselben Stadt, also eigentlich kein Problem ...

Achtung, Spoileralarm!

Eigentlich möchten sie sich auch persönlich kennenlernen. Unbedingt sogar! Und dann doch wieder irgendwie nicht. Was, wenn sie gegenseitig nicht ihren Vorstellungen entsprechen? Was, wenn der eine oder die andere enttäuscht ist? Es steht ihre virtuelle Verliebtheit, ihre Flucht aus dem Alltag, ihre unverfängliche, hocherotische, sehr intime, aber körperlose Beziehung auf dem Spiel. Und die dürfen und wollen sie nicht riskieren. Denn real werden kann das Ganze eh nie. Emmi ist nicht frei. Wäre sie es ... ach ... wäre sie es, dann ... sicherlich ... ja ... dann. Wahrscheinlich würde das Geplänkel und Abwägen des Pro und Contra ewig weitergehen, aber dann passiert etwas völlig Überraschendes: Leo erhält eine Mail von dem völlig verzweifelten Bernhard Rothner, Emmis Mann. Der Schlingel hat, weil er gemerkt hat, dass mit seiner Frau irgendetwas nicht stimmt, die Mails von Emmi und Leo gelesen. Fix und fertig, bittet er Leo: »Herr Leike, bitte treffen Sie sich mit Emma! (...) Ja, treffen Sie sich mit ihr, verbringen Sie eine Nacht mit ihr, haben Sie Sex mit ihr!« Denn er weiß, gegen einen gesichts- und körperlosen Internetgeist ist er machtlos. Leo muss real werden, damit Bernhard um seine Frau kämpfen kann. Leo erzählt Emmi nichts vom Schreiben ihres Mannes, entscheidet sich aber, zu gehen. Nach Boston, so schreibt er Emmi, denn ihre Liebe hat keine Zukunft. Trotzdem machen die beiden ihr erstes und letztes Treffen aus. Sie wollen sich küssen. Im Dunkeln. Und dann bei Licht reden. Doch Emmi – kommt nicht. Grund sind wieder zwei kleine unscheinbare Buchstaben. Denn als Emmi sich für den Abend von ihrem Mann verabschiedet, um zu Leo zu gehen, sagt der nicht wie sonst Emm**a** zu ihr, sondern Emm**i**. Emmi stutzt. Wird hellhörig. Und bringt es nicht übers Herz, zu dem Date mit Leo zu gehen. Denn plötzlich bekommt sie Angst vor sich selbst. Das erklärt sie Leo in ihrer letzten Mail, auf die Leo nicht mehr antwortet. Sein Account ist gelöscht.

Wer hat's geschrieben?

DANIEL GLATTAUER

**19.05.1960 in Wien, Österreich*

Erst mal nur Hobby-Schriftsteller, Liedermacher, Kellner. Arbeitet bis zum Erscheinen seines Romans *Alle sieben Wellen* (2009) als Journalist. Stolzer Besitzer von fünf indischen Laufenten. Verheiratet. Ein Kind.

Klugscheißerwissen

Gut gegen Nordwind ging durch die Decke, wurde zum Bestseller und für den Deutschen Buchpreis nominiert. 2009 wurde das Bühnenstück in Wien uraufgeführt und bis heute mit großem Erfolg in über 40 Theatern gespielt.

Übrigens ...

In einer ihrer Mails klagt Emmi Leo ihr Leid mit dem Nordwind. Wenn der fegt, kann sie nicht gut bei offenem Fenster schlafen. Nicht nur, weil Leo ihr diesbezüglich einen guten Rat gibt, schreibt sie später, dass er, also Leo, gut gegen den Nordwind in ihrem Kopf ist.

Angefixt?

Hier gibt es (zwar noch) mehr von dem Stoff:

ALLE SIEBEN WELLEN

Aber Achtung! Dieser Fortsetzungsband, in dem Emmi und Leo sich endlich treffen, entzaubert ein Stück weit die Liebesgeschichte, die ja gerade dadurch besticht, dass Emmi und Leo ihre Sehnsucht leben und nicht den Alltag. Vielleicht besser doch nicht lesen.

#vomwindeverwehteemailfürdich
#wodieliebehinmailtweißmannicht

ALEXANDRE DUMAS DER JÜNGERE

DIE KAMELIENDAME (Wien 1850)

La Dame aux camélias (Paris 1848)

Warum man dieses Buch lesen muss

Weil Dumas hier auf einzigartige Weise und lange vor *Pretty Woman* dem Typus des sündigen, aber herzensguten Callgirls ein Denkmal setzt. Und Verdi mit seiner Oper *La Traviata* die liebeskummergebeutelte Kameliendame erst recht unsterblich macht.

Worum geht's?

Skandal! Skandal! Der junge Armand Duval aus vornehmer Familie verguckt sich in die von vielen Männern umworbene Kurtisane Marguerite Gautier. Auch sie verliebt sich schließlich aufrichtig in ihn. Gibt für ihn sogar ihr lasterhaftes Luxusleben als Geliebte reicher Männer auf und geht mit ihm aufs platte Land. Alles könnte so schön sein, wäre da nicht mal wieder die Gesellschaft mit ihren Moral- und Sittenansprüchen, die in Gestalt von Armands Vater eines Tages an die Tür klopft. Was der will, kann sich jeder denken: Marguerite soll seinen Sohn freigeben. Jawoll! Sein Sprössling in den Klauen einer Edelprostituierten – das geht gar nicht. Armand ist gerade nicht zugegen, und so knöpft sich der Vater Marguerite vor: Wenn sie Armand wirklich lieben würde und sein Glück und das seiner Familie nicht für alle Zeiten ruinieren wolle, dann wisse sie ja, wo ihr Platz sei. Und zwar ganz sicher nicht an Armands Seite.

Achtung, Spoileralarm!

Aus Liebe zu Armand verzichtet Marguerite auf ihn. Als Armand zurückkommt, ist sie bereits verschwunden. Ohne jede Nachricht! Futsch! Sie nimmt sich einen neuen Lover und lebt wieder ihr altes ruchloses Leben, was Armand natürlich rasend macht, als er davon hört. Arme Marguerite. Vor lauter Liebeskummer ist ihr Herz schrecklich schwer, und dann demütigt Armand sie auch noch vor aller Augen. Aber auch Armand ist fix und fertig mit den Nerven und verlässt Frankreich zutiefst verletzt. Als er zurückkommt, ist Marguerite tot. Gestorben an Tuberkulose. Doch sie hat Briefe hinterlassen, in denen Armand lesen kann, aus welch edlen Motiven sie auf ihn verzichtet hat. (Es trieft!) Außerdem erfährt er noch, dass sie mit voller Absicht allen ärztlichen Rat in den Wind geschlagen hat, damit sie schneller stirbt. Juchhu, die Scheinmoral hat wieder mal gesiegt. Und doch ist Marguerite trotz ihres Lebenswandels moralisch die Siegerin, denn sie hat edelmütig ihre große Liebe den starren Regeln der Gesellschaft geopfert. Das alles erzählt Armand im Übrigen rückblickend dem Ich-Erzähler.

Wer hat's geschrieben?

ALEXANDRE DUMAS DER JÜNGERE

**27.07.1824 in Paris, Frankreich;*

†27.11.1895 in Marly-le-Roi, Frankreich

Unehelicher Sohn von Alexandre Dumas dem Älteren und einer Näherin. Sein Vater erkennt ihn zunächst nicht an. Wird gerichtlich dazu gezwungen und bringt den jungen Alexandre im Internat unter. Trotz dieser Ablehnung will der Sohn in die Fußstapfen seines berühmten Vaters (*Der Graf von Monte Christo, Die drei Musketiere*) treten. Wird aber nie so erfolgreich wie sein alter Herr. Mitglied der Académie française. Gilt als Mitbegründer des modernen Gesellschaftsdramas.

Klugscheißerwissen

Der Roman an sich war schon ein Erfolg, der aber noch von dem weltweiten Ruhm des Theaterstücks getoppt wurde. Der ganz große Knaller wurde aber dann die musikalische Ausarbeitung. Giuseppe Verdis *La Traviata*, die das Motiv der Kameliendame aufgreift, ist eine der erfolgreichsten Opern der Musikgeschichte.

Alexandre Dumas scheint seltsame Anwandlungen gehabt zu haben, so hüllte er sich zum Schreiben in das rote Gewand eines Priesters und steckte seine Füße in Sandalen.

Wenn es geholfen hat ...

Übrigens ...

Die Kameliendame hatte ein reales Vorbild, nämlich Dumas' Geliebte, die Kurtisane Marie Duplessis.

#vielendankfürdieblumen #prettywoman

Es ... es fühlt sich alles ... so seltsam an ...
SIE BLUTET JA, OH MEIN GOTT, MEINE MARGUERITE!

BIRGIT VANDERBEKE

ALBERTA EMPFÄNGT EINEN LIEBHABER

(Berlin 1997)

Warum man dieses Buch lesen muss

Weil dies eine wunderbare moderne Version der Geschichte von den Königskindern ist, die nicht zueinanderfinden können.

Worum geht es?

Die große Liebe? Für immer und ewig? Alberta und Nadan? Schon als Teenager wissen die beiden, dass sie einfach zueinandergehören »... von Anfang an und bis zum Jüngsten Tag«. Nur leider klappt die Sache nicht so ganz. Und so werden nicht Alberta und Nadan ein Paar, sondern Nadan und Bettina sowie Alberta und Rudi. Doch irgendwie kommen Alberta und Nadan trotzdem nicht voneinander los, und das, obwohl Alberta doch laut Nadan eine »Mizzebill« ist, » ... so ziemlich das Übelste, was einem Mann passieren kann«. Und Nadan? Nur so viel: Nadan bügelt seine Schlafanzüge!

Die Sache mit der Liebe jedenfalls ist kompliziert! Sehr kompliziert! Alle drei bis vier Jahre starten Alberta und Nadan einen neuen Versuch, der leider jedes Mal danebengeht, bis sie schließlich gemeinsam durchbrennen mit dem Ziel Frankreich. Endlich! Schade nur, dass sie wegen eines Unfalls in einem fiesen Hotel in Mannheim stranden. Immerhin kommt Alberta hier zu der klugen Erkenntnis, dass »Liebe im Kopf leichter ist als Liebe im Leben«. Und wieder verläuft alles im Sande ...

Schließlich verschlägt es Nadan in die USA. Alberta nach Lyon. Gemeinsam kommen sie nicht von der Stelle. Vielleicht geht es ja ohneeinander besser.

Jetzt betreten eine Ich-Erzählerin und ihr Mann Jean-Philippe die Bühne. Die Erzählerin und Mutter der gemeinsamen Tochter Cécile outet sich als die Autorin der Geschichte von Nadan und Alberta. Jean-Philippe liest die Geschichte und ist davon überzeugt, dass sie so nicht enden kann. Und tatsächlich macht sich die Ich-Erzählerin nach einiger Zeit wieder an die Arbeit …

Achtung, Spoileralarm!

Es geht weiter im Leben der beiden verkracht Liebenden, und gleichzeitig läuft auch die Geschichte von Jean-Philippe und seiner Frau weiter, deren Ehe auch so einige Macken im Laufe des Lebens abbekommen hat. Eifersucht ist eines der Themen. Die Grenzen zwischen Alberta und der Ich-Erzählerin beginnen zu verschwimmen, die eine wird mehr und mehr die andere.

Und dann, es sind Jahre vergangen, ruft Nadan an. Er will ein Treffen. Alberta kocht für ihn. Sie ist schrecklich aufgeregt. Diesmal empfängt sie nicht Nadan, sondern einen Liebhaber. Doch es kommt, wie es kommen musste: Auch die Sache mit dem Liebhaber ist nicht das Gelbe vom Ei, außerdem ist es schon spät geworden, »… und der Wagen muss morgen zur Reparatur«. Leise fällt die Tür ins Schloss.

Wer hat's geschrieben?

BIRGIT VANDERBEKE

**08.08.1956 in Dahme, DDR*

Flucht der Familie 1960 in den Westen nach Frankfurt am Main. Studiert hier Jura und Romanistik. Literarisches Debüt vierunddreißigjährig mit *Das Muschelessen*, erhält dafür den Ingeborg-Bachmann-Preis. Freie Schriftstellerin, erst in Berlin, übersiedelt dann nach St.-Quentin-la-Poterie in Südfrankreich, wo sie heute arbeitet und lebt.

Klugscheißerwissen

Als Birgit Vanderbeke *Alberta empfängt einen Liebhaber* schrieb, hatte sie zwölf Katzen. Und eine von ihnen hieß – genau! – Alberta.

Übrigens ...

Wer ist wer? Ist Alberta die Ich-Erzählerin? Die Ich-Erzählerin Alberta?

Ein Rätsel der Literaturgeschichte, dessen Antwort wohl nur die Autorin kennt.

Angefixt? Hier gibt's mehr von dem Stoff:

ICH SEHE WAS, WAS DU NICHT SIEHST

Ein kleiner, aber feiner Roman über das Weggehen. Und das Ankommen.

DAS MUSCHELESSEN

Muscheln, ein abwesender Vater, seine Frau, seine Kinder und ein zersetzendes Gespräch.

#ichhabdichnichteingeladen
#wererzählthiereigentlich

VLADIMIR NABOKOV

LOLITA (Hamburg 1959)

Lolita (Paris 1955)

Warum man diesen Roman lesen muss

Weil Nabokov einer der sprachgewaltigsten und interessantesten Erzähler des letzten Jahrhunderts ist und sein Roman *Lolita* einen handfesten Skandal verursachte. Herrlich!

Worum geht's?

Wir haben das Ende der 1940er Jahre und befinden uns in den USA. Der Literaturwissenschaftler, der sich hier Humbert Humbert nennt, hatte mit dreizehn seine erste Freundin und erlebte mit ihr seinen ersten Sex. Doch diese größte Liebe seines Lebens starb früh. Seitdem ist Humberts Fokus auf Mädchen in diesem Alter gerichtet, wobei die Zuneigung des inzwischen etwa Vierzigjährigen zu den »Nymphetten« immer platonisch blieb. Doch dann zieht er nach Neuengland und trifft sie: Dolores alias Lolita Haze. Zwölf Jahre und die Inkarnation all dessen, dem er verfallen ist. Nur um bei ihr zu sein, heiratet er ihre verwitwete Mutter Charlotte. Die rennt – daran ist er nicht ganz unschuldig (immer diese schicksalhaften Tagebucheinträge über Gefühle, Liebe, Leidenschaften und die falsche Person, die sie liest) – vor ein Auto und stirbt. Humbert fackelt nicht lange und holt Lolita aus dem Sommerlager ab. Dann endlich sind sie für sich allein. In einem Hotelzimmer. Und es passiert, was passieren muss. Jetzt muss Hum-

bert blechen. Für Lolitas Schweigen und für ihre Zuneigung. Was soll der arme Mann auch machen, er ist ihr komplett verfallen und ihr sexuell so was von hörig. Die beiden tingeln mit seinem Wagen von Motel zu Motel durch die USA. Getarnt als Vater und Tochter. Nach einem mehrmonatigen Zwischenstopp in einer Universitätsstadt im Osten des Landes – das Mädchen muss ja auch zur Schule gehen – geht es wieder los gen Westen. Und plötzlich fällt Humbert auf: Da verfolgt uns doch einer!

Achtung, Spoileralarm!

Humbert hat völlig recht. Sie werden verfolgt. Und plötzlich ist Lolita weg. Wie es scheint, mit dem Verfolger. Wie könnte es anders sein? Humbert sucht sich halb irre. Aber er findet Lolita nicht. Nach drei Jahren taucht das Mädel plötzlich bei ihm auf. Sie braucht Geld. Sie ist verheiratet, schrecklich heruntergekommen und ziemlich schwanger von ihrem prolligen Ehemann, einem Mr F. Schiller. Trotzdem will sie ums Verrecken nicht zu Humbert zurückkehren. Immerhin verrät sie ihm, wer sie damals entführt hat: Clare Quilty heißt der Schuft und ist (wie passend!) Dramatiker. Der fiese Mistkerl hat ihr erst eine seriöse Filmrolle versprochen. Herausgekommen sind dabei allerdings Pornos, und Lolitas Beteiligung daran hat er erzwungen.

Wutentbrannt macht sich Humbert zu dem Fiesling auf und erschießt ihn. Anschließend stellt er sich. Das alles bringt Humbert Humbert zu Papier, rückblickend, während er 1952 im Gefängnis auf seinen Mordprozess wartet.

Doch schon seit dem Vorwort des fiktiven Herausgebers, eines Psychologen namens Dr. phil. John Ray jr., wissen wir, dass Humbert diesen Prozess nie erleben wird. Ein Herzinfarkt kommt der Justiz zuvor. Auch Lolita lebt nicht mehr. Sie ist im Kindbett dahingeschieden.

Wer hat's geschrieben?

VLADIMIR VLADIMIROVIC NABOKOV

**23.04.1899 in St. Petersburg, Russland; †02.07.1977 in Montreux, Schweiz*

Russisch-amerikanischer Schriftsteller. Entstammt der aristokratischen Oberschicht des zaristischen Russlands. Wird von russischen, französischen und englischen Gouvernanten erzogen. Vater ist ein Liberaler, deshalb nach Oktoberrevolution 1919 Emigration nach Deutschland. Literaturstudium in Cambridge. Lebt in Berlin. Verdient Unterhalt mit Englischunterricht. Veröffentlicht erste Werke auf Russisch unter Pseudonym. Heiratet eine Jüdin. Bekommt einen Sohn. Flieht mit Familie vor den Nazis nach Paris. Schreibt hier seinen ersten Roman auf Englisch im Badezimmer seiner Einzimmerwohnung, nachdem er mit Englisch und Französisch experimentiert hatte. Beide Sprachen beherrscht er seit seiner Kindheit. Flieht aus dem faschistischen Europa in die USA. 1945 Annahme der US-amerikanischen Staatsbürgerschaft. Wird Professor für russische und europäische Literatur an der Cornell University in Ithaca, New York. 1958 finanzielle Unabhängigkeit nach Veröffentlichung seines zwölften Romans, *Lolita*. Freier Schriftsteller. Umzug mit seiner Frau nach Montreux, stirbt 1977.

Klugscheißerwissen

Lolita hatte Skandalpotential. Das witterten auch die ersten amerikanischen Verlage, denen Nabokov seinen Roman anbot. Zu pornographisch! Also lief sich Nabokov die Hacken wund, bis er sein Manuskript beim Verlag Olympia Press in Paris unterbrachte, der auf erotische Literatur spezialisiert war. Der Roman erschien also zuerst in Frankreich, allerdings in englischer Sprache.
Eine Reihe von Zufällen führte dazu, dass das Buch sowohl in Großbritannien als auch in den USA Aufmerksamkeit erregte. Vor allem die Briten echauffierten sich über diese pornographische Literatur, und der aufgebrachte Inselbewohner setzte die Nachbarn in Frankreich unter Druck. Im Dezember 1956 wurde der Verkauf aller Titel von Olympia Press in Frankreich und in anderen Ländern untersagt. Frechheit!, fanden die Amerikaner. Sie hatten schließlich nichts gegen das Buch. Bevor das Buch allerdings in den USA an den Start ging, wurden erst mal ganz vorsichtig Auszüge im sehr angesehenen Literaturmagazin *Anchor Review* veröffentlicht. Zum Glück regte sich kein Widerstand. Jippie – alles bestens, sollte man meinen. War es aber nicht. Denn schließlich hatte ja der französische Verlag Olympia Press immer noch die Rechte an der englischsprachigen Ausgabe und wollte für deren Abgabe Kohle sehen. Nabokov, Olympia Press und der Verlag G.P. Putnam's Sons einigten sich schließlich und endlich, und so konnte *Lolita* 1958 bei

dem amerikanischen Verlag erscheinen und ging sofort durch die Decke.
100 000 Mal verkaufte sich der Roman in den USA allein in den ersten drei Wochen!

Übrigens ...

1967 übersetzte Nabokov seinen Roman *Lolita* eigenhändig in die russische Sprache.

Angefixt? Hier gibt's mehr von dem Stoff:

MASCHENKA

Eine zarte Liebesgeschichte über einen russischen Emigranten im Berlin der zwanziger Jahre, der sich nach seiner Geliebten und seiner Heimat sehnt.

#huch #skandal

MILAN KUNDERA

DIE UNERTRÄGLICHE LEICHTIGKEIT DES SEINS (München / Wien 1985)

L'Insoutenable Légèreté de l'être (Paris 1984)

Warum man diesen Roman lesen muss

Weil es eine sehr besondere Romeo-und-Julia-Geschichte aus der Zeit des Kalten Kriegs ist. Poetisch, nachdenklich, melancholisch, sinnlich, erotisch. Und gleichzeitig durch seine Exkurse in die Philosophie, Psychologie und Politik extrem intellektuell. Studentenfutter!

Worum geht's?

Tomas ist ein spitzenmäßiger Chirurg an einem Krankenhaus in Prag. Und er liebt die Frauen. Sexuelle Eskapaden (oh là là) und vor allem die Abwechslung. Er nimmt das Leben, die Liebe, Beziehungen leicht. Dann kracht die Kellnerin Teresa in sein Leben. Sie ist so ganz anders als er. Liebe und Sex sind für sie nicht trennbar. Bisher hat Tomas seine Frauen immer auf Abstand gehalten. Bloß nicht zu viel Nähe, bloß keine Einschränkung seiner Freiheit, und was, bitte, hat Sex mit Liebe zu tun? Weil die Künstlerin Sabina da völlig seiner Meinung ist, funktioniert auch ihr unverbindliches Arrangement schon seit längerer Zeit ganz hervorragend. Doch Teresa leidet, wenn Tomas sich mal wieder anderweitig vergnügt. Sie ist eifersüchtig bis zum Geht-nicht-mehr. Sie will Tomas ganz für sich alleine haben.

Da ergattert Teresa einen Job als Pressefotografin, und das zu einer Zeit, als politisch mit dem »Prager Frühling«

einiges im Gange ist in der Tschechoslowakei. Die freiheitlichen Bemühungen rufen die anderen Staaten des Warschauer Pakts auf den Plan, und diese marschieren im August 1968 in Prag ein. Teresa dokumentiert die Panzer, die Soldaten, die Gewalt und den Widerstand. Sie ist berauscht von ihrer Arbeit als Fotografin. Es sind die glücklichsten Tage ihres bisherigen Lebens. Tomas und Teresa müssen kurz darauf emigrieren und gehen in die Schweiz. Doch da ist schon Sabina.

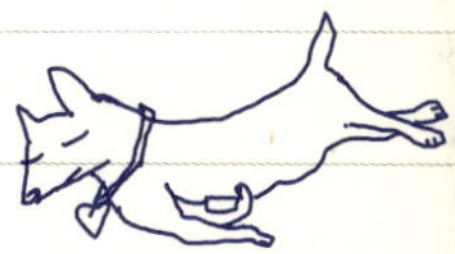

Achtung, Spoileralarm!

Klar, die Katze lässt das Mausen nicht. Und Tomas findet Sabina nach wie vor rattenscharf, und, klar, da geht es wieder rund. Leider kann sich Teresa nach wie vor nicht mit den sexuellen Eskapaden von Tomas abfinden und beschließt Knall auf Fall, zurückzukehren nach Prag. Weg ist sie. Zuerst fühlt Tomas die süße Leichtigkeit des Seins. Er fühlt sich frei. Und dann erkrankt er an »Mitgefühl« und reist ihr nach, obwohl er als Chirurg gerade wieder Fuß gefasst hat und weiß, dass dieser Schritt für ihn bedeutet, nie wieder aus der Tschechoslowakai herauszukommen. Irgendetwas lässt ihn das tun, er versteht sich selbst nicht. Vielleicht ist es Liebe.

Weil er sich dem neuen Regime nicht beugen will, verliert er seinen Job und muss als Fensterputzer arbeiten, später als Lastwagenfahrer. Schlussendlich verschlägt es Tomas und Teresa aufs Land, wo Teresa Kühe hütet und Tomas sein ausschweifendes Liebesleben, dem er trotz allem immer noch reichlich gefrönt hat, endgültig aufgeben muss. Es ist so etwas wie das Paradies und ir-

gendwie auch nicht. Ein schöner Abend in einer Tanzbar ist der letzte glückliche Moment für Tomas und Teresa. Dann setzt ein Autounfall ihrem Leben ein Ende.
Der Autor mischt wild Episoden, Rückblicke und Analysen, Erzählerkommentare, psychologische und philosophische Überlegungen und zündet ein sinnliches und intellektuelles Feuerwerk.

Wer hat's geschrieben?

MILAN KUNDERA

**01.04.1929 in Brünn, damals Tschechoslowakei*

Kommt aus Musikerfamilie. Lernt früh das Klavierspiel. Arbeiter und Jazzmusiker. 1948 Eintritt in die Kommunistische Partei. 1950 Parteiausschluss wegen »individualistischer Neigung«. Studium der Philosophie und Filmwissenschaften in Prag. Später Dozent an der Filmhochschule. 1953 erste Veröffentlichung seiner Lyrik. Eine der Galionsfiguren des »Prager Frühlings«. Publikations- und Berufsverbot. Geht 1975 ins Exil nach Frankreich. Lehrtätigkeit in Rennes und Paris. Vier Jahre später Entzug der tschechoslowakischen Staatsbürgerschaft wegen seines Buches *Das Buch vom Lachen und Vergessen* (Kniha smíchu a Zampomnění) und der darin enthaltenen Regimekritik. 1981 Annahme der französischen Staatsbürgerschaft. Seit 1995 schreibt Kundera auf Französisch. Lebt mit seiner Frau in Paris.

Klugscheißerwissen

In *Die unerträgliche Leichtigkeit des Seins* geht es um Liebe, Sex, Freiheit, den »Prager Frühling«, Exkurse in die Philosophie, Psychologie und Politik ... Kommt man eigentlich nicht auf die Idee, dass es in diesem Roman eine der bewegendsten Szenen der Weltliteratur in Sachen Liebe zwischen Mensch und Hund gibt. Kaum jemand, der nicht weinen muss, wenn Teresa und Tomas ihren Hund Karenin, das Symbol ihrer Liebe, zu Grabe tragen. Taschentuch bereithalten!

Verfilmt wurde der wegen seiner Erzählweise als unverfilmbar geltende Roman mit Daniel Day-Lewis und Juliette Binoche – ein großartiger Kassenerfolg.

Übrigens ...

... erschien der Roman zuerst 1984 im französischen Exil auf Französisch, auf Tschechisch wegen der Zensur in einem Exilverlag in Toronto (1985) und erst 2006 erstmals in Tschechien.

Angefixt? Hier gibt's mehr von dem Stoff:

DAS BUCH DER LÄCHERLICHEN LIEBE – ERZÄHLUNGEN

Seltsame Paare entdecken auf groteske Weise die Absurdität ihrer Beziehung.

DAS BUCH VOM LACHEN UND VERGESSEN

Über Liebe und Heimat und Geschichte und die verschiedenen Arten des Vergessens.

#sexmaniac #monotonemonogamie #tryharder

CHARLOTTE BRONTË

JANE EYRE. EINE AUTOBIOGRAPHIE

(Berlin 1848)

Jane Eyre. An Autobiography (London 1847)

Warum man dieses Buch lesen muss

Weil es eine schaurig-schöne, triefende Liebesgeschichte ist, die Ungerechtigkeit und Strenge des viktorianischen England eindringlich beschreibt.

Worum geht's?

Jane Eyre ist ein ganz armes Hascherl. Weil sie Vollwaise ist und damit mittellos, muss sie bei echt fiesen Verwandten leben, die sie so richtig mies behandeln. Als sie sich das nicht länger gefallenlassen will, wird sie – *schwupps!* – ins Internat Lowood abgeschoben.

Diese Kaschemme darf man sich nun nicht als Nobelherberge à la Hanni und Nanni vorstellen, denn Hunger, Kälte, Demütigungen und Ungerechtigkeiten sind an der Tagesordnung. Trotzdem fühlt sich Jane vergleichsweise wie im Paradies, weil sie hier eine Freundin findet und von der Schulleiterin Miss Temple mit Verständnis und Güte behandelt wird.

Nach ihrer Schulzeit bleibt Jane als Lehrerin in Lowood, bis sie auf Thornfield Hall die Betreuung von Adele, der unehelichen Tochter des Hausherrn Mr Rochester, übernimmt. Dreimal darf geraten werden … Richtig! Jane und Mr Rochester verlieben sich ineinander. Doch Thornfield Hall birgt ein düsteres Geheimnis …

Achtung, Spoileralarm!

Jane und Mr Rochester treten vor den Traualtar. Schon glaubt sich Jane am Ziel ihrer Träume, da passiert der Klassiker. Eine Stimme verkündet: »Halt! Stopp! Diese Ehe darf nicht geschlossen werden!«

Und warum nicht? Weil der gute Mr Rochester, der Schlingel, bereits verheiratet ist. Ha! Okay, okay, seine Noch-Ehefrau, Bertha Mason, ist leider wahnsinnig. Die unheimlichen Geräusche, die Jane nächtens mit Grausen erfüllt haben, stammten von ihr. Denn dann war die Irre ihrer Bewacherin entkommen und hatte sich aufgemacht, um ihren Ehemann ins Jenseits zu befördern. Klingt nicht gerade nach einer Traumehe, zugegeben. Insofern kann man den guten Rochester schon verstehen. Aber Bigamie! Mein lieber Scholli! Da hört bei Jane der Spaß auf.

Völlig geschockt, flieht Jane in einer Nacht-und-Nebel-Aktion von Thornfield Hall. Zuflucht findet sie bei den mit ihr verwandten Geschwistern Rivers.

St. John Rivers will als Missionar nach Indien reisen und bittet sie, ihn als seine Frau zu begleiten. Doch Jane liebt immer noch Rochester. Welch Erkenntnis! Sie kann nicht anders – sie muss nach Thornfield Hall und herausfinden, wie es ihm geht.

Thornfield Hall ist abgebrannt. Abgefackelt von Rochesters wahnsinniger Frau. Anschließend hat sich jene vom Dach gestürzt. Rochester, der noch heldenhaft versucht hat, sie zu retten, ist erblindet und schwer verletzt, eine Hand musste amputiert werden. Jetzt finden Jane und Rochester zusammen. Schmacht! Sie heiraten und werden Eltern, und – Happy End! – Rochester gewinnt sogar teilweise sein Augenlicht zurück.

Wer hat's geschrieben?

CHARLOTTE BRONTË

**21.04.1816 in Thornton, Yorkshire, England; †31.03.1855 in Hawort, Yorkshire, England*

Früher Tod der Mutter. Vater Pfarrer. Schickt seine ältesten vier Töchter auf die *Clergy Daughters' School*. Die beiden ältesten Mädchen erkranken in der Schule an Tuberkulose und sterben. Der Vater nimmt die zwei jüngeren von der Schule. Charlotte, Emily, Anne und Bruder Patrick wachsen von nun an im abgeschiedenen Pfarrhaus auf. Hier ist nichts los. Trostlose Moorlandschaft Yorkshires. Konsequenz: Kopfkino – also viel lesen und selber Phantasiewelten ausdenken. Charlotte wird Lehrerin. Geht nach Brüssel, um Sprachen zu lernen. Plan der drei Schwestern: Gründung einer eigenen Schule. Klappt leider nicht.

Klugscheißerwissen

Charlotte, Emily und Anne Brontë waren alle drei Schriftstellerinnen.

Alle drei schrieben sie unter männlichen Pseudonymen: Currer, Ellis und Acton Bell.

Alle drei Damen veröffentlichten 1847 ihren ersten Roman. Neben *Jane Eyre* von Charlotte waren das *Sturmhöhe (Wuthering Heights)* von Emily und *Agnes Grey* von

Anne. *Jane Eyre* und *Sturmhöhe* wurden zu Klassikern der Weltliteratur.

Übrigens:

1846 wurde in England der erste Gedichtband der Brontë-Schwestern unter dem Titel *Poems* veröffentlicht. Von diesem Buch wurden – man höre und staune – ganze drei Stück verkauft!

Angefixt?

Hier gibt's mehr von dem Stoff, allerdings nicht von Charlotte, sondern von Emily Brontë:

STURMHÖHE

Yorkshire, die tragische Geschichte zweier Familien, Herz, Schmerz, Drama, Leidenschaft, Eifersucht, Vergeltung, Tod.

#selbstistdiefrau #tantegouvernante

ERWACHSENWERDEN

»Ich glaube, (...) irgendwann wirst du herausfinden müssen, wo du hin willst.«

J. D. Salinger, Der Fänger im Roggen

JANE AUSTEN

VERSTAND UND GEFÜHL (Berlin / Weimar 1982)

Sense and Sensibility (London 1811)

Warum man dieses Buch lesen muss

Weil diese bitter-ironische Liebeskomödie gleich zwei wunderbare Liebesgeschichten liefert. Und weil man den ganzen Roman über aus dem amüsierten Grinsen nicht so ganz rauskommt und nach der Lektüre erleichtert drei Kreuze macht, dass diese Zeiten – so aus Frauensicht gesehen – passé sind.

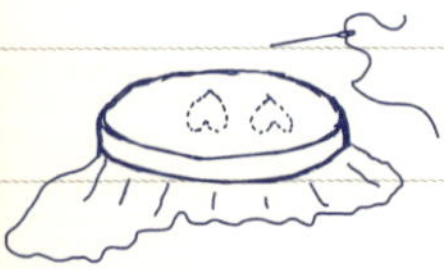

Worum geht's?

Wie der Titel schon sagt, geht es um: den »Verstand« = die ruhige, besonnene Elinor, und das »Gefühl« = die ungestüme, leidenschaftliche Marianne.

Also, die Sache ist die: Der Vater von Elinor und Marianne Dashwood stirbt. Dessen Sohn John aus erster Ehe und seine raffgierige Frau Fanny erben den Löwenanteil des Vermögens nebst dem noblen Familienstammsitz. Verarmt und ebendeshalb ohne Aussicht auf eine »gute Partie« ziehen Elinor und Marianne mit der jüngeren Schwester Margaret und der Mutter in ein kleines Häuschen in Devonshire. Dummerweise hat sich Elinor in Edward Ferrars, den Bruder der hochmütigen Fanny, verliebt. Doch Elinor beherrscht ihre Gefühle und leidet leise in sich rein. Dann taucht der sensationell gutaussehende, verwegene, junge Willoughby auf und erobert Mariannes Herz im Sturm. Sie scheinen Seelenverwandte zu sein. Obwohl es damals sehr unschick-

lich ist, seine Gefühle offen zu zeigen – very shocking! –, tun die zwei Turteltäubchen genau das. Armer Colonel Brandon, der zwar um einiges älter als Marianne, aber schwer in sie verliebt ist.

Achtung, Spoileralarm!

Eigentlich sieht alles danach aus, als ob Willoughby ganz bald um Mariannes Hand anhalten würde. Doch stattdessen reist der Mistkerl einfach ab. Verschwindet nach London. Auch Elinor und Marianne reisen, eingeladen von einer Verwandten, in die Hauptstadt. Marianne ist total happy, hofft sie doch auf ein Treffen mit Willoughby. Es kommt zu diesem Treffen, doch läuft es leider gar nicht so, wie Marianne es sich vorgestellt hat. Willoughby wird heiraten, aber nicht sie, sondern eine vermögende Frau. Es ist eben die Zeit der Zweckehen.

Marianne ist völlig zerstört, zerbricht fast am Liebeskummer. Auch Elinor leidet, denn auch in ihrer Liebesgeschichte ist eine Konkurrentin namens Lucy Steele aufgetaucht. Unbedachterweise hat Edward Ferrars sich in grauer Vorzeit heimlich mit ihr verlobt.

Marianne, die beinahe an einer schweren Erkältung dahingeschieden wäre, erkennt die aufrichtige Liebe des ehrenwerten Colonel Brandon und wendet sich ihm endlich zu. Tja, und auch für Elinor gibt es gute Nachrichten, denn glücklicherweise entpuppt sich Miss Steele ebenfalls als jemand, der mehr Wert auf Geld denn auf Liebe legt und aus diesem Grund Edward Ferrars (der sich entschieden hat, Pfarrer zu werden) gegen seinen vermögenden Bruder eintauscht.

Prima! Alle heiraten.
Willoughby hat im Übrigen nie aufgehört, Marianne zu lieben. Geschieht ihm recht!
Und Marianne kann wirklich froh sein, diesen Idioten los zu sein. Denn er hat die Tochter der Jugendliebe von Colonel Brandon geschwängert und einfach so sitzengelassen. Der Schuft!

Wer hat's geschrieben?

JANE AUSTEN

**16.12.1775 in Steventon, Hampshire, England; †18.07.1817 in Winchester, England*

Wächst wie die Brontë-Schwestern in einem Pfarrhaus auf. Hat einen ganzen Stall von Geschwistern (nämlich sieben). Familie sehr gebildet, wird vom Vater selbst unterrichtet und gut ausgebildet, obwohl sie ein Mädchen ist!

Klugscheißerwissen

Wichtige Themen in Austens Büchern sind zwar Liebe und Hochzeit, doch sie selbst hat nie geheiratet, was in der damaligen Zeit für den Rest der Familie nicht nur sehr, sehr peinlich war, sondern auch noch eine Last – die alte Jungfer musste mit durchgefüttert werden.
Jane Austen publizierte anonym unter: *By a Lady.*
Die Fans von Jane Austen nennen sich *Janeites.*
Sechs Romane über die Liebe hat Jane Austen geschrieben. Quizfrage: Wie häufig wird wohl darin geküsst?

Antwort: Vierzehnmal – und davon nur dreimal zwischen Mann und Frau. Züchtig, züchtig, Miss Austen!

Übrigens ...

1995 erschien eine Verfilmung des Stoffes unter dem fragwürdigen Titel *Sinn und Sinnlichkeit* mit Hugh Grant (Edward Ferrars), Kate Winslet (Marianne Dashwood), Alan Rickman (Colonal Brandon) und der sechsunddreißigjährigen Emma Thompson als neunzehnjährige Elinor Dashwood. Trotzdem sehr gelungen!
Erst das Buch lesen, dann den Film gucken!

Angefixt? Hier gibt's mehr von dem Stoff.

STOLZ UND VORURTEIL

MANSFIELD PARK

Immer ähnliche Themen: Landadel. Liebe. Abhängigkeit der Frau von Stand, Vermögen und der »guten Partie«.

#willoughbymeinwilloghby
#jedestöpfchenhatseindeckelchen

JOHANN WOLFGANG VON GOETHE

DIE LEIDEN DES JUNGEN WERTHERS

(Leipzig 1774, überarb. Ausgabe 1787)

Warum man diesen Roman lesen muss

Weil er die Mutter aller Briefromane, Bibel einer ganzen Generation, das Aushängeschild des *Sturm und Drang* und das erste Buch der Weltliteratur ist, das einen wahnsinnigen Hype und wahren Fan-Kult auslöste. Außerdem leidet keiner so schön und pathetisch wie Goethes Werther.

Worum geht's?

Herz-Schmerz! Um für seine Mutter eine Erbschaftsangelegenheit unter Dach und Fach zu bringen, ist Werther von zu Hause weggegangen. Es verschlägt ihn in ein Örtchen namens Wahlheim. Der Typ ist sensibel, schwärmerisch, naturverliebt und leidenschaftlich. Auf der Fahrt zu einem Ball lernt er dann Lotte kennen. *Wooosh!* – Liebe auf den ersten Blick! Die beiden haben ein gemeinsames Lieblingsgedicht und fühlen sich seelenverwandt. Alles könnte so schön sein, gäbe es Albert nicht. Das ist nämlich dummerweise Lottes Verlobter, der bald von einer Reise heimkommt. Dieser Albert ist gar nicht so unsympathisch, und die Männer freunden sich an, führen interessante Gespräche. Dabei zeigt sich bald schon der Unterschied in den Charakteren: Werther ist der stürmische, schwärmerische und Albert der besonnene, konventionelle. Fortan gibt es dieses Dreigespann: Albert – Werther – Lotte. Aber irgendwie ist das

alles nicht auszuhalten. Werther liebt Lotte zu sehr. Die Eifersucht quält ihn. Da hilft nur eins: Er muss gehen. Lotte und Albert heiraten in Werthers Abwesenheit. Eigentlich will Werther für immer wegbleiben, doch er kann nicht anders – er kommt zurück.

Achtung, Spoileralarm!

Wie früher stattet Werther Lotte regelmäßige Besuche ab. Seine Liebe zu ihr wird für ihn zur Qual, während sie seine Leidenschaft genießt, aber zurückweist. Eines Abends, es ist kurz vor Weihnachten, liest Werther Lotte wieder Gedichte vor, und wie schon auf dem Ball ist das der Auslöser für das Gefühl der unbedingten Seelenverwandtschaft. Mit Werther gehen die Pferde durch: Er küsst sie! Lotte wehrt ihn ab und läuft ins Nebenzimmer – sie ist überrumpelt und durcheinander. Und jetzt wird's traurig, denn die Sache hat ja einfach keinen Sinn. Werther schreibt den bereits begonnenen Abschiedsbrief an Lotte zu Ende und verabredet sich mit ihr in einem anderen Leben. Dann erschießt er sich mit einer Pistole, die er sich von Albert geliehen hat. Vorher hat er sich noch extra in die Klamotte geworfen, die er bei ihrer ersten Begegnung trug. Der Mann hat wirklich Sinn fürs Drama!

Wer hat's geschrieben?

JOHANN WOLFGANG VON GOETHE

**28.08.1749 in Frankfurt am Main; †22.03.1832 in Weimar*

Vater Kaiserlicher Rat und Dr. jur. Auch Goethe junior wird auf Wunsch des Vaters Jurist, seine Liebe aber gilt der Literatur. Erster großer dichterischer Erfolg und Aufmischung der Theaterszene 1773 mit dem spektakulär modernen Drama *Götz von Berlichingen*. Ein Jahr später wirbelt er wieder die Massen auf: mit *Die Leiden des jungen Werthers*, einem schier unerhört schwärmerischen Briefroman. Darin Verarbeitung seiner unglücklichen Liebe zu der bereits vergebenen Charlotte Buff.
Goethe wird zum Rockstar. Er liebt viel und gerne: zum Beispiel – wahrscheinlich rein plantonisch – die verheiratete, sieben Jahre ältere Charlotte von Stein. Später läuft da ein Techtelmechtel mit der Putzmacherin Christiane Vulpius. Fünf Kinder werden sie und Goethe haben, von denen nur eines überlebt. Die Weimarer Gesellschaft lehnt Christiane als unstandesgemäß ab. Doch weil sie Goethe das Leben rettet, heiratet der sie nach achtzehnjähriger Beziehung.
Zu der Zeit hat er längst Karriere am Hofe des Herzogs Karl August in Weimar gemacht, hat so manches Verwaltungs- und Regierungsamt bekleidet, wurde sogar Staatsminister und ein **von** Goethe. Und machte von 1786 bis 1788 seine weltberühmte Italienreise. Hier sucht und findet Goethe das klassische Altertum, sein Arkadien. Findet zu seiner Kreativität zurück, die ihm die Arbeit als Minister ausgetrieben hatte. Er malt, schreibt wieder. Später lernt er Schiller kennen. Kann ihn anfänglich nicht ausstehen. Dann werden sie doch noch Bros. – Goethe aber steht zeitlebens im Schatten des erfolgreichen Kollegen. Trifft Napoleon mehrfach zu Ge-

sprächen. Begegnet Beethoven, Mozart, Herder, Hölderlin, Hegel und noch vielen anderen. Schreibt Gedichte, Romane, Dramen und noch so einiges mehr. Beschäftigt sich neben dem Schreiben mit unwahrscheinlich vielen Themen: Mineralogie, Anatomie, Botanik, Farbenlehre und ist in allem forschend sehr erfolgreich unterwegs. Ein Tausendsassa, unser Dichterfürst, oder anders ... ein wahres Universalgenie. Wer sich für Goethe und sein interessantes, pralles Leben interessiert, dem sei Rüdiger Safranskis Biographie »Goethe« aufs wärmste ans Herz gelegt.

Klugscheißerwissen

Goethe war ultra angenervt von den Leuten, die ständig wissen wollten, was denn nun an der Story um den *Werther* wahr war. Also: Lotte gab es wirklich im Leben von Goethe. Sie war neunzehn und hieß Charlotte Buff. Goethe lernte sie 1772 während einer Kutschfahrt zu einem Jagdhaus kennen, wo man Party machen wollte. Goethe war sofort Feuer und Flamme. Der Arme! Er hatte ja keine Ahnung, dass Lotte schon vergeben war, nämlich an den Typen, der später noch zu dem Fest kam, Johann Christian Kestner. Lotte hat dann Goethe klargemacht, wo der Hase langläuft. Also, bis hierhin und nicht weiter. Aber Kestner, der Goethe mochte, hatte nichts dagegen, dass man sich weiterhin sah. Trotzdem war es dann wohl irgendwann doch für alle das Beste, als Goethe beschloss, lautlos das Weite zu suchen.

Sein Roman *Die Leiden des jungen Werthers* wurde zu einem Knaller! Ein Literaturphänomen, dem vielleicht

nur noch *Harry Potter* gleichkommt. Der Verlag musste quasi sofort und tüchtig nachdrucken. Das Buch wurde verboten, übersetzt, nachgeahmt und zur Bibel einer Generation. *Werther* zur Kultfigur. Goethe hatte den Zeitgeist getroffen. Ein wahrer Werther-Kult brach aus. Die jungen Männer kleideten sich wie Werther mit blauem Messingknopf-besetzten Frack, darunter einer gelben Weste und ungepudertem Haar.
Der *Werther* machte Goethe zum Popstar der Literaturszene. Sogar Napoleon las das schwärmerische Gejammer. Ein unschöner Nebeneffekt war die ausgelöste Selbstmordwelle. Reihenweise unglücklich Liebende, die sich mit dem *Werther* in der Jackentasche oder unter dem Kopfkissen das Leben nahmen.

Übrigens ...

... hat Goethe für den *Werther* nur vier Wochen gebraucht!

Angefixt? Hier gibt's mehr von dem Stoff:

DIE WAHLVERWANDTSCHAFTEN

Roman. Ehekrise, Leidenschaft und Vernunft, Entsagung und Erfüllung, Chaos, tragisches Ende.

FAUST I

Goethes berühmteste Tragödie. Die Sache mit Faust, Mephisto, dem Teufelspakt, der verkauften Seele, des Pudels Kern und der Gretchenfrage ...

#codewortklopstock #herzschmerzliebesleid

J. D. SALINGER

DER FÄNGER IM ROGGEN (Köln 1962)

The Catcher in the Rye (Boston 1951)

Warum man diesen Roman lesen muss

Weil es verdammt noch mal eben kein »David-Copperfield-Mist« ist, sondern eine verdammt gute Coming-of-age-Geschichte über ein paar Tage im Leben von Holden Caulfield, einem rebellischen jungen Typen, der eigentlich alles ablehnt, auch sich selbst.
Das Buch, der Protagonist, die Story: alles Kult!

Worum geht's?

Holden Caulfield, sechzehn Jahre alt, ist so was von gar, garer geht es schon kaum noch. Er ist von der Schule geflogen. Mal wieder. Das vierte Mal. Es ist Samstag. Weihnachten steht vor der Tür, und eigentlich soll Holden am Mittwoch die Heimreise nach New York antreten, wo seine Eltern in ihrem schicken Upper-East-Side-Appartement mit seiner neunjährigen Schwester Phoebe wohnen. Sein älterer Bruder D.B. »prostituiert« sich als Drehbuchautor in Hollywood. Holdens Vater hat mächtig viel Kohle, er ist Firmenanwalt. Seit dem Tod von Holdens Bruder Allie, er ist an Leukämie gestorben, ist seine Mutter nie wieder so richtig auf den Damm gekommen. Das ist also die Familie, die Holden zum wiederholten Male enttäuschen wird. Noch Samstagnacht packt Holden seine sieben Sachen und fährt nach New York. Die Nachricht von seinem Rausschmiss will er die Eltern erst mal verdauen lassen, deshalb mietet er sich

CENTRAL PARK

vorerst in einer billigen Absteige ein, um dann – wie geplant – am Mittwoch bei seinen Eltern aufzuschlagen. Holden ist wirklich völlig durch den Wind. Er ist traurig, einsam, deprimiert, verzweifelt. Die Welt der Erwachsenen, die bald seine werden soll, hält er für verlogen, falsch und pervers. Seine ganze Irrfahrt durch Manhattan, die nun beginnt, ist nichts anderes als eine verzweifelte Suche nach Antworten und nach jemandem, mit dem er einfach nur reden kann.

Achtung, Spoileralarm!

Aber er findet keinen geeigneten Gesprächspartner. Weder irgendwelche Nachtschwärmer, Taxifahrer, das Telefon, eine Prostituierte, noch seine frühere Freundin Sally oder ein ehemaliger Schulkamerad können Holden helfen, sein Leid an der Welt zu lindern, deshalb schleicht er sich dann doch in die elterliche Wohnung, um mit Phoebe zu sprechen. Er hat Glück. Seine Eltern sind nicht da. Phoebe und er reden, bis seine Eltern auftauchen – Holden drückt sich ungesehen aus der Wohnung. Nach einer Nacht bei einem früheren Lehrer, der Holden dann doch irgendwie pervers und an ihm sexuell interessiert vorkommt, weswegen er lieber verschwindet, hinterlässt Holden am nächsten Morgen in Phoebes Schule eine Nachricht für sie. Er will weg. Nie mehr nach Hause oder auf eine Schule gehen. Lieber als Taubstummer, damit er keine Gespräche mehr führen muss, in den Westen trampen. Phoebe möchte er vorher noch mal sehen. Phoebe kommt. Allerdings mit gepackten Koffern – sie will mit ihm abhauen. Erst als Holden ihr verspricht, nicht weg-, sondern nach Hause zu gehen, und ihr einen gemeinsamen Zoobesuch vorschlägt, lenkt Phoebe ein. Im Zoo fährt Phoebe bei strömendem Regen mit dem Karussell, und als Holden ihr pitschenass so dabei zusieht, ist er zum ersten Mal glücklich. Das alles erzählt Holden in einem Bericht, den er für seinen Psychiater aufgeschrieben hat, denn nach seiner Rückkehr ist er krank geworden und befindet sich jetzt in einer Klinik.

Wer hat's geschrieben?

J(EROME) D(AVID) SALINGER
**01.01.1919 in New York;*
†27.01.2010 in Cornish, New Hampshire

Schreibt schon früh für die Schülerzeitung. Militärschule. Aufnahme des Studiums der Sonderpädagogik. Abbruch. Geht nach Europa. Macht in einem Wiener Schlachtbetrieb eine Ausbildung. Zurück in den USA, Abendkurs für Kreatives Schreiben. 1941 kauft der *New Yorker* eine Kurzgeschichte. 1942 Einzug in die US-Armee. Aufeinandertreffen mit Hemingway in Paris. Brieffreundschaft. Ist bei der Landung der Aliierten in der Normandie ebenso dabei wie bei der Befreiung des Konzentrationslagers Dachau. Im Krieg erste Arbeit an *Der Fänger im Roggen*. Nach dem Krieg Schreiben als Verarbeitung der Kriegserlebnisse. Mehrfach verheiratet, zwei Kinder. Verfasst vor allem Kurzgeschichten und nur einen Roman: *Der Fänger im Roggen.*

Klugscheißerwissen

Der Fänger im Roggen hat sie bei seinem Erscheinen alle umgehauen. Die einen wegen des Schreibstils, die anderen, weil sie sich in der Person des Holden Caulfield eins zu eins wiederfanden. Der Roman wurde zur »Bibel«. Einige Leute sind sogar so weit gegangen, den Roman mit Goethes *Werther* zu vergleichen. Steile These! Andere sehen in Holden Caulfield einen modernen Huckleberry Finn. Macht Sinn.

Wegen der vielen vulgären Ausdrücke (da würde heute kein Hahn mehr nach krähen – wir reden hier von Begriffen wie »goddam« oder »fuck«) war *Der Fänger im Roggen* eine Zeitlang in einigen angelsächsischen Ländern verboten.

Quasi über Nacht wurden *Der Fänger im Roggen* und sein Autor weltberühmt. Bis heute verkaufte sich der Roman weltweit fünfundsechzig Millionen Mal. Doch Salinger wollte nicht berühmt sein. Er wollte in Ruhe gelassen werden. Er verbot es, weiterhin sein Konterfei auf das Cover des Buches zu drucken. Er wies seinen Agenten an, jegliche Fan-Post zu verbrennen, und schließlich haute er ab aus New York.

Übrigens ...

Salingers große Liebe Oona O'Neil verließ ihn für niemand Geringeren als Charlie Chaplin, den sie dann auch heiratete. Hart für J.D.!

#einfachnurreden #abermitwem
#inthecitythatneversleeps

OSCAR WILDE

DAS BILDNIS DES DORIAN GRAY (Leipzig 1901)

The Picture of Dorian Gray (London 1891)

Warum man diesen Roman lesen muss

Weil er geistreich und zynisch, vielleicht auch ein bisschen pathetisch von der Beziehung zwischen Schönheit und Sittlichkeit, Kunst und Leben, Tod und Vergänglichkeit erzählt.

Worum geht's?

Dorian Gray. Wow. Was für eine Sahneschnitte! Unglaublich schön, um die zwanzig, unverbraucht, unschuldig. Dorian Gray hätte bestimmt ein ganz nettes, normales Leben führen können, hätte der Zufall es nicht gewollt, dass Lord Henry Wotton im Atelier des Malers Basil Hallward dessen lebensgroßes Porträt von Dorian Gray gesehen hätte. Lord Wotton ist ein Verführer, ein Lustmensch, der Teufel in Person. Er ist fasziniert von Dorian Gray, den er noch am gleichen Tag bei Hallward kennenlernt. Lord Wotton setzt Dorian Gray den Floh mit der Jugend, der Schönheit und den Freuden der Sinne ins Ohr – und dass das alles unbedingt und beizeiten ohne Rücksicht auf Verluste ausgelebt werden muss. Als Dorian dann auch noch sein Bildnis, also das Gemälde von sich, sieht, stockt ihm der Atem, wird ihm plötzlich klar, dass Schönheit und Jugend sich verflüchtigen wie der Dampf über der Kaffeetasse. Und da wünscht er sich, dass dieses Bild doch statt seiner älter und runzelig werden und er mit ewiger Jugend beseelt sein soll. Dafür ist er sogar bereit, seine Seele zu verkaufen. Vorsicht, Mr Gray, solche Versprechungen sind schon anderen zum Verhängnis geworden!

Eines Abends nimmt Dorian den Maler Basil und Lord Wotton mit ins Theater. Sie sollen seine Verlobte Sybil Vane spielen sehen. Doch leider legt sie an diesem Abend eine erbärmlich schlechte Vorstellung hin, woraufhin Dorian sie absägt. Jetzt zeigt sich, dass sein Wunsch mit dem Bildnis und dem Altern auf magische Weise in Erfüllung gegangen zu sein scheint. Denn bei seiner Rückkehr hat sich sein Gesicht auf dem Bildnis verändert. Um den Mund herum hat es grausame Züge bekommen.

Achtung, Spoileralarm!

Dorian erfährt von Lord Wotton, dass Sybil sich das Leben genommen hat. Ansätze von Reue und schlechtem Gewissen redet Lord Wotton Dorian schnell aus. Nun legt Dorian so richtig los. Zwanzig Jahre lang führt er ein rücksichtsloses, enthemmtes, moralfreies, skandalöses Leben. Sein Ruf ist ruiniert, und er ist Gift für jeden, der es mit ihm zu tun bekommt. Äußerlich ist er aber immer noch der Smarty von früher. Doch das Porträt, das er Basil Hallward in der Dachkammer zeigt, als dieser ihm eine kleine Moralpredigt halten möchte, ist mittlerweile völlig entstellt.

Schließlich brennen bei Dorin alle Sicherungen durch. Er ersticht Basil. Ist Basil bzw. dessen Bild nicht schuld an Dorians Schicksal? Ach herrje, dieser Mord war dann wohl doch etwas zu viel für Dorian. Um zu vergessen, nimmt er Drogen, aber seine Vergangenheit verfolgt ihn

erbarmungslos. Schließlich fasst er einen Entschluss. Das Bildnis – er muss es zerstören, auslöschen wie sein altes Leben. Danach wird er unbelastet und in Frieden leben können. Denkt er …
Also, die Klinge gewetzt und … Ein Schrei gellt durch das Haus. Später finden seine Diener eine Leiche mit einem Messer in der Brust, deren Gesicht so alt, so zerfurcht ist, dass sie ihren toten Herrn erst nicht erkennen, während das Gemälde an der Wand Dorian Gray in seiner ganzen Schönheit und Jugend zeigt.

Wer hat's geschrieben?

OSCAR WILDE, eigtl. Oscar Fingal O'Flahertie Wills Wilde
**16.10.1854 in Dublin, Irland;*
†30.11.1900 in Paris, Frankreich

Irischer Lyriker, Romanautor, Dramatiker und Kritiker – umstrittenster Schriftsteller des viktorianischen England.
Sohn eines Arztes und einer Dichterin. Eltern sehr extravagant, Mutter unterhält einen Salon in Dublin. Wilde gewinnt schon im Studium einen Preis für sein Gedicht *Ravenna*. Bereist ausführlich Norditalien. Nach dem Studium Umzug nach London. Als Schriftsteller beliebt, als extravaganter, selbstverliebter Dandy (immer wie frisch aus dem Ei gepellt, immer äußerst unterhaltsam, redegewandt wie kein Zweiter, liebt die schönen Dinge) von vielen mit hochgezogener Augenbraue betrachtet. Unwahrscheinlicher Wortwitz. Pointierte Sprache. Hu-

mor. Göttliche Ironie. Er bringt die Dinge knapp auf den Punkt. Ein wahrer Ästhet: »Kunst ist das Wichtigste. Kunst ist ganz und gar nutzlos« – l'Art pour l'Art. Vortragsreise in den USA. Mehrmonatiger Aufenthalt in Paris. Vortragsreise durch Großbritannien. 1884 Eheschließung. Zwei Söhne. Dennoch relativ offener Umgang mit seiner Homosexualität. Zwei Jahre Gefängnis (wegen seiner Homosexualität) mit schwerer Zwangsarbeit. Haftbedingungen zerstören seine Gesundheit. 1897 Entlassung und Übersiedlung nach Frankreich. Kehrt nie mehr nach England zurück. Stirbt mit 46 Jahren verarmt und in jeglicher Hinsicht ruiniert.

Klugscheißerwissen

Muss ein irre witziger Typ gewesen sein, der gute Oscar. Er hat zig kluge, witzige, geistreiche Sprüche zum Nachdenken rausgehauen. Sogenannte Aphorismen: »Ich habe nichts zu verzollen außer meinem Genie!« oder »Ich kann allem widerstehen außer der Versuchung«.

Dass Oscar Wilde wegen »unzüchtiger Handlungen mit anderen männlichen Personen« ins Gefängnis kam, dafür sorgte der Marquess of Queensberry, der Vater seines Lovers Bosie (Lord Alfred Douglas). Denn der war über die Beziehung zwischen Wilde und seinem Sohn nicht so wirklich erfreut. Und um Wilde eins reinzuwürgen und dessen »sittenloses Verhalten« öffentlich zu machen, drückte er dem Pförtner des Albermale Club seine Visitenkarte in die Hand, auf der stand ... tja, der gute Mann hat etwas gekrakelt, deshalb weiß man nicht so genau, was er sagen wollte. Entweder »To Oscar

Wilde posing as a sodomite«, also »An Oscar Wilde, der als Sodomit posiert«. Oder wahlweise »To Oscar Wilde, ponce and sodomite«. Tja, würde dann heißen: »An Oscar Wilde, Zuhälter und Sodomit.« Das Ergebnis war auf jeden Fall eine Verleumdungsklage Wildes gegen den Marquess of Queensberry, doch zu spät, die Öffentlichkeit war bereits hellhörig geworden.

Übrigens …

Das Bildnis des Dorian Gray ist Wildes einziger Roman.

Angefixt? Hier gibt's mehr von dem Stoff:

EIN IDEALER GATTE

Kein Roman, aber dafür eine göttliche Gesellschaftskomödie über ein unehrenhaftes Geheimnis, eine intrigante Dame und einen charmanten Dandy.

DAS GESPENST VON CANTERVILLE

Satirische Erzählung über die Spleens der Engländer, die wissenschaftlich-analytische Art der Amerikaner und mittendrin ein altes Schlossgespenst.

#foreveryoung

»All charming people I fancy, are spoiled.
It is the secret of their attraction.«

»Versuchungen sollte man nachgeben.
Wer weiß, ob sie wiederkommen.«

HARPER LEE

WER DIE NACHTIGALL STÖRT

(Reinbek bei Hamburg 1962)

To kill a Mockingbird (New York 1960)

Warum man dieses Buch lesen muss

Weil alles, was Atticus Finch seinen Kindern über Toleranz, Verständnis und ein friedliches Miteinander lehrt, nicht häufig genug gesagt werden kann.

Worum geht's?

In diesem Buch ist gefühlt immer Sommer. Die beinahe sechsjährige Scout, ihr fast zehnjähriger Bruder Jem und der Nachbarsjunge Dill erkunden in dem kleinen Ort Maycomb County im Bundesstaat Alabama von morgens bis abends die Gegend, erleben Abenteuer und genießen ihr Leben. Und das, obwohl das Land in den 1930er Jahren unter einer schlimmen Wirtschaftskrise ächzt. Scout und Jem haben ihre Mutter früh verloren, aber ihr Vater Atticus, Anwalt und Abgeordneter, ist ein Bilderbuchvater. Immer gerecht, immer liebevoll, begegnet er seinen Kindern auf Augenhöhe. Eine weitere wichtige Person für Scout und Jem ist Calpurnia, die schwarze Hausangestellte, die den Kindern, so gut es geht, die Mutter ersetzt. Und dann ist da noch Arthur Radley, genannt Boo, der erwachsene Sohn der Nachbarn, ein Geist, den man nie sieht – aber der gerade dadurch die Phantasie der Kinder zum Sprudeln bringt. Verrückt und gefährlich soll er sein. Weil er als Jugendlicher mit einer Schere auf seinen Vater eingestochen haben soll, wird er angeblich

seit damals im eigenen Haus gefangen gehalten. Scout, Jem und Dill lieben diese gruselige Geschichte und meinen, dass es doch mit dem Teufel zugehen müsste, wenn es ihnen nicht gelänge, Boo nur ein Mal, wirklich nur ein einziges Mal aus dem Haus zu locken. Auch wenn Atticus ihnen befohlen hat, Boo in Ruhe zu lassen.
Plötzlich krachen die Schrecken der Erwachsenenwelt wie ein Donnerschlag in die heile Kinderwelt. Tom Robinson, ein schwarzer Farmarbeiter, wird beschuldigt, eine junge, weiße Frau vergewaltigt zu haben. Atticus übernimmt seine Verteidigung.

Achtung, Spoileralarm!
Nun erleben die Kinder die grausame Realität des Rassismus in den amerikanischen Südstaaten der dreißiger Jahre. Ihr Vater wird als »Nigger-Freund« angefeindet. Und obwohl Atticus vor Gericht eindeutig Toms Unschuld beweisen kann, wird dieser von der Geschworenen-Jury zum Tode verurteilt. Und es kommt noch schlimmer. Tom flieht aus dem Gefängnis und wird auf der Flucht erschossen. Dann geraten auch noch die Kinder in Gefahr: Vor Gericht hat Atticus den grobschlächtigen, brutalen und echt fiesen Bob Ewell, Vater des angeblichen Vergewaltigungsopfers, der Lüge überführt. Dafür hasst Ewell Atticus von ganzem Herzen und sinnt auf Rache. Und so schleicht Ewell in der Halloween-Nacht hinter Scout und Jem her – eine Szene, die wahrlich nichts für schwache Nerven ist! Die Kinder haben keine Chance. Scout steckt in ihrem Schinken-Kostüm, und außerdem ist es stockdunkel. Plötzlich

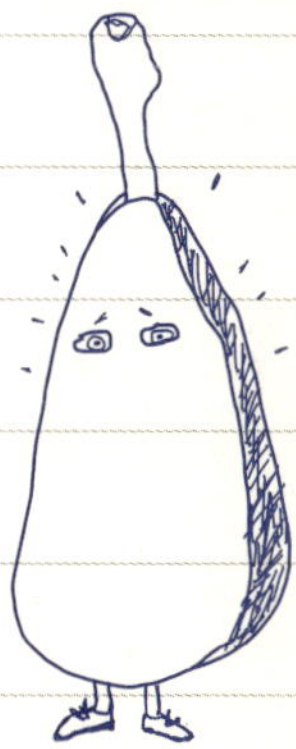

ein Handgemenge, Jem schreit, dann Scout. Ewell versucht, sie zu ermorden. Die Spannung ist kaum auszuhalten! Im buchstäblich allerletzten Moment naht Hilfe: Boo Radley. Um die Kinder zu retten, ersticht er Bob Ewell. Im Polizeibericht wird später stehen, Ewell sei in sein eigenes Messer gefallen.

Wer hat's geschrieben?

HARPER LEE

**28.04.1926 in Monroeville, Alabama; †19.02.2016 in Monroeville, Alabama*

Kindheitsfreundin des Schriftstellers Truman Capote. Abgebrochenes Jurastudium. Versuche als Schriftstellerin. Wird zu Capotes Recherche-Assistentin, als der an dem dokumentarischen Roman *Kaltblütig* arbeitet. Schreibt Jahre an ihrem Roman *Wer die Nachtigall stört*, der ein Jahr nach seinem Erscheinen 1961 mit dem Pulitzerpreis ausgezeichnet wird.

Klugscheißerwissen

Wer die Nachtigall stört wurde in den USA sofort ein gefeierter Roman, ein Lieblingsbuch für unzählige Menschen. Die Figur des Atticus Finch zu einer moralischen Instanz. Zu einem Helden. Einer Ikone. Vierzig Millionen Mal verkaufte sich der Roman bisher. 1962 erschien der Film, wurde für acht Oscars nominiert, und unter anderen erhielt der unerreichte Gregory Peck für seine Rolle des Atticus Finch die begehrte Auszeichnung.

Danach Schweigen. Harper Lee bekommt nichts mehr hin – writer's block. Bis 2014 plötzlich die angeblich verschollene Urfassung, das erste Manuskript von *Wer die Nachtigall stört,* gefunden und 2015 mit großem Medienrummel unter dem Titel *Gehe hin, stelle einen Wächter* veröffentlicht wird. Es ist kein neues Buch, sondern die wegen Qualitätsmängeln abgelehnte erste Version ihres ausgezeichneten Bestsellers. In der neuen alten Version ist vieles anders, und Atticus wird leider von seinem moralischen Thron geschubst. Wer erst den Klassiker und dann seine Urfassung liest, wird wahrscheinlich enttäuscht sein.

Die betagte, schlecht hörende und schlecht sehende, in einem Seniorenheim lebende Harper Lee war laut Verlag von der Veröffentlichung hellauf begeistert. Mag sein. Mag auch nicht sein. Sicher ist nur: Die Sache ist ein gutes Geschäft. Zwei Millionen Bücher Startauflage ... Noch Fragen?

Übrigens ...

»Es ist Sünde, auf eine Nachtigall zu schießen.« Das bringt Atticus seinen Kindern bei. Denn Nachtigallen singen für die Menschen und haben nichts Böses im Sinn.

Genau deshalb darf auch niemand erfahren, dass Boo Radley Jem und Scout gerettet hat, denn das wäre, überlegt sich Scout, so, »als würde man eine Nachtigall stören ...«.

#bestervaterever #dasschreitdochzumhimmel

E. M. FORSTER

ZIMMER MIT AUSSICHT (München 1986)

A Room with a View (London, 1908)

Warum man dieses Buch lesen muss

Höchst amüsant, wie hier das steife postviktorianische England dem freien, leidenschaftlichen Italien gegenübergestellt wird. Außerdem sooo schön romantisch und voller Metaphern, die den Leser schmunzeln lassen.

Worum geht's?

Rule Britannia! Rund um 1900. Es ist die Zeit, in der die Engländer nicht nur als Herrscher des glorreichen Empires die Welt regieren, sondern sie auch bereisen. So wie die junge Lucy Honeychurch. Gemeinsam mit ihrer altjüngferlichen Cousine Charlotte Bartlett als Anstandswauwau macht sie eine Bildungsreise nach Italien.

In Florenz lernt sie den jungen unkonventionellen George Emerson kennen, der mit seinem Vater ebenfalls in der Pension Bertolini abgestiegen ist. Die beiden Männer bieten den Frauen ganz gentlemanlike – nachdem sie deren Klagen über die mangelnde Aussicht gehört haben – zum Tausch ihre Zimmer mit Aussicht an, was Cousine Charlotte als ziemlich unziemlich wertet. Aber es ist ohnehin zu spät – ein Erdbeben erschüttert bereits Lucys geordnete, bürgerliche Welt. Nicht nur, weil direkt vor ihren Augen ein Mann erstochen wird (und by the way der junge Emerson sie in ihrer Ohnmacht auffängt). Sondern vielmehr, weil – o mein Gott! – George sie während eines Ausflugs leidenschaftlich küsst. Seufz … Die empörte Miss Bartlett besteht auf schnelle Weiterreise nach Rom, wo sie Cecil Vyse und seine Mutter treffen wollen – Bekannte aus England. Zurück in ihrem Elternhaus, verlobt sich Lucy mit dem recht steifen Snob Cecil Vyse, der den gesellschaftlichen Vorstellungen von einem Ehemann sehr, sehr nahe kommt. Aber mal ehrlich ... passt der auch zu Lucy?

Achtung, Spoileralarm!

Ohne zu ahnen, was er da anrichtet, vermittelt Cecil Lucys Urlaubsbekanntschaft ein Haus in ihrer Nachbarschaft im fiktionalen Örtchen Summer Street. Er hat ja nicht den blassesten Schimmer von dem, was in Florenz vorgefallen ist. Es tobt in Lucy. Gefühlswirrwarr contra Gesellschaftszwänge – und schließlich muss die Gute einsehen, dass Cecil irgendwie so gar nicht ihren persönlichen Vorstellungen von einem Ehemann entspricht. Sie löst die Verlobung und entscheidet sich für den freien, ungezwungenen, leidenschaftlichen George Emerson. Und der findet in der Liebe zu Lucy den langgesuchten Sinn des Lebens. Das Buch endet dort, wo es angefangen hat. In der Pension Bertolini, in der Lucy und George im Zimmer mit Aussicht ihren Honeymoon verbringen. Nee, wat schön!

Wer hat's geschrieben?

EDWARD MORGAN FORSTER

**01.01.1879 in London, England;*

†08.06.1970 in Coventry, England

Studium am King's College in Cambridge. 1906 Bekanntschaft mit dem siebzehnjährigen Inder Syed Ross Masood, dem er Nachhilfe in Latein gibt. Die beiden freunden sich an. Forster verliebt sich in ihn, doch diese Liebe wird nicht erwidert. Seinetwegen geht Forster 1912 nach Indien, wo er sechs Monate herumreisen wird. Lernt Land und Leute kennen. Bekanntschaft mit dem Maharadscha von Dewas. Dreijähriger Einsatz für das Rote Kreuz in Ägypten. 1921 kehrt Forster auf Einladung des Maharadscha nach Indien zurück und wird für zehn Monate sein Sekretär. In seinem weiteren Leben wird er nur noch ein einziges Mal nach Indien zurückkehren.

Klugscheißerwissen

Die Liebe Forsters zu Masood blieb unerfüllt, trotzdem setzt er ihm mit *Auf der Suche nach Indien* (A Passage to India) ein Denkmal und widmet ihm dieses Buch: »Für Syed Ross Masood und für die siebzehn Jahre unserer Freundschaft«.

1985 erschien die Verfilmung von *Zimmer mit Aussicht*. Ein Schaulaufen der Stars. Die phantastische Helena Bonham Carter übernahm die Rolle der Lucy Honeychurch und wurde berühmt. Maggie Smith verkörpert genial Charlotte Bartlett. (Beide Schauspielerinnen trafen sich Jahre später am *Harry Potter*-Set wieder. Helena Bonham Carter als Beatrix Lestrange und Maggie Smith als Professor Minerva MacGonagall.) Außerdem dabei: Daniel Day-Lewis und Judi Dench.

Übrigens ...

... zwischen 1913 und 1914 verfasste Forster *Maurice*, den Roman einer homosexuellen Liebe, der erst nach seinem Tod veröffentlicht werden durfte. Obwohl Homosexualität noch zu Forsters Lebzeiten legalisiert wurde, hat er niemals öffentlich zu seiner gestanden.

Angefixt? Hier gibt's mehr von dem Stoff:

AUF DER SUCHE NACH INDIEN

Nicht nur Forsters berühmtester Roman, sondern *der* Indienroman des 20. Jahrhunderts. Er zeigt die Kluft zwischen der indischen Bevölkerung und ihren britischen Kolonialherren.

HOWARDS END

Die emanzipierten und freidenkenden Schlegel-Schwestern treffen auf die konservative Familie Wilcox, was tragisch enden wird.

#wasinflorenzpassiertbleibtinflorenz
#oderdochnicht

PARTY! PARTY!

»Zaphod liebte die große Show: darin war er der Größte.«

Douglas Adams, Per Anhalter durch die Galaxis

F. SCOTT FITZGERALD

DER GROSSE GATSBY (Berlin 1928)

The Great Gatsby (New York 1925)

Warum man dieses Buch lesen muss

Weil Fitzgeralds zwanziger Jahre mit all ihren Partys, dem Champagner, dem Charleston und der ganz, ganz großen Liebe unschlagbar sind.

Worum geht es?

Da gibt es diesen wahnsinnig coolen, wahnsinnig reichen Typen – Jay Gatsby. Er wohnt in einem unglaublich protzigen Haus in der Nähe von New York, hat Geld bis zum Abwinken und schmeißt total abgefahrene Partys. 1922 wird der Ich-Erzähler Nick Caraway aus Minnesota Gatsbys neuer Nachbar. Keiner weiß so genau, wer dieser Gatsby eigentlich ist, woher er kommt, wie zum Henker er seine Kohle gemacht hat. Es gibt Tratsch und Gerüchte. Ist er ein Kriegsgewinnler? Ein Alkoholschmuggler (es ist die Zeit der Prohibition, also des Alkoholverbots)? Ein Kriegsheld? Oder hat er mit der Unterwelt zu tun? All das Gerede ist diesem Gatsby egal. Denn ihn interessiert nur eins: Daisy, das Mädchen, das er mit romantischer Verklärung liebt und für das er sich aus der Armut – wie auch immer – hochgearbeitet hat.

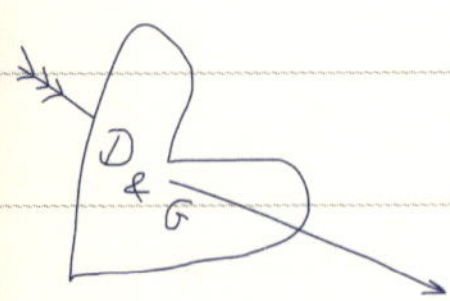

Sie ist mittlerweile mit dem stinkreichen Tom Buchanan verheiratet und lebt mit ihm und ihrer dreijährigen Tochter am gegenüberliegenden Ufer des Sees. Nick, der Daisys Cousin ist, wird von Gatsby gebeten, ein Treffen zwischen ihm und ihr zu arrangierten. Von da an sehen

sich die beiden regelmäßig in aller Heimlichkeit. Doch Daisy kann sich nicht entscheiden: Will sie Gatsby, ihre Jugendliebe, mit dem zweifelhaften Ruf? Oder will sie Tom, der sie seit Jahren immer mal wieder betrügt, aber gesellschaftlich anerkannt ist ...

Achtung, Spoileralarm!

Eines Nachmittags fahren Daisy, Tom, Nick und Gatsby in zwei Autos nach New York City. Schon die Idee ist blöd, doch der Vorschlag, dass Tom und Gatsby ihre Autos tauschen, ist verhängnisvoll. Warum? Abwarten!

Im New York Plaza drängt Gatsby Daisy, endlich ihrem Ehemann zu gestehen, dass sie immer nur ihn und nie Tom geliebt hat. Doch Daisy ist überfordert, bricht in Tränen aus, rast aus dem Hotelzimmer, Gatsby hinterher, und gemeinsam brausen sie in Gatsbys Auto davon. Unglücklicherweise glaubt Myrtle Wilson, Toms aktuelle Geliebte, Tom sitze in dem Wagen (wie gesagt: verhängnisvoll ...), und versucht das Auto zu stoppen, stellt sich ihm in den Weg und ... wird versehentlich überfahren. Daisy begeht Fahrerflucht. Gatsby versteckt den Wagen und hält den Mund. Nicht so Tom. Er informiert den trauernden Tankwart Wilson darüber, wem der Wagen gehört, durch den seine Frau zu Tode kam.

Der Tankwart erschießt erst Gatsby, dann sich selbst.

Es ist Gatsbys einziger Freund Nick, der sich um die Beisetzung kümmert und den ärmlich gekleideten, einfachen Mann empfängt: Mr Henry C. Gatz, Gatsbys Vater, der vor Stolz platzt auf das, was sein Sohn im Leben erreicht hat. Zur Beisetzung kommt im Übrigen fast niemand. Noch nicht mal Daisy. Gatsbys amerikanischer Traum ist zu Ende geträumt.

Wer hat's geschrieben?

F(RANCIS) SCOTT FITZGERALD

**24.09.1896 in St. Paul, Minnesota;*

†21.12.1940 in Hollywood, Kalifornien

Mit vierundzwanzig Jahren der erste Bestseller: *Diesseits vom Paradies (This Side of Paradise).* Fitzgerald ist eine gefeierte Berühmtheit und das Sprachrohr des Jazz Age. Hochzeit mit Zelda! Das Leben: eine Party zwischen den USA und Frankreich. Zu viel Alkohol. Zu viele durchfeierte Nächte. Zu viele Ausgaben – und das, obwohl Fitzgerald mit seinen Kurzgeschichten wahnsinnige Summen heranschafft. Geld wird geliehen. Ständig Vorschüsse vom Verlag. Zelda und Scott Fitzgerald – die Celebrities des Jazz Age. Jung, hübsch, erfolgreich, wild. Häufig werden das eigene Leben und auch die Notizen von Zelda zur Vorlage für Fitzgeralds Texte. Eifersucht. Der eine zerstört den anderen. Fitzgerald wird Alkoholiker. Schreibblockaden und Depressionen. Der schwarze Freitag 1929. Das Ende des Jazz Age, der Dekadenz und seiner Karriere. Zelda Dauergast in der Psychiatrie, die Ehe zerrüttet. Scott Fitzgerald stirbt mit nur vierundvierzig Jahren.

Klugscheißerwissen

Der *Gatsby* ist zunächst alles andere als ein Bestseller. Als F. Scott Fitzgerald stirbt, ist nicht mal die zweite Auflage abverkauft. Erst als 1974 die Verfilmung mit Robert Redford und Mia Farrow in die Kinos kommt, wird der Roman zum Bestseller.

Zelda und Hemingway hielten recht wenig voneinander. Zelda warf ihrem Mann einmal vor, er habe ein homosexuelles Verhältnis mit Hemingway, und für Hemingway stand fest, dass alles Übel in Fitzgeralds Leben von Zelda herrührte.

Es gibt zwei erwähnenswerte Hollywood-Verfilmungen von *Der große Gatsby*: 1974 übernimmt Robert Redford die Rolle des Gatsby, 2013 Leonardo DiCaprio.

Wer ist besser? Das darf jeder selbst entscheiden!

Übrigens …

Fitzgerald, Hemingway, John Dos Passos und viele andere Schriftsteller, die in den zwanziger Jahren nach Paris gehen und als junge Männer den Krieg erlebt haben, gelten als Vertreter der *lost generation*.

Angefixt? Hier gibt's mehr von dem Stoff:

DIESSEITS VOM PARADIES

In diesem (Fitzgeralds erstem) Roman geht es los mit dem Jazz Age.

Und empfehlenswert sind ebenfalls alle Kurzgeschichten, besonders:

EIN DIAMANT SO GROSS WIE DAS RITZ

Jazz Age eben.

#can'trepeatthepast
#whyofcourseyoucan #grüneslicht #prost

DOUGLAS ADAMS

PER ANHALTER DURCH DIE GALAXIS

(Hamburg 1981)

The Hitchhiker's Guide to the Galaxy (London 1979)

Warum man dieses Buch lesen muss

Weil Zaphod Beeblebrox total durchgeknallt und Douglas Adams ultimativer Kult ist!

Worum geht es?

Arthur Dent hat ein Problem: Sein Haus soll einer Umgehungsstraße weichen.

Sein Kumpel Ford Prefect, der ein Außerirdischer ist, ahnt hingegen, dass Arthur nicht der Einzige sein wird, der wegen einer Umgehungsstraße heimatlos werden könnte. Alle Erdlinge können sich darauf gefasst machen. Denn die Vogonen sind im Anmarsch, um die Erde aus der Galaxis zu pusten. Grund: Der Bau einer Hyperraum-Expressroute. Duplizität der Ereignisse!

Aber: KEINE PANIK!

Ford hat »das bemerkenswerteste aller Bücher, die bei den großen Verlagen von Ursa Minor je erschienen sind« dabei, nämlich: *Per Anhalter durch die Galaxis* (das im Übrigen einem E-Book nicht unähnlich ist), außerdem ein Handtuch (wichtig!).

Als die Vogonen Ernst machen, hauen Ford und Arthur also ins Weltall ab und gelangen an Bord der *Herz aus Gold*. Das ist das Präsidenten-Raumschiff des unschlagbar coolen, schrägen, mit zwei Köpfen und zwei rechten Armen ausgestatteten Zaphod Beeblebrox. Der sich al-

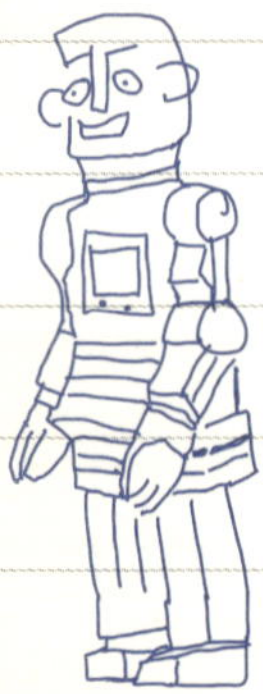

lerdings nur wegen der *Herz aus Gold* und ihrem Unendlichen Unwahrscheinlichkeitsdrive zum Präsidenten hat wählen lassen – er denkt nicht im Traum daran, seinen Job zu machen –, behält aber die *Herz aus Gold* trotzdem, was ihm einige Leute als Diebstahl auslegen. Wie seltsam! Außerdem gehören zur Crew: Tricia McMillan, genannt Trillian, die Zaphod mal während eines kurzen Abstechers nach London Islington auf einer Kostümparty kennengelernt hat, und Marvin, der erfrischend depressive Roboter. Zusammen begeben sie sich auf die abenteuerliche Suche nach dem sagenumwobenen Planeten Magrathea.

Achtung, Spoileralarm!

Als es in der Galaxis noch wirtschaftlich so richtig rund lief, wurden auf Magrathea Planeten auf Bestellung gebaut. Die Zeiten sind lange her und der Betrieb eingestellt. Das heißt … Stopp! An einem Planeten wird zur Zeit gearbeitet: an der Erde. Erde Nummer zwei.

Very shocking!, was Arthur, Ford, Trillian und Zaphod da auf Magrathea zu hören bekommen: Denn auch die gute alte Erde Nummer eins ist auf Magrathea erbaut worden. Als Auftragsarbeit …

Und das kam so: Hyperintelligente pandimensionale Wesen – bei uns bekannt als »Mäuse« – wollten eine Antwort auf die Frage nach dem Sinn des Lebens. Die Antwort sollte ihnen der Supercomputer Deep Thought geben. Nach schlappen siebeneinhalb Millionen Jahren des Nachdenkens kam der dann mit der Zahl zweiundvierzig um die Ecke. Wie bitte? Zweiundvierzig? Wie ku-

rios … und derartig sinnlos! Also musste ein neuer, besserer Rechner her. Und jetzt kommt's: Es wurde ein noch gigantischerer Rechner gebaut, und dieser, der nach zehn Millionen Jahren endlich die Antwort aller Antworten ausspucken sollte, war nichts und niemand anderer als die Erde. Genau! – nämlich der Planet, den die Vogonen atomisiert haben, und das genau fünf Minuten vor Ablauf der zehn Millionen Jahre. Das war Pech.

Die Nager haben allerdings immer noch Hoffnung, dass ihre Frage nach dem Sinn des Lebens beantwortet wird. Denn es gibt ja … Arthurs Gehirn. Das Problem ist allerdings Arthur, der sich, o Wunder, auch gegen eine »Riesensumme« nicht von seinem Gehirn trennen will. Da müssen die Mäuse wohl Gewalt anwenden. Doch Arthur hat Glück. Denn gerade noch rechtzeitig taucht die Raumpatrouille auf, die auf der Suche nach Zaphod ist, der ja die *Herz aus Gold* geklaut hat. Den Freunden gelingt die Flucht. Vor den Mäusen und vor der Raumpatrouille – und jetzt gehen sie alle erst mal lecker essen: ins Restaurant am Ende des Universums.

Wer hat's geschrieben?

DOUGLAS ADAMS

**11.03.1952 in Cambridge, England; †11.05.2001 in Santa Barbara, Kalifornien*

Drei Ideen für das BBC-Radio. Eine wird ausgewählt. Sendetermin vom ersten Teil von *Per Anhalter durch die Galaxis (The Hitchhiker's Guide to the Galaxy)* ist der

8. März 1978. *Bums!* Ein Kultautor ist geboren und nicht mehr zu stoppen.

Klugscheißerwissen

In jungen Jahren lag Adams mal ziemlich blau in einem Feld bei Innsbruck rum. Während er versonnen die Sterne betrachtete, schoss ihm ein Gedanke durch den Kopf: »If only someone would write a Hitchhiker's Guide to the Galaxy as well; then I for one would be off like a shot.« (Wenn jemand *Per Anhalter durch die Galaxis* schreiben würde, dann wäre ich sofort ab durch die Mitte.)
Wer ein echter *Anhalter*-Fan ist, der begibt sich jedes Jahr am 25. Mai zum *Towel Day* (Handtuch nicht vergessen!) nach Innsbruck, um Douglas Adams zu huldigen.

Übrigens …

Douglas Adams verfasste nicht nur Sketche für die berühmte britische Schauspieltruppe *Monty Python*, sondern er schrieb auch für die britische Kultserie *Dr. Who*.

Angefixt?

Hier die vier Fortsetzungen, die Douglas Adams verfasst hat:

DAS RESTAURANT AM ENDE DES UNIVERSUMS
DAS LEBEN, DAS UNIVERSUM UND DER GANZE REST
MACHT'S GUT, UND DANKE FÜR DEN FISCH
EINMAL RUPERT UND ZURÜCK

#42 #ichwillauchmitfliegen

ERNEST HEMINGWAY

PARIS, EIN FEST FÜRS LEBEN

(Reinbek bei Hamburg 1965; Urfassung 2009)

A Moveable Feast (New York 1964;

The Restored Edition 2009)

Warum man dieses Buch lesen muss

Weil es eine sehr stimmungsvolle Liebeserklärung an das Paris der zwanziger Jahre ist – an das Lebensgefühl und die Pariser Lebensart. Kein »typischer« Hemigway, und doch lernt man den Autor hier sehr gut kennen ...

Worum geht es?

Es geht um Hemingways Zeit in Paris von 1921 bis 1926. Liest man dieses Buch, so möchte man sofort in die Zeitmaschine steigen und sich ins Paris der zwanziger Jahre beamen. Man möchte durch die Straßen wandeln, Geschäfte bestaunen, den Duft dieser Stadt und all der Köstlichkeiten einatmen, abends mit Freunden in einem Literaten-Café einen trinken, mit Gertrude Stein über Kunst und Literatur philosophieren und ihnen allen begegnen: den Schriftstellern und Künstlern, die damals erst groß im Kommen waren. Auch wenn Hemingways Beschreibungen vielleicht nicht immer so zu trauen ist. Egal!

LA COUPOLE

Wer hat's geschrieben?

ERNEST HEMINGWAY

**21.07.1899 in Oak Park, Illinois;*

†02.07.1961 in Ketchum, Idaho

Geht 1921 als Korrespondent für den *Toronto Star* nach Paris. Trifft Künstler und Literaten. Führt echtes Künstlerleben. Schreiben. Paris genießen. Schreiben. Wenig bis keine Kohle. Und immer wieder Schreiben. *Fiesta (The Sun Also Rises)* wird 1926 sein erster großer Erfolg. Reisen, Reisen, Reisen. Vor allem nach Spanien. Umzug nach Florida. Korrespondent im spanischen Bürgerkrieg. Teilnahme an der Befreiung Frankreichs durch die Alliierten 1944/45. Suche nach Abenteuer und Gefahren – in Kriegen, im Stierkampf, beim Hochseeangeln, auf der Großwildjagd oder beim Boxen. Arbeitet im Zweiten Weltkrieg als Spitzel für das FBI auf Kuba. Immer wieder Reisen und journalistische Tätigkeit. Stürzt zweimal mit dem Flugzeug über Afrika ab und überlebt. Macho-Image. Er heiratet viermal. Hat einen Haufen Affären, trinkt ungesund viel. Leberschaden. Erhält für *Der alte Mann und das Meer* (*The Old Man and the Sea*) 1953 den Pulitzerpreis und 1954 den Literaturnobelpreis. Depressionen. Verfolgungswahn. Selbstmord.

Klugscheißerwissen

1956 erhielt Hemingway vom Hotel Ritz in Paris zwei Koffer, die er 1928 dort zurückgelassen hatte. Darin: Notizbücher, Manuskripte, Bücher, Zeitungsausschnitte

PARIS

aus seinen ersten Jahren in Paris. Die Grundlage für *Paris, Ein Fest fürs Leben.*

1964 erschien das unvollendete Buch posthum, gespickt mit Änderungen. 2009 erschien in den USA Hemingways Urversion.

Hemingways Reportage über einen Stierkampf brachte ihrem Verfasser das höchste Honorar ein, das jemals an einen Journalisten gezahlt wurde: 30 000 Dollar für zweitausend Wörter!!!

Hemingways Vater, sein Bruder und seine bildschöne Enkelin Margaux, ein gefeiertes Model, wählten den Freitod. Genauso Hemingway. Er erschoss sich in seinem Haus in Ketchum. Offiziell sprach man von einem Unfall. Erst fünf Jahre später kam die Wahrheit ans Licht.

Übrigens ...

Wie ein stolzes »Jetzt-erst-recht« katapultierten die Franzosen nach den schrecklichen Attentaten vom 13. November 2015 Hemingways *Paris, Ein Fest fürs Leben* fünfzig Jahre nach seiner Erstveröffentlichung noch mal an die Spitze der Bestsellerlisten und feierten damit ihr savoir vivre. Vive la France!

Angefixt?

Hier gibt's mehr von Hemingway, wenn auch ganz anders:

DER ALTE MANN UND DAS MEER

Der eindrucksvolle Kampf eines alten Fischers mit einem gigantischen Schwertfisch.

FIESTA

Kraftvoller Stierkampf trifft auf erschöpfte *lost generation.*

#aufeincroissantmitscottfitzgerald #lostgeneration

TOM WOLFE

FEGEFEUER DER EITELKEITEN (München 1988)

The Bonfire of the Vanities (New York 1987)

Warum man dieses Buch lesen muss

Weil dieser Roman krachend und sprühend wie ein Feuerwerk das Höher, Schneller, Weiter der achtziger Jahre beschreibt. Neid, Missgunst, Rassenkonflikte, und wie die Medien diese ganze brodelnde Suppe zum Überkochen bringen. Und wie ein strahlender Stern am gesellschaftlichen Firmament mit nur einem kleinen Schubs ins Trudeln kommt.

Worum geht's?

Sherman McCoy hat es geschafft. Er ist ein »Master of the Universe«, ein erfolgsverwöhnter Broker an der Wallstreet, der nur mit einem einzigen Geschäft Millionen macht. Mit seiner schönen Frau (Innenarchitektin) und seiner putzigen Tochter bewohnt er ein Millionen Dollar teures Park-Avenue-Apartment. Er fährt einen Mercedes. Er hat eine heiße Liebesaffäre. Nach den Normen der Gesellschaft gehört er zu den Gewinnern. Bis er eines Tages, zusammen mit seiner Geliebten Maria vom Flughafen kommend, die falsche Ausfahrt nimmt und in der Bronx landet. Mit einem Mercedes! In wilder Panik überfährt Maria, die am Steuer sitzt, einen schwarzen Jugendlichen und braust davon.

Achtung, Spoileralarm!

Der junge Schwarze stirbt an den Folgen des Unfalls, und sein Freund, der Zeuge des Vorfalls gewesen ist, versorgt die Polizei mit Informationen über den Täterwagen. Langsam, aber sicher kommt die Sache ins Rollen, und die Schlinge um Shermans Hals zieht sich immer fester zu. Viele Leute aus unterschiedlichen Lebensbereichen haben nun aus unterschiedlichen Gründen ein großes Interesse daran, Sherman ans Messer zu liefern. Ob es der schwarze Reverend Bacon ist, der aus dem Fall Schwarz gegen Weiß macht und so den Rassenhass schürt. Oder der ermittelnde Staatsanwalt, der aus Sozialneid den Reichen eins auswischen will. Oder dessen Chef, der dringend einen Erfolg braucht, um sich zu profilieren und so seine Wiederwahl zu sichern. Oder der verkrachte, alkoholabhängige, britische Journalist Peter Fallow, der die Amis nicht ausstehen kann und in der Story seine große Chance wittert. Sherman verliert alles: seine Frau, seine Tochter, seine Geliebte, das schicke Apartment, seinen Job, sein Vermögen. Lesen. Lesen. Lesen.

Wer hat's geschrieben?

TOM WOLFE; eigtl. Thomas Kennerly Wolfe Jr.

**02.03.1931 in Richmond, Virginia*

Journalist z. B. bei der *Washington Post* oder *der New York Herald-Tribune*. Schriftsteller, Illustrator, Kunstkritiker. Gilt mit Truman Capote und einigen anderen als Mitbegründer des *New Journalism*. Zyniker, Gesellschaftskritiker, Provokateur und Dandy.

Klugscheißerwissen

Das Buch erschien von 1984 bis 1985 als Fortsetzungsroman im *Rolling Stone Magazine*.

An der Verfilmung von *Fegefeuer der Eitelkeiten* (1990) waren die ganz großen Stars beteiligt: Brian de Palma als Regisseur, Tom Hanks als Sherman McCoy, Melanie Griffith als Maria Ruskin, außerdem Bruce Willis, Morgan Freeman und Kim Cattrall. Hat alles leider nur wenig genutzt. Der Roman ist um Lichtjahre besser.

Übrigens …

Wenn irgendwo ein gepflegter Schriftsteller älteren Datums im vanillefarbenen Smoking zu sichten ist, dann handelt es sich mit ziemlicher Sicherheit um Tom Wolfe, der dieses Outfit zu seinem Markenzeichen erkoren hat.

Angefixt? Hier gibt's mehr von dem Stoff:

BACK TO BLOOD

Eine ziemlich böse Gesellschaftssatire.

masteroftheuniverse #yeshecan #notreally

KRISTOF MAGNUSSON

DAS WAR ICH NICHT (München 2010)

Warum man dieses Buch lesen muss

Weil diese zauberhaft-charmante, urkomische Verwechslungs- und Liebesgeschichte endlich mal erklärt, wie das mit den Finanz- und Immobilienkrisen so kommen kann.

Worum geht's?

Also, damit sich das jetzt nicht komplizierter anhört, als es ist, alles der Reihe nach:

Da ist erstens Jasper Lüdemann, ein junger, karrierebesessener Banker aus Bochum, der in Chicago bei der Bank *Ruthford & Gold* arbeitet. Alles läuft bestens. Gerade ist er zum Trader befördert worden, als ihn ein Kollege, der in der Patsche steckt, um einen kleinen Gefallen bittet. Tja, und dann läuft es gar nicht mehr rund. Denn Jaspers Hilfeversuch mündet in einem nicht realisierten Verlust von sage und schreibe 14 Millionen Dollar für die Bank. Wenn das rauskommt, ist er geliefert. Eifrig macht er sich daran, den Verlust zu minimieren – mit wenig Erfolg.

Die zweite Hauptperson heißt Meike Urbanski, eine frisch getrennte Übersetzerin, die gerade von Hamburg aufs Land gezogen ist. Sie braucht dringend Geld, und deshalb wartet sie sehnsüchtig auf das angekündigte neue Manuskript von dem amerikanischen Bestsellerautor Henry LaMarck, das sie ins Deutsche übersetzen soll. Aber es kommt und kommt nicht.

Der Dritte im Bunde ist der sechzigjährige Erfolgsautor und Pulitzerpreisträger Henry LaMarck, der aufgrund einer Schreibblockade den Jahrhundertroman über den Terrorismus nicht schreiben kann, den er so großspurig vor einiger Zeit in einer TV-Talkshow angekündigt hat. Fette Sinnkrise. Er taucht ab.

Meike reist nach Chicago, um ihn zu suchen. Dabei trifft sie Jasper, der sich sofort in sie verliebt. In Jasper ist aber nicht Meike, sondern Henry LaMarck verliebt, der ihn auf einem Foto in der Zeitung gesehen hat und wild entschlossen ist, ihn zu suchen.

Achtung, Spoileralarm!

Irgendwie finden sich dann alle. Unabhängig voneinander und ohne dass der eine weiß, dass der andere den ganz anderen kennt.

Das Aufeinandertreffen von Henry und Meike läuft nicht wie gewünscht. LaMarck feuert sie, woraufhin sie frustriert nach Hause fliegt. Henry, der erkennen muss, dass er bei Jasper keine Schnitte hat, betraut ihn dann wenigstens mit der Verwaltung seines Vermögens. Gleichzeitig steht Jaspers Chef kurz davor, Jaspers Finanzgetrickse zu durchschauen. Da gibt es für Jasper nur eins: ab durch die Mitte. Nach Deutschland. Zu Mama. Aber da lauert schon eine ganze Armada von Übertragungswagen. Etwas zu spät warnt eine Voice-Mail seiner Mutter Jasper davor, nach Hause zu kommen. Aber er ist eh schon weitergefahren. Nur, wohin soll er? Logisch, zu Meike!

Ruthford & Gold ist pleite. Zahlungsunfähig. Sechs Milliarden Dollar Verlust. Die Aktienmärkte befinden sich deshalb im freien Fall. Das FBI sucht nach Jasper, auch wenn das Desaster in diesem Ausmaß nicht auf sein Konto geht. Und Henry LaMarck? Tja, da seine Bank pleite ist, ist er das jetzt wohl auch. Der Geldautomat verweigert jede Auszahlung. Mit seinen letzten Dollars fliegt er nach Deutschland. Wohin wohl? Klar: zu Meike. Zum Schluss wird alles gut: Es wird kein Haftbefehl gegen Jasper erlassen. Henry LaMarck ist nicht pleite, weil Jasper in einem Robin-Hood-mäßigen Anfall die Schriftsteller-Millionen auf Meikes Konto überwiesen hat. Und Meike und Jasper werden natürlich ein Paar. Zum krönenden Abschluss wird Henry zum zweiten Mal in seinem Leben der Pulitzerpreis verliehen. Er bleibt dabei, dass er Rentner wird – ähhh –, schon ist, und in Zukunft in London lieber in Charity macht.

Wer hat's geschrieben?

KRISTOF MAGNUSSON

**04.03.1976 in Hamburg*

Deutsch-isländischer Autor und Übersetzer. Ausbildung zum Kirchenmusiker. Freiwilligendienst bei *Aktion Sühnezeichen Friedensdienste*. Arbeitet in diesem Rahmen mit Obdachlosen und Holocaust-Überlebenden in New York. Studium in Leipzig und an der Uni Reykjavík. Erhält zahlreiche Preise und Stipendien. Bei der Fußball-Europameisterschaft 2016, bei der die Isländer es bis ins Viertelfinale schafften, erklärte er der deutschen Fußballnation, wie seine Landsleute aus dem Norden so ticken. Lebt in Berlin.

Klugscheißerwissen

Kristof Magnusson hat Elton John in *Das war ich nicht* mit einer äußerst liebenswerten Nebenrolle bedacht. Genial!

Übrigens ...

Magnussons sehr erfolgreiches Theaterstück *Männerhort* kam 2014 ins Kino – mit Elyas M'Barek, Christoph Maria Herbst, Detlev Buck und Cosma Shiva Hagen.

Angefixt? Hier gibt's mehr von dem Stoff:

ZUHAUSE

Drama auf mehreren Bühnen zur Weihnachtszeit in einem wie von David Lynch inszenierten Island.

#kleinesachegigantischewirkung
#moneymakestheworldgoround

WEN ES INTERESSIERT …

… ich bin ein mega Literaturfreak und lese für mein Leben gerne. Bestimmt könnte ich aus all den Büchern, die sich bei mir in Regalen, Schränken, neben der Badewanne, meinem Bett, auf den Fensterbänken, dem Kaminsims und auf dem Fußboden stapeln, ein ganzes Haus bauen. ☺

Meine Liebe zur Literatur der deutschen und der englischen Sprache hat mich zum Studium der Fächer Germanistik und Anglistik geführt und daher kommt es wohl auch, dass meine Auswahl etwas tendenziös ausgefallen ist.

Natürlich gibt es noch viel mehr brillante Bücher zu entdecken, die das Licht der Welt in anderen Sprachen erblickt haben, und die genauso lesenswert sind wie meine Favourits. Es wäre genial cool, wenn mein Buch bei Euch Lust auf mehr geweckt hätte und Ihr Euch auf viele, spannende Expeditionen durch die Literatur aller Herren Länder machen würdet.

Platz für Reisenotizen ist genug. Also, los – was sind Eure persönlichen Highlights?

Alexandra Fischer-Hunold

im Januar 2017

ANHANG

QUELLENVERZEICHNIS

Die Zitate u.a. auf den Kapitelanfangsseiten sind folgenden Werken entnommen:

S. 9 – Zitat aus: Stephen King, *Brennen muss Salem*, Wilhelm Heyne Verlag, München 2010, S. 124.

S. 63 – Zitat aus: Kurt Tucholsky, *Schloss Gripsholm*, Rowohlt Taschenbuch Verlag, Reinbek bei Hamburg 1995, S. 59.

S. 91 – Zitat aus: Theodor Fontane, *Effi Briest*, Fontane Bibliothek im Verlag Ullstein, Frankfurt a. M., Berlin 1991, S. 236.

S. 133 – Zitat aus: Robert Louis Stevenson, *Die Schatzinsel*, Diogenes Verlag, Zürich 1979, S. 306.

S. 163 – Zitat aus: John Steinbeck, *Jenseits von Eden*, Deutscher Taschenbuch Verlag, München 1987, S. 60.

S. 199 – Zitat aus: Bernhard Schlink, *Der Vorleser*, Diogenes Verlag, Zürich 1997, S. 151.

S. 219 – Zitat aus: Anna Seghers, *Das siebte Kreuz*, Luchterhand Literaturverlag, Darmstadt und Neuwied 1973, S. 453.

S. 227 – Zitat aus: Birgit Vanderbeke, *Alberta empfängt einen Liebhaber*, Fischer Taschenbuch Verlag, Frankfurt a. M. 1999, S. 90.

S. 265 – Zitat aus: J. D. Salinger, *Der Fänger im Roggen*, Rowohlt Taschenbuch Verlag, Reinbek bei Hamburg 2015, S. 239.

S. 293 – Zitat aus: Douglas Adams, *Per Anhalter durch die Galaxis*, Wilhelm Heyne Verlag, München 2015, S. 45.

REGISTER

NOTIZEN

NOTIZEN

NOTIZEN

NOTIZEN

NOTIZEN